Erwin Riess

Herr Groll und das Ende der Wachau

Erwin Riess

Herr Groll und das Ende der Wachau

ROMAN

OTTO MÜLLER VERLAG

Für Egon Rieß (1927–1968)

www.omvs.at

ISBN 978-3-7013-1221-4

Satz: Media Design: Rizner.at, Salzburg
Druck und Bindung: Druckerei Theiss GmbH, A-9431 St. Stefan
Coverbild: Helmut Johann Paseka

Umsonst nicht gehn
Im Trocknen die Ströme.

Hölderlin, Der Ister

Da ging er an einen entfernten Platz, der hieß:
„In den Weingärten".

Vita Severini

Prolog

Bericht an den „Ständigen Ausschuß zur vollständigen Klärung sämtlicher Welträtsel“, welcher beim Binder-Heurigen in Wien-Floridsdorf in Permanenz tagt

Gestrenger Konvent!
Im Sommer der großen Hitze, die von unbedarften Zeitgenossen Hitzewelle genannt wurde, obwohl selbst die ewigen Donauwellen zu versiegen drohten, führte ein Auftrag mich bergwärts – in einen finsteren, von den guten Geistern der Zivilisation verschmähten und den bösen Geistern der Nibelungen, der Gegenreformation und des Deutschnationalismus zugetanen Landstrich in den südlichen Ausläufern der böhmischen Masse. Zusammen mit dem Kanadischen Schild und der Baltischen Platte zählt sie zu den erdgeschichtlich ältesten Teilen des Planeten; seit Jahrmillionen ist sie mit dem mächtigsten aller Ströme des alten Kontinents in ein titanisches Ringen um Prall- und Gleithänge, Stromschnellen und Furten verstrickt. Menschen haben dort ein schweres Fortkommen, sie überleben nur als Sklaven einer Pflanze mit dem botanischen Namen vitis vinifera, gemeiner Wein- oder Rebstock.
Der Auftrag des Konvents lautete: Untersuche die önologische, ökologische und ökonomische Lage in der Wachau. In der Begründung führte der Hohe Ausschuß an, daß in dieser Region eigenartige Entwicklungen in der gesellschaftlichen Hauptabteilung Reichtum & Verwahrlosung sowie den Unterabteilungen Betrug & Spekulation, Ritterspuk & Neonazismus und

Traube & Fetisch beobachtet werden. Die Vorgänge seien in ihrer Tragweite nicht zu unterschätzen, denn Zeitenwenden würden sich zuerst an der Donau ankündigen. Das sei so im sechsten Jahrtausend vor der Zeitrechnung gewesen, als die ersten Stadtkulturen am Strom entstanden; das war so mit dem Ende des römischen Reichs; das war so mit der Staatswerdung Österreichs; das war so mit der Gegenreformation und dem Barock und das war so mit dem Aufstieg des Nationalsozialismus. Im Donautal werden Probeläufe für historische Umbrüche durchgeführt. Tektonische Risse in den Tiefenstrukturen der Gesellschaft werden hier zuerst beobachtet.

Hoher Rat!
Im Jahr 2000 wurde die Wachau zum Weltkulturerbe erhoben. Man kann diesen Zeitpunkt der weltweiten Anerkennung mit dem Aussterben der letzten vom Weinstock unabhängigen menschlichen Spuren in diesem Tal, dessen altdeutscher Name, Vuachoua, einer von Kannibalen bewohnten Südseeinsel alle Ehre machen würde, gleichsetzen. Die Kultur wohnt in einer geschützten Werkstatt, in der sich Kulturfunktionäre, Kulturvermittler und Kulturmanager zum Kulturaustausch treffen. Konträr verhält es sich mit der Kunst. Sie stellt die Bewegung der Welt in ihren Widersprüchen dar. Dafür hassen die Menschen die Kunst und lieben die Kultur. Die Verleihung des Prädikats „Weltkulturerbe“ an die Wachau spricht für sich.
Die ältesten Spuren der Anwesenheit von Menschen in der Wachau liegen in Stratzing und Willendorf, den Fundorten der „Venus vom Galgenberg“ und der „Venus von Willendorf“. Zwischen Stratzing und Gneixendorf befand sich während der Nazi-

Herrschaft ein siebzigtausend Mann umfassendes Gefangenenlager, das auch als Nebenlager des KZ Mauthausen diente. Sowjetische und polnische Häftlinge wurden bei geringsten Verstößen gegen die Lagerordnung aufgeknüpft. Der Name „Venus vom Galgenberg" erfuhr hierdurch seine neuzeitliche Begründung. Und zur „Venus von Willendorf" muß festgestellt werden, daß diese Figurine der vollkommene Ausdruck männlicher Frauenphantasien ist. Im Land der Berge galten Frauen als zur Kinderaufzucht bestimmte Fleischberge. Eine Geisteshaltung, die nicht nur in der Wachau Zeitgenossenschaft beanspruchen kann.
Die frühen Wachauer werden dem Paläolithikum, der Altsteinzeit, zugeordnet, als der homo sapiens in das von den höher entwickelten Neandertalern bewohnte Europa einwanderte. Stammesgeschichtlich sind die Wachauer somit als Dekadenzlinie des Neandertalers zu klassifizieren. Der Ausschuß wird sehen, daß sie ihrer steinzeitlichen Prägung bis heute gerecht werden.

Hohe Versammlung!
Im Jahr 2008 reihte die National Geographic Society unter hundertzehn historischen Plätzen die Wachau an die erste Stelle. Auch hier spricht die Begründung für sich: Ausschlaggebend sei die „Bewahrung des historischen Charakters" gewesen, heißt es. Dieser reicht von den Pogromen an den Juden in den Jahren 1349 und 1938, den von den SS-Lagermannschaften von Stratzing/Gneixendorf verübten Morden bis zu den Massakern am 6. April 1945 im Steiner Zuchthaus und den umliegenden Ortschaften Hadersdorf, Theiß, Priel und Paudorf, die fünfhundert Menschenleben forderten. Den „historischen Charakter" bewahren auch die Burschenschafter, die ihre Zusammenrottungen

in den tiefen Kellern von Altkrems mit Judenwitzen und deutschem Gegröle begleiten und mannigfache Unterstützung von „alten Herren" erfahren, die im bürgerlichen Leben als Juristen, Ärzte, Gymnasiallehrer und Geschäftsleute geachtete Stellungen innehaben.

In den „Letzten Tagen der Menschheit" von Karl Kraus gibt es eine berühmte Szene, die in einem Kremser Burschenschafterkeller spielt; die Melange aus Sentiment und Brutalität, die antisemitischen und frauenfeindlichen Schlachtgesänge können jederzeit wieder aufgeführt werden, ein Regisseur muß dafür nicht auf Schauspieler zurückgreifen. Die Laiendarsteller der Kremser Burschenschaften sind durchaus authentisch. Und in Horvaths „Geschichten aus dem Wienerwald" läßt die Großmutter in ihrer Wachauer Keusche Mariannes Säugling im offenen Fenster erfrieren.

Verehrter Ausschuß!

Ich bin ein erdverbundener Mensch mit einem Gemüt aus Feinblech. Ich flunkere nie, ich spinne kein Seemannsgarn, ich spreche kein Jägerlatein. Ich lebe im Zweistromland zwischen Donau und Marchfeldkanal. Ich verströme mich nicht in Andeutungen und esoterischem Geraune, ich habe kein Talent zur Verstiegenheit. Ich stehe mit allen vier Rädern auf dem Boden. Ich weiß, daß die Wahrheit nicht in der Mitte liegt, und ich habe gelernt, daß die Leute beim Reden nicht zueinanderkommen, sondern sich die Schädel einschlagen. Ich glaube nicht an das Gute im Menschen. Ich glaube an die Binnenschiffahrt. (Da weiß man, woran man ist.)

Der folgende Bericht beruht nicht auf Tatsachen, er ist vom ersten bis zum letzten Wort wahr. Nichts ist erfunden, kein

Gespräch, keine Handlung und keine Tat, und die Untaten erst recht nicht. Der Blick des Erzählers folgt keiner höheren Ordnung, er ist auf den Boden gerichtet. Bei der Abfassung des Berichts habe ich darauf geachtet, Übertreibungen und Abschweifungen zu vermeiden. Es versteht sich von selbst, daß die Personen der Erzählung nicht erfunden sind. Sie haben keine Vorbilder in der Wirklichkeit, sie sind die Wirklichkeit.

Der Bericht ist streng objektiv, weil ausschließlich von mir verfasst. Und was mich anlangt, bin ich eine Instanz. Ich verbitte mir daher Interpretationen ebenso wie Kritik, auch positive. Der Bericht ist die Wahrheit, nichts als die Wahrheit. So wahr ich Groll heiße. Möge der hohe Ausschuß seine Schlußfolgerungen ziehen.

1. Kapitel

O früher Morgen! Lust des Beginnens!
Grundlagen einer Ökonomie der Hitze.
Mister Giordano macht ein Angebot.
Das Brauereipferd Hansy verliert ein Auge

Der Badeteich sei wegen Sauerstoffmangels gekippt und bleibe bis auf weiteres gesperrt, verkündete ein Zettel am verschlossenen Eingangstor. Ich kehrte zu meiner Wohnung zurück und sah am Ende der Gasse ein Rettungsauto, das Blaulicht war eingeschaltet. Eine alte Frau war, von Schwindel erfaßt, mit dem Fahrrad gestürzt. Die Notärztin habe sie versorgt und in den Rettungswagen geschoben, berichtete ein Nachbar, der den Sanitätern Wasser reichte.

Ich rollte in die Wohnung, erinnerte mich des Rats eines Freundes, der gemeint hatte, bei großer Hitze solle man elektronische Geräte nicht in Betrieb nehmen, und drückte den Startknopf meines alten Computers. Die steirischen Bauern meldeten einen Totalausfall bei Kukuruz und Erdäpfeln. Um die Apfelernte werde gekämpft. Weinstöcke seien Tiefwurzler, sie würden mit der Hitze besser fertig. In einzelnen Regionen müsse aber mit Verlusten gerechnet werden. Am Flughafen Schwechat mußte eine Landebahn geschlossen werden, da es zu Hitzeschäden gekommen war. Dasselbe wurde auch von Autobahnen und der

Südbahn gemeldet. Menschen, die im Freien arbeiteten, durften Hitzepausen einlegen, mußten die verlorene Zeit aber einarbeiten. Der Neusiedlersee verzeichnete den tiefsten Wasserstand seit seinem Austrocknen Mitte des 19. Jahrhunderts. In einigen Städten des Ostens wurde das Wasser rationiert. In Salzburg verteilte man an die Besucher des Großen Festspielhauses Kühlelemente, gesponsert von einem Hersteller von Industriegasen. Der *Jedermann* wurde ins Anifer Freibad verlegt, der berühmte „Jedermann"-Ruf wurde in „Jedermann liebt frisches Eis der Firma Soundso" umgewandelt. Die Kritik lobte Witz und Poesie der Aufführung. Ein Autorennen in Spielberg bei Zeltweg mußte abgesagt werden, da im Fahrerlager infolge Hitzestaus ein Brand ausgebrochen war, der den halben Fuhrpark zerstörte. In Linz wurde das neue Opernhaus geschlossen, da sich einige Stahlträger sowie Teile des Fundaments wegen der Hitze gesenkt hatten. Aufgrund des Niederwassers durften Donauschiffe nur mit einem Drittel der üblichen Ladung fahren. Der kälteste Ort Österreichs, Tamsweg, meldete einen Hitzerekord, und in der Waffensammlung des Schlosses Ambras bei Innsbruck mußten die Prunkrüstungen mit Eiswasser begossen werden. In Ungarn wurde für die Große Tiefebene der Notstand ausgerufen, Flächenbrände machten weite Landstriche unpassierbar. Der Isonzo trocknete ebenso wie der Tagliamento aus. In Siena mußte der Palio abgesagt werden, weil die Pferde schon beim Anmarsch kollabierten. In

Oslos Spitälern wurden hunderte Menschen wegen schwerer Sonnenbrände behandelt. Ein Ende der ungewöhnlichen Hitzewelle sei nicht in Sicht, verkündeten Meteorologen. Ich wollte das Gerät schon ausschalten, da sah ich in meinem Postfach den Hinweis auf ein neues E-Mail:

Geschätzter Groll! Lieber Freund!

Ich habe schon lange nichts mehr von Ihnen gehört. Das ist schön. Ich schätze es, wenn man mich nicht mit Quisquilien behelligt. Es gibt triftige Gründe, warum ich mich bei Ihnen melde. In letzter Zeit haben sich Dinge ereignet, die meiner Lebensweise zuwiderlaufen. Geschäftstermine erzwangen meine Anwesenheit in der Stadt, entgegen meiner langjährigen Gepflogenheit bin ich daher diesen Sommer nicht zu meiner ehemaligen Sekretärin nach Kennepunkport, Maine, gefahren, wo die an Alzheimer erkrankte Donatella in einem Pflegeheim betreut wird.
Wie Sie wissen, ist New York im Sommer die Hölle. Die Abwärme der Klimageräte läßt einen kaum vorankommen, alle paar Meter raubt einem ein Schwall heißer Luft den Atem.
Sie wissen weiters, daß die amerikanische Ökonomie auf Pump gebaut ist. Die Federal Reserve überschüttet die Banken mit Geld, das bei den Bürgern nie ankommt. Wir Sizilianer sind konservativ in den Veranlagungen, aber pragmatisch in den Beziehungen. Gute Amerikaner eben. Seit der Lehman-Pleite vor fünf Jahren hat der Wind sich aber gedreht. Nun geht es dem Mittelstand an den Kragen, die Ersparnisse der arbeitenden Menschen werden abgeschöpft. Selbst unsere ehrenwerten Familien, die früher nichts

so leicht aus der Bahn geworfen hat, leiden. Unglücklicherweise habe ich mir vom nichtsnutzigen Sohn eines ehrenwerten Consigliere Beteiligungen aufschwatzen lassen, die als Totalverlust verbucht werden mußten. Wenn es nach mir gegangen wäre, hätte man den Versager von Sohn in der Wall Street an eine Laterne gehängt. So aber treibt das Aas sich weiterhin bei Morgan Stanley in der Europaabteilung herum, schickt seine Kinder auf Schweizer Privatschulen und macht Urlaub auf der Onassis-Insel. Möge Zeus, der Alleszermalmer, dieses Geschmeiß nicht übersehen. Doch selbst wenn er ihn im Styx ersäufen würde, wäre das ein schwacher Trost. Ich werde die mir verbleibenden Jahre damit zubringen, die Verluste zumindest teilweise wettzumachen.

In diesem Zusammenhang muß ich Ihnen leider mitteilen, daß auch der „Manhattan Wheeling Courier" unter Druck geraten ist. Immer mehr Unternehmen aus dem Müllbusiness satteln auf Internetgeschäfte um, und mit dem Branchenwechsel geht ein Verfall der Sitten einher. Von Müllentsorgern, die den Dreck der Großstadt vor Staten Island ins Meer kippten, gab es großzügige Inserate, von den Computer-Rotznasen gibt es nicht einmal eine Antwort. Ich bin zu alt, um diesen Leuten Manieren beizubringen. Ganz aufgeben will ich den Courier aber nicht, weil ich ihn als steuerliches Vehikel brauche.

Lassen Sie uns vom Geschäft reden. Für Sie haben die geschilderten Entwicklungen zwei Konsequenzen: Zum einen müssen Sie für die nächste Zeit auf Ihr Korrespondentenhonorar verzichten. Das war nie hoch, ich weiß, aber es war immerhin eine fixe Einnahme. Zum Ausgleich kann ich Ihnen einen Wunsch erfüllen. Ein alter Freund, der vor kurzem retirierte und nach Miami übersiedelt ist, möchte aus New York, der Stadt, in der er sein

Business aufgebaut, die Liebe seines Lebens getroffen und drei Söhne beerdigt hat, nicht verschwinden, ohne etwas Bleibendes zu hinterlassen. Eine Zeitschrift scheint ihm da nicht solide, er ist altmodisch und will ein Buch. Ein Buch von jemandem, der die Welt kennt und ihr ins Gesicht spuckt. Ein Buch von jemandem, den ich aussuchen soll.
Meine Wahl ist auf Sie gefallen.
Seit Jahren liegen Sie mir mit Angeboten für lange Reportagen in den Ohren und versuchen, wo immer es geht, Zeilenhonorar zu schinden. Nun ist Ihre große Stunde gekommen. Sie können so viele Zeilen produzieren wie Sie wollen. Schreiben Sie ein Buch über Ihre Arbeit und das Leben im verrotteten Europa und erlegen Sie sich dabei keine Beschränkungen auf. Mein Freund wird das Buch von qualifizierten Leuten übersetzen und den vom Schicksal nicht begünstigten Menschen New Yorks als Ermunterung zukommen lassen. Er plant eine Auflage von hunderttausend Stück. Sie kommen dadurch zu einem Bestseller und erhalten fünfzig Cent pro Exemplar. Das ist eine hübsche Summe. Nebst allerlei Ramsch und viel mittlerer Produktion haben Sie auch brauchbare Texte für mich verfasst. An letztere sollten Sie anknüpfen. Lassen Sie sich von der Größe der Aufgabe nicht blenden. Ein gutes Buch ist wie ein guter Satz, nur etwas länger. In der Gewißheit, daß Sie mein Angebot annehmen, bleibe ich mit den besten Wünschen für Sie und Ihre Lieben

Giordano

PS: Grüßen Sie Ihren Begleiter von mir. Das ist ein feiner und liebenswürdiger Mann, der immer gut gekleidet ist. Und er hat eine

großartige Frau Mutter. Sie können sich glücklich schätzen, mit den beiden bekannt zu sein.
Schicken Sie mir den Text in Portionen, nie mehr als zwei, drei Kapitel. Mein Freund ist schon alt, ich gebe Ihnen vier Wochen Zeit.

Noch etwas: Sobald ich aus der Klinik entlassen werde, fahre ich zu Donatella aufs Land. Sie erkennt mich nicht mehr und sagt „Moscheleben“ zu mir. So hat ihr Mann geheißen, mein Chauffeur. Selbst wenn man nicht gemeint ist, bleibt es doch eine Liebeserklärung. Ich drücke ihr also die Hand, wenn sie „Moscheleben“ zu mir sagt. Für einen Sizilianer der alten Schule ist das nicht wenig. Aber ich denke da an den armen Lucky Luciano, ohne den unsere Boys Sizilien nie erobert hätten, vom verkommenen Festland ganz zu schweigen. Lucky pflegte bei Familienfesten immer zu sagen: Wer einen Menschen liebt, liebt die ganze Menschheit. Früher hoffte ich, daß er recht hat. Jetzt weiß ich es.

Ich trank ein Glas Leitungswasser, es schmeckte lauwarm und schal. Schon seit vier Wochen erhielt Floridsdorf kein Quellwasser aus dem Hochschwabgebiet mehr, wir tranken aufbereitetes Grundwasser. Ich schaltete meinen Ventilator ein und verfaßte eine Antwort.

Sehr geehrter Mister Giordano!

Ich bin beglückt und bestürzt, von Ihnen zu hören. Beglückt, weil Sie mich nun schon zum zweiten Mal in fünf Jahren „Freund" nennen, und bestürzt, weil ich höre, daß es um Ihre Gesundheit nicht zum Besten steht.
Daß ich Ihren Auftrag, in dem auch eine freundschaftliche Bitte zu erkennen ich mir anmaße, dankend annehme, versteht sich von selbst. Sie werden also eine Chronik meiner gegenwärtigen Arbeit erhalten. Der Zufall fügt es, daß ich mit dem Dozenten in einer Weinbauregion unterwegs bin. Sie werden staunen, wenn Sie lesen, auf welch verrückte Dinge die Menschen bei uns kommen.
Mit den besten Donaugrüßen!

Ihr Freund Groll

PS: Ich liege mit meiner betagten Mutter seit 1968 im Streit. Aber nun erkennt sie mich nicht mehr und trägt mir Grüße an mich auf. Wir verstehen uns so gut wie nie zuvor. Während der ganzen Besuchszeit zieht sie über mich her, aber sie tut das voll Ingrimm und Witz. Ich bin stolz auf sie und fühle mich existentiell erhöht.

PPS: Grüßen Sie bitte Ihren Freund in Miami schön von mir. Er soll auf die Gesundheit achten und sein Geld umsichtig anlegen. Ein Freund von mir, ein genialer Schachexperte, Mathematiker und Ökonom, veröffentlicht monatlich einen Goldreport. Man könnte ihn fragen.

Giordanos Antwort kam prompt:

Geschätzter Groll,

haben Sie Dank für die Genesungswünsche. So schlecht stehen die Dinge nicht. Ich habe einen Kreislaufkollaps erlitten, weil ich zu wenig Flüssigkeit zu mir genommen hatte. Seit zwei Tagen liege ich in der Klinik eines Freundes. Man gibt mir zu trinken und ist gut zu mir. Mehr braucht ein alter Mensch nicht. Im übrigen rate ich Ihnen: Zerbrechen Sie sich nicht den Kopf über das Geld fremder Leute. Man könnte mißtrauisch werden. Und daß die Menschen in Ihrem Land verrückte Dinge tun, ist mir, nicht zuletzt dank Ihrer Reportagen, schon seit langem klar. Über Ihre Mama sollten Sie mit mehr Respekt reden, in Sizilien wäre Ihr Ton ungehörig.

Gruß, Giordano

Das Faltdach meines Renault 5 war geöffnet, der Fahrtwind brachte aber keine Abkühlung. Der Dozent trug einen Panamahut und eine khakifarbene Leinenhose, auf seinen Schenkeln ruhte ein Laptop. In der Reisetasche zwischen seinen Beinen befand sich ein Dossier über die Wachau. Geschichte, Geologie und Önologie dieser einzigartigen Kulturlandschaft würden sich darin aufs glückhafteste vermählen, ein Beispiel dafür, daß gedankliche Strenge keineswegs einer poetischen Strahlkraft des Ausdrucks entraten müsse.

So die Worte des Dozenten. Ich bat ihn, ein wenig über den Autor zu erzählen. Wer einen Text so großspurig anlegt, muß entweder ein Genie oder ein Scharlatan oder beides sein, dachte ich.
Es handle sich um einen Studienkollegen, erklärte der Dozent. Er entstamme einer wohlhabenden Familie, aber im Gegensatz zu jener des Dozenten erwachse der Reichtum des Kollegen nicht aus der industriellen, sondern aus der feudalen Sphäre. Der Sproß eines früher bedeutenden Fürstengeschlechts bekleide eine eigens für ihn geschaffene hohe Position im militärischen Auslandsgeheimdienst. Er habe es sich nicht nehmen lassen, den Vorstoß des Dozenten in die Wachau mit strategischen Informationen abzusichern.
Wir forcierten die Brünner Straße stadtauswärts, verlagerten uns aber dann mittels einer abrupten Wendung in den westlichen Flügel des Operationsgebiets. In zivilen Worten: Wir bogen nach Stammersdorf ab und durchquerten den zwischen der Großstadt und der Donau gelegenen Heurigenort in langsamer Fahrt. Am Ortsausgang ließen wir die Kellergasse rechts liegen und gewannen freies Land. Im Norden erhoben sich sanfte Geländewellen zu einem langgestreckten Bergrücken. Ein Weingarten reihte sich an den anderen, nur der Gipfel des Bisambergs trug einen Kranz aus dunklen Mischwäldern. Ein Bild tiefen Friedens. Die trockenen Weinberge erinnerten mich an den verrückten und heißen August des Jahres 1968. Und schon wurde ich von Bildern aus meiner Jugend heimgesucht.

Jemand hatte Hansy ein Auge ausgeschlagen. Eine weißliche Flüssigkeit rann aus der Höhle, in der vorher das Auge saß. Wir wußten nicht, wie sehr Pferde Schmerz empfinden, aber Hansy mußte große Schmerzen haben, denn er schnaubte zornig, und wenn man ihn streichelte, schlug er mit der Hinterhand aus. Wir standen im Halbkreis um den verstümmelten Biergaul der Kremser Brauerei. Messerer Gerhard aus der Wasendorferstraße in der alten Werkssiedlung, zwei Both-Geschwister und Uhl Othmar aus den neuen Plattenbauten, in die man die Familien aus den Baracken nahe der Bahnlinie Krems – Wien gesteckt hatte. Und ich.

„Dann man einen Tierarzt holen soll", sagte Both Thomas, der von sich immer in der dritten Person sprach und statt „wenn" konsequent „dann" sagte, was den Betriebsratsvorsitzenden, der er später einmal werden sollte, schon ankündigte.

„Wer kennt einen Tierarzt?" fragte Othmar.

Wir schüttelten die Köpfe. In Landersdorf, dem ärmlichen Kleinbauernnest auf einer Geländestufe oberhalb der Werkssiedlung, gab es einen praktischen Arzt, Doktor Reis, aber der war nur für Menschen da. In der Werkssiedlung, die immerhin fünftausend Einwohner hatte, gab es weder Arzt noch Apotheke. Die Leute vom Werk gingen aber nie zum Bauerndoktor. Wenn sie krank waren, suchten sie den Werksarzt in der Hütte Krems auf. Der war zwar ein ehemaliger SS-ler und ein Morphinist (später wurde er auch mein Schularzt im Gymnasium), und er war entsetzlich schlecht. Aber er war vom Werk und hatte gelernt, vorsichtig mit den Arbeitern umzugehen. Er akzeptierte ihre Diagnosen und Therapien, drei Tage Krankenstand, ohne Widerrede. Dennoch empfahl es sich, in Krems-Lerchenfeld nicht krank zu werden.

„Der das getan hat, ist ein Arschloch", stellte Both Claudia sachlich fest.

„Arschloch sagt man nicht", erwiderte Thomas, ihr großer Bruder.

„Orschlach", sagte Claudia. „Das darf man sagen. Der das getan hat, ist ein Orschlach." Sie stampfte mit dem Fuß auf und schrie „Orschlach! Orschlach! Orschlach!" Dann setzte sie sich auf den Boden und weinte.

„Der Hansy muß zum Arzt", sagte Uhl Othmar – der „Blinde". Wir nannten ihn so, weil er eine dicke Krankenkassenbrille trug, die er beim Fußballspielen immer verlor.

So kam es, daß wir Kinder mit dem pensionierten Brauereipferd, dem jemand ein Auge ausgeschlagen hatte, Richtung Werk marschierten. Both Claudia lenkte den Herrn Portier ab, indem sie auf der anderen Seite des Portierhäuschens ihren Hintern entblößte. Währenddessen zogen wir mit Hansy vor die Werksambulanz neben der großen Halle der Verzinkerei. An den Pappelbäumen hingen kleine Plakate: „Denk an das betriebliche Vorschlagswesen, Kollege. Mitdenken bringt Prämien". Hansy folgte brav, trotz der Schmerzen schien er Gefallen am Werk zu finden. Herr Winkler, der Werksarzt, traute seinen Augen nicht, als wir mit dem verletzten Kollegen eintraten.

Am Vorabend hatten der Dozent und ich beim Heurigen Ezzes eingeholt. Ich bekam vom Vorsitzenden des „Ständigen Ausschußes zur Klärung sämtlicher Welträtsel", Wenzel Schebesta, eine sieben Punkte umfassende Liste vorgelegt, dann hatte ich die Punkte auswendig zu lernen. Schließlich wurde der Zettel verbrannt. Nach mehr als vierzig Jahren eine Entführung, einen Kindsmord und den Tod einer Jugendlichen aufzuklären sei kaum möglich, beschied Schebesta. Da ich auf etwas anderes nicht bauen könne, wünsche er mir Glück. Dem Dozenten räumte er bessere Erfolgschancen ein. Einschränkend vermerkte er allerdings, daß die Involvierung der Familie des Dozenten die Sache nicht gerade erleichterte. Und als er hörte, daß dieses Mal nicht die Mutter, sondern deren Schwiegersohn, ein mäßig erfolgreicher Architekt, der sich in rechten Kreisen herumtrieb, in die Sache verstrickt war, verstummte er. Daß der famose Schwiegersohn von der Mutter des Dozenten nur „das Nebengeräusch" genannt wurde, hatte der Dozent verschwiegen.

Während ich im Extrazimmer letzte Instruktionen entgegennahm, gab der Dozent sich im Schankraum bei Welschriesling und Surschnitzel wehmütigen Gedanken an meine desertierte Freundin Anita hin, die beim Heurigen serviert und intime Geschäfte angebahnt hatte. Ich hatte für sie die Kundenkartei und die Honorareintreibung übernommen. Seit einem Jahr war Anitas Platz verwaist, eine resolute Tschechin hatte ihren Platz eingenommen, aber nur beim Heurigen. In mein Bett ließ ich nur Verflossene, die mindestens zwanzig Jahre mit mir nicht mehr intim gewesen waren. In meiner Treue bin ich kompromißlos. Anita fehlte mir, und ich war nicht ohne Zorn, aber tief im Inneren brachte ich Verständnis für sie auf.

Nachdem sie aus der Ehe mit einem nach Mexiko geflüchteten Vorarlberger Finanzberater noch einen hohen Schuldenbetrag abarbeiten mußte, hatte ich Anita unter meine Fittiche genommen und ihre Nebentätigkeit umsichtig begleitet. In drei Jahren konnte sie den Schuldenberg auch von achthundertfünfzigtausend Euro auf achthunderttausend Euro verkleinern. Da bei Unternehmungen dieser Art der Anfang das Schwerste ist, waren die Chancen auf weitere Fortschritte intakt. Markenimage und Kundenstock entwickelten sich blendend, auch die Zahlungsmoral zeigte keine Einbrüche. Nur selten mußte ich zur Eintreibung ausständiger Honorare ausrücken. Vom unternehmerischen Standpunkt aus gesehen waren wir ein Erfolgsmodell.

Was aber nutzt die beste Hardware, wenn die Software nicht mithält? Anita konnte sich am hart erarbeiteten

Erfolg nicht freuen, sie wurde von Zweifeln geplagt. Wenn das so weitergeht, muß ich mit neunzig noch für Geld vögeln, und dann hab ich immer noch die Hälfte offen, jammerte sie. In ihrer Verzweiflung hatte Anita sich dann mit einem korpulenten Gymnasialprofessor und Beamtengewerkschafter aus Bad Gleichenberg eingelassen. Der Professor hatte zwei stattliche Bürgerhäuser in der Grazer Altstadt geerbt und verkauft und wußte nicht, wohin mit dem Geld. Also investierte er in Schiffsfonds. Das galt damals als todsichere Anlage. Er war Professor für Psychologie, Theologie und Philosophie, und er war verrückt nach Anita, die er anläßlich einer Gewerkschaftstagung in Stammersdorf kennengelernt hatte. Sechs Monate später erlag Anitas Hoffnung während einer Sitzung zur Reform des Lehrerdienstrechts einem Herzschlag. Die ewigen Verhandlungen hätte er weitere zehn Jahre ertragen, aber das ungewohnt rege Sexualleben war zu viel für ihn. Anita war zum Opfer ihrer Vorzüge geworden.
Am Tag vor dem Begräbnis kehrte sie zu mir zurück. Meine Freude währte aber nur kurz. Binnen Wochenfrist folgte sie dem Ruf eines ukrainischen Geschäftsmanns nach Odessa. Großbusige Bauernmädchen vom flachen Land hatten dort ausgespielt, nun waren für die Oligarchen Frauen aus dem Westen der letzte Schrei. Der Mann sei in Öl und der Immobilienindustrie engagiert, hatte sie nach einiger Zeit geschrieben. Beim Verkauf des Containerhafens von Odessa an den Hamburger Hafen habe er Millionen gemacht.

Sie wohne in einem Penthouse über der Stadt und habe mehrere Bediente um sich.
Seither habe ich nichts mehr von ihr gehört. Ich hoffe aufrichtig, daß sie es gut getroffen hat. Ob sie mit ihrer Tochter Nelly, die im Burgenland in einer Pflegefamilie aufwächst, Kontakt hat, entzieht sich meiner Kenntnis. Sollte Anita überraschend auftauchen, bin ich gerüstet. Anfragen nach ihrem Erscheinen beantworte ich nicht abschlägig. Bald, sage ich, es sei nur eine Frage der ukrainischen Konjunktur. Anitas Klienten sind hartnäckig, sie schrecken auch vor Anzahlungen nicht zurück. Die ich gewissenhaft verwalte.

2. Kapitel

Der transdanubische Bündniszwang

In Strebersdorf passierten wir an der Südflanke des Bisambergs gesichtslose Gebäuderiegel aus den Nachkriegsjahren und einen gedrungenen Gründerzeitbau.
„Ich wußte nicht, daß es hier draußen auch ein Militärkommando gibt“, meinte der Dozent.
„Es handelt sich um den Sitz der militärischen Geheimdienste der Staaten Donaueuropas. Das Eastern Headquarter der Joint-River-Forces“, erwiderte ich und drosselte das Tempo. „Eingedenk der prekären Lage der Donauanrainer wird es Sie nicht wundern, wenn ich hinzufüge, daß hinter diesen Mauern nationalistische Faxen den Vorrang vor aufklärerischen Strategien genießen.“
Ich reduzierte das Tempo nochmals.
Der Dozent machte eine abwehrende Handbewegung. „Mich führen Sie mit diesem Unsinn nicht hinters Licht. Österreich darf keinem Militärbündnis angehören, wir sind schließlich neutral!“
„Sie in Hietzing vielleicht. Aber wir, im Osten der Reichshauptstadt, waren und sind nicht neutral“, entgegnete ich. „Von alters her sind wir Transdanubier leidenschaftliche Anhänger von Militärbündnissen.“
Die Antwort des Dozenten fiel knapp aus. Wie so oft bei meinen Ausführungen wisse man nicht, welcher

Seite man den Vorrang einräumen solle – der wissenschaftlichen Unbedarftheit oder der Dreistigkeit der Behauptung.

Ich reduzierte die Marschgeschwindigkeit weiter.

Meine Angaben würden sich durch Faktenkenntnis und geistige Durchdringung auszeichnen, berichtigte ich meinen Beifahrer. Das sei ich schon meiner Position als Korrespondent des „Ständigen Ausschußes zur Klärung sämtlicher Welträtsel" schuldig.

„Verschonen Sie mich mit diesem Kegelverein ohne Kugeln! Diesem Papiertiger!" sagte der Dozent verbittert.

Seit Jahren versucht der Dozent, sich dem „Ständigen Ausschuß" anzudienen; daß er nicht einmal einer Antwort des Vorsitzenden für würdig befunden wurde, kann er nicht verwinden. Daß man dem Ausschuß nicht beitreten kann wie einem Golfklub oder einer Weinritterschaft, ja daß es die Möglichkeit einer Bewerbung gar nicht gibt und man zum Mitglied ernannt wird, diese Ernennung aber nicht ablehnen kann, übersteigt seine Vorstellungskraft.

Wir reihten uns in einer Kolonne hinter einem Müllwagen ein. Er hielt vor jeder Hauseinfahrt. Ich nutzte die Zeit und führte einige Beispiele für den transdanubischen Bündniszwang an:

„Wie Sie wissen, erlaubte Joseph II. den Ausschank selbstgefechsten Weins, es war die Geburtsstunde des Heurigen. Sie wissen auch, daß Joseph II. ein Drittel seiner Regierungszeit inkognito, als Graf von Falkenau, auf Reisen war."

Der Dozent nickte.

„Sie wissen aber nicht, daß der Pate des Heurigen um ein Haar in einem Kremser Heurigen erstochen worden wäre."

Der Dozent erschrak.

„Die Sache war so: Joseph hatte einen Tag in den Weinbergen verbracht, er sprach mit rechtlosen Weinarbeitern, besuchte deren Keuschen und begutachtete einige Weinkeller. Abends kehrte er bei einem Kremser Heurigen ein. Er hatte sich eben gesetzt, da stürzte sich ein Mann mit einem gezückten Dolch und den Worten ‚Tod dem Gottlosen!' auf ihn. Nur der Geistesgegenwart seiner Begleiter war es zu verdanken, daß der Kaiser überlebte. Der Attentäter wurde als verwirrter Einzeltäter hingestellt, der die Auflösung des Dominikanerordens in der Kremser Altstadt nicht verwunden hätte. Tatsächlich hatten die Kremser Bürger sich wegen seiner antikirchlichen Politik gegen Joseph verschworen. Die Weinhauer in Krems und der Wachau machten mit den Klöstern blendende Geschäfte, vielerorts waren es auch noch kirchliche Winzerbetriebe, die in den besten Rieden schuften ließen. Die Auflösung der Orden war für die Weinbauern eine tödliche Bedrohung. Für die einen stand die klerikale Existenz auf dem Spiel, die anderen fürchteten um den Weinexport. Also verbündeten sich die Winzer, obwohl freidenkerisch eingestellt, mit dem reaktionären Klerus."

Der Dozent schrieb.

„Ähnliches spielte sich 1805 beim Gefecht von Loiben ab, als Russen und Österreicher vereint gegen die flehentlichen Bitten der Dürnsteiner ein Gemetzel unter der französischen Vorhut anrichteten und damit dem Donautourismus einen Schlag versetzten, vom dem er sich bis heute nicht erholt hat", fuhr ich fort.
Der Dozent schrieb eifrig mit.
„Es kommt noch schlimmer: Der verhasste heimliche Herrscher des Reichs, Fürst Metternich, war vor der Märzrevolution des Jahres 1848 nach London geflüchtet; nach der blutigen Niederschlagung der Revolution kam er zurück und beriet den blutjungen Kaiser Franz Joseph, der wegen der von ihm verhängten Todesurteile in der Bevölkerung als das ‚grausame Kind' berüchtigt war, noch bis 1859, Metternichs Todesjahr. 1809 zum Außenminister berufen, hatte der Staatskanzler ein halbes Jahrhundert wirtschaftlicher und gesellschaftlicher Entwicklung für das Reich verspielt. Der Neoabsolutismus, diese Diktatur von Klerus und Hochadel, trägt Metternichs Handschrift."
Welche Rolle die Wachauer gespielt hätten, wollte der Dozent wissen.
„Als Metternich 1848 flüchtete, stellten sich die Kremser Bürger auf seine Seite, sie fürchteten neue Steuern und die Befreiung des Proletariats. Als er 1851 zurückkam, machten sie wieder ihren Diener. Aus Angst vor revolutionären Umtrieben lehnte Metternich ein Volksheer ab und forderte die Bewaffnung der Bürger. Auch dafür waren die Kremser zu haben – mit der

kleinen Einschränkung, daß sie für sich selbst eine Ausnahme forderten. Sollten die bürgerlichen Konkurrenten der anderen Städte kämpfen und sterben, die Kremser standen höchstens als Erben bereit. Ihre Berufung sahen sie weniger in der offenen Feldschlacht als im Weinhandel, im Stapelgeld der Salzschiffe, im lukrativen Geschäft mit Wachauer Safran und im Anhäufen von Reichtümern aller Art.

1866, als die Preußen vor Wien standen, und 1915, nach der Brussilow-Offensive des Zarenreichs, dasselbe Spiel. Die Transdanubier liefen nicht zum Feind über, sie liefen dem Feind entgegen, um mit ihm zu marschieren. Jaroslav Hašek muß die Transdanubier vor Augen gehabt haben, als er den Parade-Deserteur Schwejk schuf. Tatsächlich erzählt Schwejk einmal, daß er 1912 einem Startversuch des Flugpioniers Igo Etrich nahe Orth an der Donau beiwohnte und bei dieser Gelegenheit die Feststellung machte, dass der Adjutant des Flugpioniers intime Details aus dem Leben von Schwejks Großmutter zum Besten gab. Und die stammte aus einem kroatischen Dorf im Marchfeld."

Eine Weile sinnierte der Dozent vor sich hin. Dann wollte er wissen, was diesen seltsamen Bündniszwang begründet habe.

Die Lösung der Frage liege in einer Schenkung Karls V., führte ich aus. Jener habe den Gemarkungen nördlich des Stroms unbegrenzte Steuerfreiheit gewährt, wenn sie nur darauf verzichteten, Soldaten nach Innsbruck, der damaligen Reichshauptstadt, zu schicken.

„Warum das?“ fragte der Dozent.
„Weil die ersten Kontingente bewaffneter Transdanubier marodierend durch die Stadt gezogen waren, Geschäfte und Kirchen angezündet und schließlich in Bataillonsstärke auf das Goldene Dachl hinunter uriniert hatten. Auch militärisch waren sie nicht zu gebrauchen, geradezu zwanghaft liefen sie zum Feind über, egal um wen es sich handelte. Karl war darob äußerst erzürnt, er hatte damals andere Probleme. Trotz der hohen Einnahmen aus dem Goldraub und darauf basierenden Anleihen vermochte er seine Kriege nicht zu finanzieren. Also verpfändete er amerikanische Besitzungen. So kam etwa 1527 das heutige Venezuela an die Welser, die das Land zwanzig Jahre lang ausbeuteten. Karls Anleihen führten zu einer katastrophalen Verschuldung Spaniens.“
„Nichts Neues unter Spaniens Himmel“, notierte der Dozent.
„Es heißt, ein Fürstenaufstand hätte Karl 1553 von Innsbruck nach Villach vertrieben, die Fürsten waren aber nur der kleinste Teil des Problems … Tatsächlich floh er vor den transdanubischen Haufen!“
Der Dozent schüttelte den Kopf:
„Ich denke, das ist eine Ihrer üblen Flunkereien, die nur dazu dienen, die historische Wahrheit zu verschleiern. Im übrigen ersuche ich Sie dringend, ein adäquates Tempo anzuschlagen. Wenn Sie weiter so provokant langsam dahinzockeln, werden uns noch freilaufende landwirtschaftliche Geräte ins Heck krachen.“

Wir fuhren jetzt im Schrittempo.
„Was meinen Sie mit freilaufenden landwirtschaftlichen Geräten? Etwa Traktoren?“
Der Dozent nickte. Ich nahm die Antwort zur Kenntnis. Daß die dynastisch verheerten Bewohner Hietzings gestelzte Umschreibungen für Traktoren verwendeten, erschien mir nur logisch.
„Im Nahbereich von Schulen empfiehlt das Kuratorium für Verkehrssicherheit Schrittempo“, sagte ich.
„Und was fahren wir jetzt?“
„Gedrosseltes Schrittempo.“
„Um Gotteswillen. Wir kommen nie in der Wachau an.“

„Verkürzen Sie uns doch die Zeit und erzählen Sie mir eine Schnurre aus Ihrem privilegierten Leben“, bat ich den Dozenten nach einer Weile. Während wir durch Strebersdorf rollten, erzählte der Dozent eine Geschichte aus dem Theresianum:
„Wir hatten einen Mitschüler, Koloman mit Namen, der wurde von den Strebersdorfer Schulbrüdern wegen groben Fehlverhaltens von der Anstalt relegiert. Die Sache hatte sich wie folgt zugetragen: Ein rundlicher Schulbruder hatte ein Auge auf den zarten Buben geworfen, er beschenkte ihn mit Süßigkeiten und sparte nicht mit eindeutigen Annäherungen. Man kennt das ja aus den bekanntgewordenen Skandalen. Der Bub getraute sich nicht seinen Vater zu informieren, mit den Mitschülern konnte er sich auch nicht aussprechen, ihnen erging es ähnlich.

Eines Tages wußte Koloman sich nicht anders zu helfen, als dem Schulbruder auf dem Weg zur Kantine wie ein wilder Stier mit gesenktem Kopf in den Bauch zu donnern. Der beleibte Mann sackte zusammen und verdrehte die Augen. Er starb am nächsten Tag an inneren Blutungen. Der einzige Zeuge war ein Schulwart, der freute sich über eine Gehaltserhöhung. Man hat die Sache vertuscht."

Woher der Dozent von der Geschichte Kenntnis habe?

„Koloman wurde in meine Klasse im Theresianum überstellt. Wir haben uns gut verstanden. Er ist jetzt Protokollchef in der EU-Hauptabteilung für Länder, die nie aufgenommen werden sollen. Wir treffen uns manchmal beim Demel zum Gedankenaustausch."

„Beim Demel? Der Pfaffenmörder?!"

„Ich muß doch sehr bitten!" rief der Dozent.

„Ich glaube, ich kenne den Vater des wehrhaften Sohnes. Er war Obmann einer großen SPÖ-Sektion. Ein unbeugsamer Linker. Auch seine Tochter ging bei den Schulbrüdern. Im Wiener Gemeinderat nahm er als Schulexperte, der vehement für die Zurückdrängung des konfessionellen Schulwesens eintrat, eine geachtete Stellung ein."

Der Dozent verschränkte die Arme vor der Brust und sagte mit fester Stimme:

„Ich habe mich vor langem dazu durchgerungen, Ihnen bei historischen, politischen, naturwissenschaft-

lichen und sämtlichen verwandten Fragestellungen sowie jenen der Kunst, der Religion und der Önologie keinerlei Glaubwürdigkeit zuzumessen", dozierte er. „Ich sehe mich gezwungen, auf diese Maxime zurückzukommen. Allenfalls in entlegenen Nebenthemen des Menschseins wie der Binnenschiffahrt und der Vorstadt-Zuhälterei gestehe ich Ihnen Kenntnisse zu."
Das saß. Zumindest glaubte das der Dozent. Wie immer am Beginn einer neuen Mission war ich aufgekratzt und gut gelaunt. Ich ließ ihn daher seinen Triumph auskosten. Ich beherzigte dabei einen wichtigen Grundsatz der Mitarbeiterführung: Gönne ihnen nebensächliche Triumphe und nimm sie dafür in der Hauptsache umso fester an die Kandare.

Wenn Vater sich einmal zur Gartenarbeit herabließ, kam ich angerannt und stellte mich neben ihn. Tschernosem, sagte ich, wenn Vater in die Erde stach. Was heißt das, fragte Vater. Geographie, sagte ich. Lehrbuch Seydlitz, erste Klasse Gymnasium, Seite vierzehn unten. Russische Schwarzerde. Äußerst fruchtbar.
Vater arbeitete ungerührt weiter. Als Maschinenbauer war es nicht seine Aufgabe, russische Schwarzerde zu kennen, dachte ich. Mehr noch, es spricht für seine unbedingte Hingabe an seinen Beruf, daß er sich nicht von Nebensächlichkeiten ablenken läßt. Früh schon wurde mir auf diese Weise eine Lektion zuteil: Es ist nicht gut, wenn einer zu viel weiß. Und so nahm ich

mir vor, künftig Obacht darauf zu geben, nur in Maßen klug zu sein. Understatement im Wissen als Eintrittskarte in die Gemeinschaft des Mittelmaßes, sozusagen. Ich war ein ganz schön präpotenter Bub.

3. Kapitel

Wir machen guten Progreß auf der Bundesstraße.
Abschließendes zum Tod auf der Autobahn.
Ein kalorisches Kraftwerk aus dem Kalten Krieg,
ein Getreidesilo aus der NS-Zeit und ein geheimnisvoller
Gutshof aus der Renaissance

Nach Langenzersdorf beschleunigte ich auf siebzig Stundenkilometer, eine gute Marschgeschwindigkeit für Leute, die keine Märsche mögen, sagte ich zum Dozenten.

„Warum nehmen wir nicht die Autobahn, in vierzig Minuten wären wir in Krems", fragte der Dozent ungehalten.

„Wie lange kennen Sie mich", fragte ich zurück. „Sie wissen, ich fahre nie Autobahn. Kein denkender Mensch fährt Autobahn. In Österreich schon gar nicht. Wer Autobahnen meidet, lebt länger und besser. Sie entkommen endlosen Verkehrsstaus, einer permanenten Radarüberwachung sowie überfallsartigen Fahrzeug- und Personenkontrollen, wobei sich immer etwas findet, eine defekte Glühbirne oder drei Asylanten im Handschuhfach. Sie werden nicht von wirren Überkopfwegweisern behelligt, sie werden nicht an Sektionskontrollen selektiert. Sie entgehen Räubern auf Autobahnraststätten und Sie sehen sich nicht ukrainischen Schnelltransportern ausgesetzt, deren

Fahrer seit achtundvierzig Stunden hinterm Steuer lümmeln und die Augen kaum mehr offenhalten können. Sie vermeiden Baustellenbereiche sowie Lamborghinipiloten aus Rußland, welche dieselben mit 200 km/h durchrasen. Sie ersparen sich, von grünschnäbligen Dränglern bedroht zu werden, die kaum übers Lenkrad hinaussehen und mit ihren bayrischen Boliden zehn Zentimeter hinter Ihrem Heck einherdonnern, obwohl Sie die zulässige Höchstgeschwindigkeit schon um ein Drittel überschreiten. Schließlich entkommen Sie Schwer-LKWs mit gebrochenen Bremsscheiben und entgehen dem Anblick brennender Reisebusse."

Wenn wir die alte Bundesstraße nähmen, brauchten wir dreimal so lang, nörgelte der Dozent. Das mache nichts, beruhigte ich ihn. Für unsere Sache reiche es völlig, wenn wir erst am fortgeschrittenen Nachmittag in Krems einträfen, auch die Chance auf kühlere Luft sei größer. Außerdem berge die Route über die alte Landesstraße eine Reihe von Denkwürdigkeiten, die uns trefflich auf die Wachauer Verhältnisse einstimmen würden.

Wir überquerten ein „Donaugraben" genanntes Rinnsal.

„Vor hundertfünfundzwanzig Jahren machte Kaiser Franz Joseph hier in einem Wirtshaus Station", erklärte ich. Ein verwittertes Messingschild erinnere daran. Das gesamte Territorium der ehemaligen Monarchie sei mit Erinnerungstafeln an den Langzeitkaiser zugepflastert. Würde man die Artefakte einschmelzen, könne man damit ein Vermögen machen.

„Alle Welt weiß, daß Österreich über ein gut ausgebautes Autobahnnetz verfügt, nur der famose Herr Groll scheint das nicht begriffen zu haben", warf der Dozent ein.

„Sie haben völlig recht", sagte ich. „Aber haben Sie sich auch schon einmal gefragt, warum das so ist? Weil die Politik nur die Ökonomie im Sinn hat! Autobahnen dienen einzig dem schnellen Warentransport. Salzgurken vom Schwarzen Meer in den Schwarzwald, und das in achtzehn Stunden. Darum geht's. In Wahrheit zählen die österreichischen Autobahnen nicht nur zu den gefährlichsten, sondern auch zu den häßlichsten des Planeten. Zwar wird die heimische Landschaft von der Österreichwerbung von Kastilien bis Lappland in schrillen Kampagnen als ideale Reisedestination empfohlen, was aber bekommen die armen Lappländer zu sehen, wenn sie in ihren alten Volvos durchs Land brausen? Wegweiser zu Naturschutzgebieten, Hinweisschilder zu Klöstern, Thermen und Schnapsbrennereien. Aber vom Land selber sehen sie nichts, keinen Strom, keinen Dom, keinen Acker zukunftsreich. Sie sehen kein Kloster, sie sehen keinen See und sie sehen keinen Berg. Österreich ist ihnen ein einziger Röhren- und Tunnelbau. Dichte und Länge der heimischen Lärmschutzwände sind europaweit einzigartig, sie rauben dem Automobilisten zuerst die Sicht, dann den Verstand. Selbst Einheimische wissen

nicht mehr zu sagen, in welchem Bundesland sie in einer Betonröhre dahinbrausen."
Dennoch sei die Nutzung von Autobahnen nicht nur die schnellste, sondern auch die sicherste Form des Reisens mit dem Automobil, blieb der Dozent hartnäckig.
„Konträr", rief ich. „Das ist eine üble Propaganda der Autobahnlobby. Kommt es in den Betonröhren zu einem Feuerunfall, wirken die meterhohen Betonwände wie Kamine, Feuerwalzen überrollen Touristen, die von Österreich nichts gesehen haben und nie mehr etwas sehen werden. Bis ich in diesen Röhren meinen Rollstuhl aus dem Wagen gehievt habe, bin ich gegrillt. Dasselbe gilt für die Unzahl an Autobahntunnel, die nicht nur am Semmering und bei Klagenfurt verharmlosend ‚Tunnelketten' genannt werden, anstatt ‚zwanzig Kilometer lange Todesfallen', in denen mit deprimierender Regelmäßigkeit Menschen verkohlen. Um das Unglück noch zu vervielfachen, werden immer neue Tunnelröhren durch die Berge getrieben, als überträfe der Blutzoll nicht schon längst jede menschliche Vorstellung. Ist Ihnen aufgefallen, daß rechtsextreme Politiker sich besonders für Tunnelröhren, Autobahnen und Lärmschutzwände ins Zeug legen? ‚Freie Fahrt dem freien Bürger', rufen die Freiheitsheuchler aller Schattierungen, deren wahres Bestreben es ist, Freiheit und Bürger abzuschaffen und durch ein von Sklaven bevölkertes Kasernensystem zu ersetzen, in dem die U-Bahn-Zeitung gratis, die Spitalsambu-

lanz unerschwinglich und die Tunnel endlos sind. Es gibt da einen Zusammenhang, verehrter Herr Dozent! Einen Zusammenhang zwischen Fremdenhaß, Lärmschutzwänden und dem motorisierten Todestrieb. Hauptsache, der Lärm wird geschützt, die Menschen sind nur Sperrmüll auf Tunnelreise. Falls dereinst von kommenden Himmelsstürmern die Autobahnbetreiber samt ihren Handlangern als Terrororganisation eingestuft werden, wird es mir ein leichtes sein, ihnen nicht in den Arm zu fallen. Im übrigen wird es eine Frau sein, die diesen Kampf als erste aufnimmt, eine Jeanne d'Arc der menschlichen Fortbewegung. Männer kommen für diese Position aufgrund ihrer Technikgläubigkeit nicht in Frage."

Seit Jahren sei wissenschaftlich bewiesen, daß auf den Landes- und Bundesstraßen mehr Menschen ums Leben kämen als auf Autobahnen, legte der Dozent nach. Diesen Umstand könne ich nicht ignorieren.

Wir überquerten die Donauuferautobahn knapp neben dem am Strom gelegenen Getreidesilo von Korneuburg. Linkerhand erstreckte sich ein Golfplatz, rechterhand erhob sich die Maschinenhalle eines kalorischen Kraftwerks und ein mächtiger Schornstein.

„Verehrter Herr Dozent", erwiderte ich ruhig und gelassen. „Es gibt eine Erklärung für die vielen Toten auf den nachrangigen Straßen. Schuld sind die Autobahnen."

„Das mußte ja kommen", rief der Dozent empört. „Sie schrecken wahrlich vor keinem Unsinn zurück!"

„Mäßigen Sie sich, Emotionen haben in einer Fahrmaschine keinen Platz", sagte ich ruhig. „Heerscharen von Jungmännern werden durch das Rasen auf Autobahnen verdorben, aus ihnen werden keine verantwortungsvollen Automobilisten mehr. Wer mit zweihundert auf einer schnurgeraden Autobahn im Lärmschutztunnel dahindonnert, glaubt bald, die Gesetze der Physik seien aufgehoben. Und ein paar Stunden später, auf der Heimfahrt von einem Bordell jenseits der Grenze, bohrt sich ein dreihundert PS starkes Geschoß in den letzten Waldviertler Tannenbaum. Überhöhte Geschwindigkeit, heißt es dann im Polizeibericht. Fremdverschulden sei auszuschließen. Das aber, verehrter Dozent, ist eine Lüge. Selbstverständlich liegt Fremdverschulden vor. Schuld sind nämlich die Autobahnen, sie entziehen dem Menschen mit der Natur auch die Naturgesetze und lotsen ihn in eine Parallelwelt, in der Gevatter Tod den Sprit einfüllt."
„Tod auf der Straße ist die zweithäufigste Todesursache bei jungen Männern. Auf der Bundesstraße wohlgemerkt", rief der Dozent triumphierend aus. „Und was, Sie hinterwäldlerischer Verkehrsexperte, ist die häufigste?"
„Tod auf der Autobahn", sagte ich.

Wir fuhren ein paar hundert Meter an der Donau entlang und betrachteten die Rollfähre, die, nur mit der Kraft der Strömung, lautlos ihren Dienst verrichtete. Der Dozent stieß sich am dumpfen Anprall der Fähre an den Landungsbrücken und meinte, das sei eine vorsintflutliche Bewegungsform. Ich würdigte ihn keiner Antwort.

Nachdem ich den neuen Fährhelfer mit der Hand gegrüßt hatte – der alte war gemeinsam mit dem Kapitän als Hitzeflüchtling in die Donau gesprungen, nur der Kapitän war wieder aufgetaucht – machte ich vor dem Fährkiosk halt. Ich wollte den Buffetbetreiber, einen Schiffbauer der ehemaligen Schiffswerft Korneuburg, beschwören, seinen Dienst an der Menschheit trotz der großen Hitze fortzusetzen. Besonders jetzt bedürften die Menschen scharfer Würste und großer Mengen Bier. Vom Wagen aus zeigte ich dem Dozenten eine stählerne Veranda, die ein paar Meter über den Strom hinausreichte. Selbstverständlich sei die Veranda stufenfrei ausgeführt, fügte ich hinzu. Nicht nur aus diesem Grund sei der „Donaupirat“ meine zweite Heimat. Leider hatte das Buffet Hitzeferien.

Wir kehrten um, passierten den riesigen Getreidesilo und die Verladebrücke und parkten vor einem unscheinbaren Gasthof direkt am Fluß. Ein weit aus dem Wasser ragender holländischer Selbstfahrer, die „Innovatie“, zog, ebenfalls talwärts fahrend, an uns vorüber. Auch das Landgasthaus Tuttendörfl war geschlossen. Bevor der Dozent sich über den Namen mokieren konnte, wies ich darauf hin, daß dieses Restaurant sich aus einer Reihe von Schiffsmühlen aus dem siebzehnten Jahrhundert entwickelt habe, die von einem Freiherrn von Dutto betrieben wurden. Der Name sei von diesem abgeleitet. Immerhin handle es sich um das einzige Donaurestaurant am Nordufer, und das auf einer Länge von hundert Kilometern, zwischen Krems und Orth.

„So schofel gehen unsere Landsleute mit der Donau um", setzte ich fort. „Sie besingen sie zu Neujahr im Musikverein und im Fernsehen, aber sie wollen mit ihr nichts zu tun haben. Wir werden später sehen, daß dies in der Wachau nicht anders ist. Daß das Neujahrskonzert der Wiener Philharmoniker zum ersten Mal 1939/40 veranstaltet wurde und der Erlös dem NS-Kriegswinterhilfswerk gewidmet war, kommt nicht von ungefähr."

„Können Sie nicht einmal fünf Minuten darauf verzichten, alles und jedes mit den Nazis in Verbindung zu bringen?" jammerte der Dozent.

Ich schwieg. Dort, wo ich den Dozenten jetzt hinbringen würde, verbat sich dieses Ansinnen von selbst.

Wir nahmen einen Feldweg, der zwischen einem Golfplatz und der Autobahntrasse entlang führte und nach ein paar hundert Metern in einem Renaissanceschlößchen samt Nebengebäuden auslief. Die Anlage machte einen heruntergekommenen Eindruck. Ein paar Geländewagen und ein Škoda mit slowakischem Kennzeichen parkten neben einer offenen Scheune, aus der Golfer mit ihren sonderbaren Wägelchen hervorströmten. Ich wollte dem Dozenten schon von der Geschichte des Tuttenhofs erzählen, da fiel mein Blick

auf ein ungeheuerliches Automobil. Ein großgewachsener Mann stand neben der geöffneten Tür und rauchte. Er trug ein helles Jackett in derselben Perlmuttfarbe, in der ein Großteil der Limousine lackiert war. Dach und Heck des riesigen Wagens waren in einem dezenten Hellblau gehalten. Beim Näherrollen erkannten wir unterhalb der riesigen Fronthaube ein ukrainisches Kennzeichen. Der rauchende Mann beobachtete uns skeptisch. Vor der Golfer-Scheune hielten wir an. Der Riesenschlitten schien Eindruck auf den Dozenten zu machen. Er fragte, ob es sich um den Stolz der russischen Autoproduktion handle.
„Unsinn", erwiderte ich. „Sie sehen deutsche Markenware vor sich. Einen Maybach 62, noch dazu die lange Version. Auf freier Wildbahn begegne ich dieser Legende zum ersten Mal."
„Maybach ist doch eine Nobelmarke von Mercedes?"
Noch immer starrte der Dozent das Schlachtschiff an. Die Konstrukteure haben das Repräsentationsgen der Reichen gut getroffen, dachte ich. Was unsereins für einen plumpen motorisierten Walfisch hält, fasziniert die Schnösel.
„War", erwiderte ich. „Die Produktion wurde eingestellt, Mercedes fuhr mit jedem Maybach ein paar hunderttausend Euro Verlust ein. Da fackeln die Schwaben nicht lang und beerdigen das Luxusprojekt. Insgesamt sind von der kurzen Version knapp zweitausend und von der langen ein paar hundert Exemplare in einer speziellen Manufaktur gebaut worden. Die

meisten Langversionen gingen in die Ukraine, den Staat mit der größten Maybach-Dichte der Welt. Was ein ordentlicher Oligarch ist, der gibt sich nicht mit einem Rolls Royce oder einem Bentley ab."

Ein weißhaariger Mann und eine jüngere Frau in schwarzer Lederkluft kamen aus einem Nebeneingang des Schlößchens. Die Frau blieb kurz stehen und machte ein Photo mit ihrem Mobiltelephon. Der Weißhaarige reichte dem Chauffeur eine Landkarte und stieg in den Fond des Wagens. Mit raschen Schritten folgte die Frau, die um einiges größer war als der Alte. Sie hatte dunkle, schulterlange Haare, und ihr katzengleicher Gang versetzte mich in helle Aufregung. Ich vermeinte, meine Jugendfreundin, die verschollene Helga, vor mir zu haben. Die Frau in der Lederkluft stieg zum Alten in den Fond. Der Maybach setzte sich in Bewegung, auf dem Hof war nur das Knirschen der Reifen auf dem Schotter zu hören. Langsam glitt der Maybach aus dem Gehöft. Ich sah noch, wie die Frau im Fond sich nach uns umdrehte. Es war kein Zweifel möglich. Nach vierzig Jahren sah ich Helga wieder. Sie war also nicht tot. Aber warum saß sie in einem ukrainischen Wagen? Reichte es nicht, daß meine jetzige Freundin Anita in die Ukraine geflüchtet war?

Wenig später fuhr ich mit dem Rollstuhl Richtung Schlößchen, blieb aber im Schotter stecken. Da kam der Dozent mit einem elektrischen Golfwägelchen auf mich zu.

„Darf ich Sie schleppen wie ein Donauschiff? Wo soll's denn hingehen?"
Auf der Donau gebe es längst keine Schleppschiffe mehr, sagte ich. Kähne würden geschoben. Ich hätte zwar breite Schultern, aber es seien keine Schubschultern. Und ohne Schubschulter keine Schubschiffahrt. Aber ich würde ihm gern etwas zeigen.
Er ließ das Wägelchen stehen und schob mich zur Stirnseite des Schlößchens. Ich streckte die Hand aus, ließ sie aber wieder sinken.
„Schade, sie ist weg. Unter dem Dach war eine geschwungene Jahreszahl angebracht. Von der Autobahn aus konnte man sie gut sehen."
„Welches Jahr?"
„Tausendsechshundertsechsundsechzig."
„Oh", sagte der Dozent. „Die Zahl des Teufels!"
„Und des Tausendjährigen Reiches", ergänzte ich.
„Nicht schon wieder!" Die Verzweiflung des Dozenten war echt.
„Hocken Sie sich zu mir, was ich Ihnen jetzt sage, ist nicht für fremde Ohren bestimmt", sagte ich. Er tat wie geheißen.
Der Tuttenhof sei im Zweiten Weltkrieg von der SS übernommen und zu einem Institut für Pflanzengenetik mit hundert Hektar Grund ausgebaut worden, erzählte ich. Wissenschaftler sollten hier das Weltsortiment von Wild- und Kulturpflanzen sammeln und bearbeiten. Zu diesem Zweck hatte man einen SS-Obersturmbannführer, den Tibetforscher Ernst Schä-

fer von der SS-Stiftung „Ahnenerbe“, engagiert. Schäfer war 1938 auf besonderen Wunsch Himmlers nach Tibet gereist. Der Reichsführer SS ging davon aus, daß Überlebende von Atlantis sich in den Himalaya gerettet hatten und dort im ewigen Eis zu „Urariern“ herangereift waren. Wie zufällig fand Schäfer eine zehn Kilo schwere vergoldete Statuette, die ein Hakenkreuz zeigte und aus Meteoritengestein bestand …

„Ataxit“, mischte sich der Dozent ein. „Man kennt ein paar Dutzend dieser Gesteinsbrocken. Himmelsgaben genossen in allen Kulturen Verehrung, der ‚Stein von Delphi‘ ist ebenso wie der in der Kaaba von Mekka ein Meteorit.“

„Theresianum?“ fragte ich.

„Naturhistorisches Museum“, erwiderte der Dozent. „Dort befindet sich der Mann mit dem Hakenkreuz.“

Daß beim allergrößten Mumpitz österreichische Wissenschaftler nicht fehlen dürfen, wundere mich nicht, sagte ich und setzte fort:

„Der Ahnenforscher Schäfer wurde also nach Rußland in Gang gesetzt, um in einschlägigen Instituten alles pflanzengenetische Material mitzunehmen. Auch die Sammlungen eines der bedeutendsten botanischen Gärten der Welt, jenem von Jalta – er lag unweit von Tschechows Garten –, wurden auf den Tuttenhof verschleppt. Sowjetische Zwangsarbeiter aus dem Lager Krems-Gneixendorf schufteten auf den Versuchsfeldern. Das ist aber nicht alles.“ Ich machte eine kleine Pause, dann sagte ich, jedes Wort betonend: „Ein weiterer Schwerpunkt war die Herstellung biologischer Waffen."

Der Dozent schaute mich erschrocken an.

„Und Sie nehmen an …?" Er erhob sich und schüttelte die Beine aus.

„Ich frage mich, was die Ukrainer hier suchen. Der Alte hatte einen Lageplan in der Hand."

„Glauben Sie denn, daß nach all der Zeit noch Spuren oder Proben überlebt haben?"

„Zumindest glaube ich nicht an Zufälle. Auch ist nach wie vor ungeklärt, wie viele sowjetische Genreserven über den Tuttenhof und von dort an andere Genbanken gelangt sind. Immerhin waren es mehrere Dutzend SS-Kader um den Südsteirer Alois Brunner, die nach dem Krieg in Syrien und Ägypten die Geheimpolizei aufbauten. Und Syrien hat von Anfang an über chemische und biologische Waffen verfügt."

„Das ist aber nur eine Spekulation", erwiderte der Dozent.

„Im Reich der Geheimdienste sind Spekulationen Bausteine der Wirklichkeit", erwiderte ich. „Ein Maybach mit ukrainischem Kennzeichen ist, besonders an diesem Ort, ungewöhnlich."

Ein Schrei riß uns aus den Betrachtungen. Ein jüngerer Mann in blauer Arbeitskleidung eilte aus dem Geräteschuppen auf den Golfwagen zu, den der Dozent ausgeborgt hatte. Mit einer Hand versuchte er, seine geöffnete Hose festzuhalten. Doch er stolperte und fiel der Länge nach auf die Nase. Zur selben Zeit eilte eine Frau mit Golfkappe aus dem Geräteschuppen zu einem der Geländewagen. In Windeseile bugsierten wir meinen Joseph in den Renault und flüchteten, eine Staubwolke hinter uns her ziehend. „Da hab ich wohl gestört", amüsierte sich der Dozent. „Der Dummkopf dachte, ich stehle den Golfwagen!"

Am Fluß angelangt, wies ich meinen Begleiter auf den Getreidesilo hin, einen von zweihundertfünfzig, die im Zuge des deutschen „Generalplans Ost" an der Donau von Passau bis ans Schwarze Meer errichtet wurden. Der Dozent war voll der Bewunderung. Ein toskanischer Dom könne da nicht mithalten, rief er.

Helga war früh erblüht. Mit dreizehn waren ihre Brüste keine zarten Knospen mehr, sie brachten ihr viel Aufmerksamkeit ein. Verwirrt und stolz trug sie ihre Weiblichkeit vor sich her. Ihre Taille aber blieb schmal, wieselflink schlängelte sie sich bei den Matches auf der alten Schulwiese durch die Reihen der Gegner und schoß ein Tor nach dem anderen. Das außergewöhnliche Wachstum der Brüste machte ihren fußballerischen Ambitionen aber dann doch einen Strich durch die Rechnung. Mit fünfzehn gab sie das Fußballspielen auf. In der Werksmannschaft hätten sie mich ja ohnehin nicht mit den Buben spielen lassen, sagte sie. Es war mehr Trotz als Trost, der aus ihr sprach. Helga hatte zu jener Zeit eine Affäre mit einem

älteren Mann begonnen, einem Schweizer, der mit einem schweren Opel Senator durch die Werkssiedlung kreuzte und in einer Villa auf dem Kreuzberg oberhalb der Kremser Altstadt mit Frau und kleinem Mädchen residierte. Da der Mann weder für die Hütte Krems noch für die Krems Chemie, die Steirische Magnesit oder die Symalen arbeitete, die Rohre aus Kunststoff fertigte, hatte er für uns etwas Geheimnisvolles. Es ging das Gerücht um, er arbeite für ein englisches Unternehmen, das führend in der Kellereitechnik für Großwinzer sei. Er wurde mit Lenz Moser, dem Weinfürsten, in Zusammenhang gebracht.
Im Schrittempo fuhr er durch die Siedlung und schaute sich um. Wir dachten, er bewundere die Architektur. Es war nicht ungewöhnlich, daß Architekturhistoriker mit ihren Studenten die Siedlung durchstreiften und Fotos machten. Sogar aus Schweden und den USA kamen Delegationen nach Lerchenfeld. Dreißig Jahre nach Kriegsende war eine komplett erhaltene Werkssiedlung aus der NS-Zeit ein Unikum. Der große Opel mit dem Luzerner Kennzeichen tauchte nicht nur in der Siedlung auf, auch an der alten Schulwiese, die sich auf dem Gelände der beim Hochwasser 1954 untergegangenen Volksschule befand, wurde er immer wieder gesehen. So mußte der Schweizer auf Helga aufmerksam geworden sein. Er kam regelmäßig, zwei- oder dreimal in der Woche, manchmal auch am Wochenende. Für uns Buben war der dunkelgrüne Opel Senator bald ein vertrauter Anblick. Der Schweizer

war mittelgroß und untersetzt. Er trug das dunkle Haar kurz, im grauen Anzug steckte immer ein weißes Tüchlein. Anfangs dachten wir, er würde aus dem Kofferraum Trainingshose und Fußballschuhe holen, aber er beschränkte sich aufs Zuschauen. Helga hatte es ihm besonders angetan, er versuchte nicht einmal den Gegenstand seines Interesses zu kaschieren – er starrte auf Helgas Brüste, als habe er ein Weltwunder vor sich. Wenn Helga sich nicht auf der Schulwiese zeigte, drehte er ein paar Runden um das Spielfeld und stieg dann in seinen Wagen. Eines Tages kreuzte er in einem roten Monteverdi auf. Er winkte Helga zu, und sie stieg, als sei es das Selbstverständlichste von der Welt, in den Sportwagen ein. Danach fehlten sie und der Schweizer für einige Tage auf der Schulwiese.

Es gab noch einen zweiten älteren Mann, der sich für uns interessierte. Er war klein und pummelig, und er genoß es, seinen bulligen Körper gegen dreißig Kilo schwere Buben einzusetzen. Aber er trat bei Ballverlust nicht nach (wie die meisten von uns) und spielte mannschaftsdienlich. Einmal traf er Oma Spitzer, eine alte, klapprige Frau, die mit einem Kinderwagen hinter dem Fußballtor unterwegs war, mit einem Gewaltschuß seitlich am Kopf. Oma Spitzer ließ den Kinderwagen los, taumelte von der Straße und ging im mannshohen Unkraut, das neben der Straße auf den Ruinen der abgesoffenen Volksschule wuchs, zu Boden. Während wir den Kinderwagen einfingen, der sich selbständig gemacht hatte, kümmerte sich der ent-

setzte Herr Edi um Oma Spitzer. Wir waren uns sicher, daß er ihr einen Geldschein zusteckte.
Herr Eduard importierte japanische Zwergautos namens Honda 600, einen Wagen von der Größe eines Puch und in skurriler Coupéform. Wenn er sich nach dem Spiel in seinen Schrumpf-Ferrari zwängte, war das für uns eine Attraktion. Der sachliche Othmar fand für den Vorgang den richtigen Ausdruck: Er zieht sich sein Auto an.

4. Kapitel

Herr Kremser fährt ins Grüne, in Krems erschlägt man Juden.
Karl Ettenauer in Dien Bien Phu,
Prinz Eugen im Schloß Schönborn.
Ho Chi Minh in Berlin und Helga in meinen Träumen

Aus betriebstechnischen Gründen müssen wir Zwischenstopps einlegen, verkündete ich zwischen Zissersdorf und Goldgeben. Der Dozent war davon nicht erbaut. Er habe nicht damit gerechnet, daß eine Spritztour in die Wachau sich als Fahrt ins Nirwana entpuppe. Wenn es denn sein müsse, werde er sich aber mannhaft dem Ratschluß eines allmächtigen Schicksals ergeben und im Niemandsland zwischen Wiener Pforte und Ruine Dürnstein sein Leben aushauchen. Auf seinem Grab solle ein Marterl mit dem Spruch „Er gab sein Bestes, aber für Herrn Groll ist das Beste nicht gut genug" stehen. In seinem Testament werde er vermerken, daß die Schrift jede Woche gereinigt werden müsse. Der Staub der Landstraße dürfe die Kunde von einem gemeuchelten Wandersmann nicht überdecken.

Ich bot dem Dozenten Hilfe bei der Abfassung des Testaments an und fügte hinzu, daß der Ausdruck „Spritztour" angesichts der historischen Hitze vermessen sei. Besser wäre da der Ausdruck „Tour de Staub". Außerdem würden die Zwischenstopps nicht unseretwegen, sondern im Dienste der alten Maschine meines Renault 5 Automatic erfolgen, denn die sei äußerst hitzeempfindlich. Aus diesem Grund müsse man öfters halten und sowohl dem Motor als auch der Besatzung Frischluft zuführen. (Ich verschwieg, daß die Stopps auch eine pädagogische und disziplinierende Funktion hatten. In einem Landstrich, der durch ein Übermaß an Geschichte gezeichnet ist, braucht es einen kundigen Scout, der den Wachau-Neuling behutsam in die historischen Verstrickungen einführt.)

„Ihr Wagen ist nicht nur hitzeempfindlich, sondern auch regenscheu", erwiderte der Dozent. „Ich erinnere mich an Ausfahrten, da sind wir schon bei Nieselregen stehengeblieben. Und das Durchfahren von Pfützen legt den antiken Motor für Tage lahm. Ich würde es begrüßen, wenn Sie demnächst ein Upgrade Ihres fahrbaren Untersatzes vornehmen würden."

„Sie denken an einen Motortausch? Für dieses Modell gibt es schon lange keine Motoren mehr."

Er denke an einen Neuwagen, respektive einen neuen Gebrauchtwagen, korrigierte sich der Dozent. Wahrscheinlich war ihm für einen Moment meine prekäre finanzielle Situation bewußt geworden.

Ich würde dem Gedanken gern nähertreten, erwiderte ich. Angesichts der volatilen Börsenindizes, der wachsenden Jugendarbeitslosigkeit, der negativen Zinsentwicklung und des hohen Spitzensteuersatzes seien meine Möglichkeiten aber begrenzt.

„Ich kann Ihnen aber gern drei Kostenvoranschläge für in Frage kommende Autos zukommen lassen, nein zwei, denn kleine Automatik-Autos mit zwei Türen und ausreichend Platz für einen Rollstuhl hinter dem Fahrersitz sind auf dem Markt selten wie Millionärserben mit sozialem Gewissen."

„Sie sind kein Jugendlicher, haben kein Sparguthaben und zahlen keine Einkommensteuer, vom Spitzensteuersatz ganz zu schweigen", erwiderte der Dozent.

„Das mag sein", räumte ich ein. „Aber ich bin ein sensibles ökonomisches Wesen, es versteht sich daher von selbst, daß die allgemeine Wirtschaftsentwicklung in meine Investitionsüberlegungen einfließt. Ein neues Auto ist ein langlebiges Wirtschaftsgut, da empfiehlt es sich, die Rahmenbedingungen für den Lauf einiger Dezennien abzuschätzen."

„Das Wirtschaftswachstum in China, die Perspektiven von Elektroautos, der Wasserstand der Donau …"

„Der sich auf die produzierte Strommenge der Wasserkraftwerke und damit auf den Strompreis auswirkt", führte ich den Gedanken weiter. „Eine Donau, die Niederwasser führt, verteuert die Stromproduktion, wodurch der massenhafte Einsatz von Elektroautos wieder um zehn Jahre verschoben werden muß. Ein ökologisch nachhaltiges Upgrade ist da nicht zu machen."

„Mit einem Wort: der edle Renault, dieses Relikt der maroden französischen Staatsindustrie, bleibt uns noch zehn Jahre erhalten", seufzte der Dozent und verkroch sich in seinem Sitz.

„Nach Abwägung der wichtigsten Argumente und Berücksichtigung bezughabender Nebenbedingungen wie Ihrer überbordenden Bereitschaft zur Finanzhilfe lautet meine Antwort: Es sieht danach aus. Im übrigen waren es Renault-Arbeiter, die in den dreißiger Jahren die Machtübernahme der Faschisten in Frankreich verhinderten. Und auch im Sommer 1968 waren es die Arbeiter der verstaatlichten Renault-Werke, die den Aufruhr der Bürgerkinder an den Universitäten zu einer sozialen Rebellion weitertrieben und bessere Lebens- und Arbeitsbedingungen für alle Franzosen durchsetzten. Es ist nur verständlich, daß Arbeiter, die sich um die Revolution kümmern müssen, keine fehlerfreien Autos bauen können. Insofern wohnt den technischen Unzulänglichkeiten meines alten Renaults eine historische Dimension inne. Als Bewohner Floridsdorfs, eines Bezirks, der im Zwanzigsten Jahrhundert ein Fiat-Werk, die weltgrößte Lokomotivfabrik, die Siemens- und Bombardier-Werke für Straßenbahnen, die Pauker-Werke für Stahlbau sowie eine Großfabrik für Lastkraftwagen und Busse beherbergte, in denen zusammen an die hunderttausend Arbeiter beschäftigt waren, habe ich mit den Renault-Arbeitern keine Probleme. Sie hingegen, als Botschafter eines Bezirks, welcher die große Welt der Industrie durch Posamenten, Perücken, Pelzhauben und Ballschuhe sowie Seiden- und Schnupftücher betrat, können das nicht verstehen. Floridsdorf war das industrielle Herz Österreichs, hunderttausend Arbeiter revolutionierten dort die

Mobilität, allein an der Brünner Straße waren so viele Leute beschäftigt wie in der verstaatlichten Industrie Österreichs in den siebziger Jahren und in den Renault-Werken des Sommers achtundsechzig. Hietzing hingegen war und ist ein Reservat des leichten Gewerbes und des Luxuskonsums, ein Eldorado von Hofschranzen und deren Abkömmlingen in Ministerien und Kammern. Kein Wunder, daß die Lemuren von Burg, Oper und Josefstadt ohne den ‚Kammer'-Titel, dieses Eiserne Kreuz für Blödheit vor dem Publikum, nicht existieren können."

Der Dozent hatte während meines Einwurfs geschwiegen, nur ein nervöses Zucken um die Mundwinkel verriet Wirkungstreffer. Er konterte sogleich:

„Nachdem Sie Ihrem bornierten Sozialneid Ausdruck verliehen haben, können Sie mir vielleicht die Frage beantworten, warum die von Ihnen vergötterte Staatsindustrie nicht in der Lage war, formschöne, preiswerte und haltbare Rollstühle herzustellen! Ihr Joseph ächzt ja aus allen Rohren, der Geradeauslauf ist einem torkelnden Heurigengast nachempfunden, und das Rasseln der kaputten Lager weckt einen Toten auf. Er wird mehr durch Draht und Gewohnheit zusammengehalten als durch ordentliche Verbindungen aus Stahl."

Der Dozent wühlte in offenen Wunden. Als Kind der Staatsindustrie mußte ich ihm diese Unzulänglichkeit konzedieren. Der Hilfsmittelmarkt war von den Strategen der Produktentwicklung sträflich negiert worden.

Ohne Zweifel hätte die Produktion von Rollstühlen, Krücken und Körperersatzstücken den Bankrott der verstaatlichten Industrie verhindert und ein goldenes Zeitalter begründet. Auto- und Motorradhersteller sowie insbesondere der Schi-Tourismus hätten für eine wachsende Nachfrage unter den Millionen Unfallopfern gesorgt und den weltweiten Siegeszug der „Voest Alpine Human Steel Division“ eingeleitet.

„Sehen Sie!“ rief der Dozent. „Und Sie bewegen sich in einem ineffizienten Rollstuhl durch die Welt, der nicht in Österreich gefertigt wurde und das Außenhandelsdefizit weiter in schwindelnde Höhen treibt.“

„Ich holpere in einem Produkt des deutschen Großkapitals durch die Welt“, versetzte ich. „Der Konzern, dessen Rollstühle mir von Krankenkasse und Hilfsmittelfirma, diesen Maden des Zwischenhandels, aufgenötigt werden, ist ein Kriegsgewinnler erster Klasse. Er wurde im Zweiten Weltkrieg der vielen Kriegsinvaliden wegen mit Körperersatzstücken aller Art groß. Wenn es nach dem Konzern gegangen wäre, hätte der Krieg ruhig eine Million Krüppel mehr erzeugen können. Kein Wunder, daß schon der Name Programm ist.“

„Wie lautet er?“ Der Dozent griff nach dem Notizbuch.

„Otto Bock.“

„Das ist hart. Wer sitzt schon gern in einem Otto Bock“, räumte der Dozent ein.

„Wie schön wäre doch ein Name wie Isotta-Fraschini, Facel-Vega oder Hispano-Suiza! Von mir aus auch Maybach – wenn Sie beim deutschen Imperialismus bleiben wollen."

Der Dozent sackte in sich zusammen, als hätte er einen Schlag in die Magengrube erhalten. Er schnellte aber sofort wieder hoch.

„Bei Ihnen ist jeder Furz historisch aufgeladen! Sie sind ein größenwahnsinniger Rollzwerg und sollten auf ewige Zeiten in einem Opel fahren müssen!" schrie der Dozent, wobei sich seine Stimme beim Wort Opel überschlug. Endlich hatte er die Contenance verloren.

Den Sieg auskostend, sagte ich ruhig:

„Ein Rollstuhl ist kein Furz."

Um den Triumph in einem verhaltenen Geplänkel ausklingen zu lassen, lenkte ich das Gespräch nun auf ein Gefährt mit dem Namen „Kremser". Der Dozent war der Meinung, dieser sei eine aus Krems stammende leichte Kutsche aus dem neunzehnten Jahrhundert. Ich lächelte wissend, hatte aber keine Ahnung, was es mit der Kutsche auf sich hatte. Daß eine Stadt des historischen Stillstands mit dem Namen einer Kutsche in die Geschichte eingegangen war, erfüllte mich mit Argwohn.

Schon hatte der Dozent den Eintrag gefunden und berichtete, daß der „Kremser" mit Krems nichts zu tun habe. Er sei auch kein leichter, sondern ein schwerer, von Pferden gezogener Mietwagen für zwanzig Personen gewesen – mit einem festen Dach, fixen Abfahrtszeiten und einheitlichen Tarifen. Der schlesische Fuhrunternehmer Simon Kremser habe damit im Jahr 1825 den öffentlichen Nahverkehr in Berlin begründet. „Mit dem Kremser int Jrüne“ sei für die Berliner zum festen Begriff geworden.

„Und ich dachte, es handle sich beim Kremser um eine schnelle Postkutsche für den Fernverkehr in Transdanubien.“

Ich solle die Spitzfindigkeiten sein lassen und mich auf die Straße konzentrieren, meinte der Dozent.

An dieser Stelle sah ich mich gezwungen, meinen Begleiter darauf hinzuweisen, daß die Wendung „talmudische Spitzfindigkeit“ laute, mithin aus dem Giftkästlein des Antisemitismus stamme. Er kapituliere vor so viel Beckmesserei, sagte der Dozent. Das sei auch gut so, erwiderte ich, Wagners Beckmesser aus den *Meistersingern* sei nämlich eine durch und durch antisemitische Karikatur.

„Hier“, sagte der Dozent, wies auf das Notebook und schaute auf. „Der schlesische Fuhrunternehmer Simon Kremser war Jude. Weil er während der Napoleonischen Befreiungskriege die Kriegskasse seiner Kompanie mehrmals rettete, wurde er nicht nur mit dem Orden Pour le mérite bedacht, er bekam auch eine exklusive Fuhrwerkslizenz, obwohl er als Jude kein Berliner Bürger war.“

„Das ist der Unterschied“, sagte ich. „Die Berliner ehrten ihren Kremser. Die Kremser aber gingen mit ihren Juden anders um. Sie erschlugen sie. 1348 als vermeintlich Schuldige an der Pest und sechshundert Jahre später als vermeintlich Schuldige an der Weltwirtschaftskrise. Die Kremser Nazi waren damals außer Rand und Band, die NS-Behörden kabelten verzweifelt an die Wiener Zentralstellen, daß sie dem Pogrom der Kremser an ihren zweihundert jüdischen Mitbürgern nicht Herr würden und ersuchten um die Entsendung von Polizeieinheiten. Man solle die Juden umbringen, aber nicht auf offener Straße, lautete die Antwort."

Unser nächster Stopp galt dem von Lukas von Hildebrandt errichteten Schloß Schönborn, auch dieses Gebäude gehört nun zu einem Golfplatz. Ich klärte den Dozenten darüber auf, daß sich am Ende des weiträumigen Platzes ein außergewöhnlicher Pavillon befinde, eines der schönsten Gebäude im Donauraum. Tatsächlich war der Dozent von der Fingerübung Gianluca Hildebrandts begeistert, ein Meisterwerk dieser Art hätte er mitten im Weinviertel nicht vermutet. Das kommt daher, fuhr ich fort, daß Hildebrandt, der Lieblingsbaumeister Prinz Eugens, auch für die Freundesrunde des Prinzen tätig wurde.

„Und Friedrich Graf von Schönborn, Fürstbischof von Würzburg und Bamberg sowie Reichsvizekanzler, ein aufklärerisch denkender Mann, zählte zu den engsten Freunden des Savoyers. Beide züchteten sie Zitrusfrüchte und jedes Jahr wetteiferten sie darum, wer die erste Zitrone hervorbringt. Meist war Schönborn vorn, binnen dreier Stunden brachte ein Meldereiter die Nachricht nach Wien, daraufhin setzte Eugen sich aufs Pferd, ritt nach Schloß Schönborn, besichtigte in der Orangerie den Wettgegenstand und räumte seine Niederlage ein. Daran schloß sich meist ein bis in die Nacht dauerndes Gespräch über die Gartenbaukunst und die Philosophie an – der Prinz korrespondierte ja mit Leibniz, Montesquieu und Voltaire – sowie über politische und militärische Fragen."

„Sie sprechen, als seien Sie dabei gewesen." Der Dozent sah mich mit skeptischer Miene an.

„In einem gewissen Sinn war ich das auch. Im ‚Ständigen Ausschuß' legen wir großen Wert auf das Studium der Klassiker: So auch Clausewitz und Ho Chi Minh, vor allem dessen Lehrzeit beim berühmten Koch Escoffier im Londoner Carlton Hotel und seine Schriften aus der Zeit der Schlacht von Dien Bien Phu 1954. Es gibt da nämlich eine Verbindung zur Hütte Krems namens Karl Ettenauer, ich habe mit dem Mann in der Verzinkerei gearbeitet. Ein Fremdenlegionär aus dem Wachauer Landproletariat, der 1954 in Indochina kämpfte und als Gefangener Ho Chi Minhs, der dank seiner Architekturstudien in Berlin leidlich Deutsch sprach, von den Umtrieben der Kirche und der Naziwinzer in der Wachau berichtete. Aber dazu später. Ferner die politischen Schriften da Vincis und Boccaccios, dieser Chronisten des pubertierenden Bürgertums. Und – wie könnte es anders sein – die Donauliteratur."

„Sie wühlen gern in offenen Wunden, das ist für mich keineswegs neu. Machen Sie sich aber keine falschen Hoffnungen. Sie fügen mir keinen Schmerz zu, höchstens verspüre ich etwas Ennui“, unterbrach der Dozent und gähnte ostentativ lange.

Ich gab mich unbeeindruckt und setzte fort:

„Manchmal waren auch Hildebrandt und andere Mitglieder des ‚Jungen Hofs‘ mit von der Eugen'schen Landpartie. Unter ihnen befand sich auch Graf Wratislaw von Mitrowitz, der außenpolitische Ratgeber Eugens. Er hielt den Prinzen davon ab, den Oberbefehl an der spanischen Front zu übernehmen, da sich Italien und Österreich, nicht aber Spanien und Österreich gemeinsam regieren ließen. Und er bewog den englischen Feldherrn Marlborough, nach Süddeutschland zu ziehen und mit Eugens Truppen zu kämpfen – was für den Sieg im Spanischen Erbfolgekrieg entscheidend war. Wratislaw war sehr korpulent, er arbeitete am liebsten im Bett. Eine Reise nach Schönborn war daher eine große Gunstbezeugung für die dort versammelte Runde. Wenn Hildebrandt, der Festungsingenieur, der Architekt der Eugen'schen Schlösser war, dann war Wratislaw, der Diplomat und Gourmand, der Architekt der habsburgischen Außenpolitik. Eugens Talent, die vortrefflichsten Frauen – man denke nur an Eleonore von Batthyány! – und Männer um sich zu versammeln, war für den Aufstieg des Reiches zu einer wirklichen Donaumonarchie ebenso entscheidend wie seine Expertise in der

Schlacht. Leider starb der arme Wratislaw schon in jungen Jahren, und zwar an der Wassersucht."

„Der Arme!? Der Glückliche! Ich sterbe vor Durst", rief der Dozent.

„Jeder verantwortungsvolle Arzt, der nicht von der Mineralwasserlobby, die zu großen Teilen im Dienst von Coca Cola steht, bestochen ist, wird Ihnen bestätigen, daß Wasser für den Körper gerade in Hitzeperioden reines Gift ist", erwiderte ich und fuhr fort: „Auch der junge und von Eugen geliebte talentierte Habsburgerkaiser Joseph I., der intelligent und tatkräftig war und so gar nichts mit den übrigen Vertretern seines Stammes teilte und mit fünfzehn Jahren schon zwei Hofdamen und zwei Köchinnen geschwängert hatte, hielt sich gern in dieser Runde auf. Auch die Existenz des Pavillons geht auf einen Wetteinsatz zurück. In einem milden Winter rechnete Eugen sich gute Chancen auf einen Sieg im Wettstreit um die erste Zitrone aus und versprach Schönborn, das architektonische Juwel errichten zu lassen, sollte er, Eugen, wieder verlieren."

„So kommt es, daß eine verlorene Wette des Prinzen Eugen uns heute noch trotz ausgetrockneter Kehle erfreut", versetzte der Dozent. „Stellen Sie sich nur vor, wenn Politiker heute auf alles und jedes wetten würden – was dabei wohl herauskäme?"

„Die Gegenwart", erwiderte ich.

Als Helga sich wieder auf der Schulwiese zeigte, wollte ich von ihr wissen, was sie an dem Schweizer finde. Er interessiert sich für mich, er ist gut zu mir und er lobt mich für meine Technik, sagte Helga und es blieb offen, welche Technik gemeint war. Sie sagte das mit einiger Ironie, denn Helga sah nicht nur blendend aus, sie war auch ein kluges Mädchen. Und sie war ein guter Freund. Einige Zeit war sie sogar mein bester. Sie liebte den Mann, wie ein Proletariermädchen nur lieben kann – mit grenzenloser Leidenschaft und bereit zu jedem Risiko. Sie glaubte, sie habe außer ihrer Jungfernschaft nichts zu verlieren. Folglich verlor sie dieselbe. Daß man auch im zarten Alter von fünfzehn Jahren schwanger werden kann, kam ihr nicht in den Sinn.

5. Kapitel

Giordanos Misere und Madames Instruktionen. Wegen Reichtums geschlossen

Der weitere Weg führte uns an einer romanischen Kirche, jener von Hausleiten, vorbei. Er sei schon einmal an diesem Ort gewesen, rief der Dozent, diese Pfarre sei die Mutterpfarre des Weinviertels.

Daß mein Assistent ein Faible für historische Kirchenbauten hatte, war mir bisher entgangen. Es sei im Rahmen einer Exkursion des Theresianums gewesen, gestand er. Seine Zeit in der Eliteschule war ein wunder Punkt in seinem Leben, zumindest schätzte der Dozent das so sein. Ich teile diese Einschätzung. Folglich überging ich die Bemerkung mit einem höflichen Schweigen.

Ein paar Dörfer weiter, an der Kante des Wagrams, fanden wir unter den vielen Weingütern eines, das sich rühmte, zweihundertfünfzig nahezu ausgestorbene Rebsorten zu pflegen und zu keltern. Man könne die Kreszenzen auch verkosten. Ich wolle mich mit zwanzig bis dreißig zufriedengeben, sagte ich zum Dozenten, als er in der Nachmittagshitze ausstieg und den Eingang zum Weingut suchte. Straßenseitig gab es nämlich hohe Stufen. Während der Dozent nach einem barrierefreien Zugang Ausschau hielt, fand ich in seinem Notebook eine Nachricht von Mister Giordano vor.

Freund Groll!

Leider muß ich Ihnen mitteilen, daß ein leidiger Vorfall meine Lage verschlechtert hat. Das kam so: Am Tag vor meiner Entlassung hörte ich aus den restrooms lautes Wehklagen. Ich hielt Nachschau und stieß auf eine schlimme Szene. Ein Patient, der mit einer zertrümmerten Hüfte mehrere Monate lang in einem Gipsbett gelegen war, nutzte seinen ersten selbständigen Ausgang auf die Toilette dazu, so unglücklich zu stürzen, daß er mit dem Kopf zwischen Klomuschel und Wand eingeklemmt war. Er dürfte sich das Becken wieder gebrochen haben, denn er schrie zum Gotterbarmen. Es gelang mir nicht, ihn aus seiner mißlichen Lage zu befreien, dann kamen schon Pfleger und Schwestern angerannt. Sei es, daß ich noch zu schwach oder von den Medikamenten verwirrt war, ich stürzte beim Transfer aufs Bett zu Boden und brach mir den Arm unterhalb des Ellbogens.

Daraufhin wollten mich die hinfälligen Ärzte sofort operieren. Ich erklärte den unbedarften Tröpfen, die doch nur an mir verdienen wollen, was zu tun sei. Sie sollten mir eine Schiene basteln und mich noch zwei Tage zur Beobachtung behalten. Alles andere komme bei einem Sizilianer von allein. So geschah es auch, gegen den Protest der Ärzte habe ich die Klinik verlassen. Ich bin nun etwas gehandicapt, da ich nur eine Hand für den Rollstuhltransfer habe und auf die gebrochene, die höllisch schmerzt, achtgeben muß. Aber ich habe zwei Kisten Ätna-Wein geordert. Der hilft bei Wehwehchen dieser Art zuverlässig. In der vermaledeiten Hitze macht mir jetzt auch noch die Psyche zu schaffen. Bis heute wußte ich gar nicht, daß ich eine hatte. Haben Sie eine Idee, wie Sie mich aufheitern können?

Giordano

Sofort machte ich mich daran, eine Antwort zu verfassen, und noch während ich die ersten Buchstaben in das Notebook tippte (der Dozent hatte mir dessen Gebrauch erlaubt und süffisant gelächelt, konnte er doch damit meine Technologiefeindschaft bloßstellen), wurde mir klar, daß die einzige Lösung für Giordanos Misere eine Reise sei. Wenn ich jetzt umdrehen und auf der Autobahn nach Wien zurückeilen würde, könnte ich noch heute Abend einen Platz in einer Maschine nach New York bekommen. Ich hatte mich zwei Jahre lang mit einem Muskeleinriß in der Schulter geplagt, ich wußte, wie es ist, ein Dutzend Mal einen Transfer zu beginnen, ihn aber dann wieder abzubrechen, weil man den Schmerz, der wie ein Feuerstoß durch den Körper rast, fürchtet. Der arme Mister Giordano war also ganz schön bedient, und da er stur und stolz war und sich nur im Fall von Weltkriegen oder von Ausbrüchen des Ätna helfen ließ, würde der alte Mann unnötig leiden, wenn nicht ein kundiger Betroffener ihm zur Hand ging, selbst wenn die Hilfe nur aus einem Schluck Nero Tavola und einer Schnurre aus Lower Austria bestand. Der Dozent würde das verstehen, vielleicht würde er sogar mitkommen. Auf jeden Fall müßte er mir das Geld für das Flugticket vorstrecken. Was mir Sorgen bereitete, war Madame Nostitz, die Mutter des Dozenten. Das Milieu, in dem ich mich bewege, ist für sie so exotisch wie die Wiener Staatsoper für mich, aber sie schätzt meine Arbeit. Wenn ich den Auftrag abbreche, ist mein Ruf zerstört. Die Arbeit geht vor, lautet Giordanos Leitspruch: Ob für die ehrenwerte Gesellschaft New Yorks oder für eine ehrenwerte Fabrikantin aus Hietzing, ist egal.

Außerdem war da noch das Geheimnis um Helga. Ihr Verschwinden und jenes des entführten Kindes ließen mich nun, ein halbes Leben nach dem August 1968, nicht mehr los. Madame Nostitz wollte eine Familienangelegenheit geklärt wissen, der Dozent wollte seine Studien zum Sommer 1968 in der Provinz weitertreiben und ich war kein Schatzsucher in der Sierra Madre, sondern ein Grabsucher am Wagram.

Der Dozent stand neben dem Fahrerfenster, wohlwollend betrachtete er meine Fingerübungen auf seinem Notebook.

„Urlaub, daher geschlossen", berichtete er.

„Weinhauer, die Urlaub machen. Was für eine Verwilderung der Sitten", sagte ich verbittert.

„Sie müssen auch hart arbeitenden bürgerlichen Menschen einen Urlaub zugestehen!"

„Muß ich nicht. Kennen Sie nicht die Leier: Alles mit eigenen Händen aufgebaut, Tag und Nacht gerackert, ein Urlaub ist sich nie ausgegangen?"

Wahrscheinlich sei es ohnehin ein Arbeitsurlaub, entgegnete der Dozent. „Qualitätswinzer fahren im Urlaub gern nach Frankreich oder Kalifornien, um sich dort weiterzubilden."

„Und wenn sie nach Murmansk fahren. Ich verlange, daß sie im Sommer geöffnet haben, vierundzwanzig Stunden im Dienst der Kunden und des Geschäfts. Anders wird es nichts mit der ersten Million. Schauen Sie mich an, ich arbeite nur gelegentlich und auch das nur wenige Stunden am Tag. Was ist dabei herausgekommen? Keine Spur von der Million, ich bin arm wie eine Kirchenmaus. Aber so ist der Wagram, und in der Wachau ist es noch schlimmer, Sie werden sehen. Daß die dortigen Lokale und Terrassenheurigen nicht barrierefrei sind, fällt nur deswegen nicht auf, weil sie andauernd geschlossen haben. Sempre chiuso, verstehen Sie! Längst haben die örtlichen Gastronomen es nicht mehr nötig, aufzusperren. ‚Durchgehend geschlossen!' heißt es, oder es werden fünf Ruhetage pro Woche angegeben. Manchmal lautet die Botschaft auch: ‚Wegen Reichtums geschlossen', das kommt der Wahrheit näher. Da lobe ich mir den Kochfürsten des Wagram, dessen sprechender Name mir immer entfällt, weil all seine Hotels, Restaurants und Schloßtavernen nicht barrierefrei sind. Dessen Etablissements haben wenigstens hin und wieder geöffnet. Könnte ich fliegen, würde ich verköstigt."

Das Mail an Mister Giordano mußte warten, aber spätestens vor dem Portierhäuschen der Hütte Krems würde ich dem alten Herrn eine aufmunternde Nachricht zukommen lassen, nahm ich mir vor. Während ich schreibe, soll der Dozent sich an den Fabrikshallen delektieren. Sie sind ebenso aus Backstein wie die Montagehalle in der Fabrik seiner Mutter, aber die der Hütte Krems sind zehnmal so hoch und hundertmal so lang. Schwerindustrie in der Au, nicht Exotenmanufaktur im Nobelbezirk.

„Schloß Stetteldorf wird auch Juliusburg genannt, die beherrschende Lage des Schlosses auf der Wagramkante und seine starken Befestigungen waren dafür ausschlaggebend, daß der polnische König Sobieski, Herzog Karl von Lothringen und deutsche Fürsten am 4. September 1683 dort die Strategie für die Befreiung Wiens von den Türken festlegten. Im Gefolge Lothringens befand sich der blutjunge, eben in Frauenkleidern aus Frankreich geflüchtete Prinz Eugen, der bei Straßburg über den Rhein gegangen war. Auch Schloß Stetteldorf wurde später von Hildebrandt vollendet, auch hier hinterließ er ein architektonisches Kleinod, das Doppeltor", las der Dozent aus dem Dossier seines Freundes im Heeresnachrichtenamt vor, während wir langsam an der ausgedehnten Schloßanlage vorbeirollten. „Ich möchte Deine Aufmerksamkeit aber nicht nur auf den Sobieski-Trakt lenken. Im großen Spielzimmer wurde unter anderem Federball gespielt. Das nenne ich eine untadelige feudale Haltung – ein Kartenspielzimmer so großzügig zu bauen! Unter den

Spielerinnen stach besonders die Gräfin Mechtild von Hardegg, geborene Freiin von Sturmfeder, hervor. Wir haben hier eine Weltsensation vor uns: Eine Freiin von Sturmfeder spielt Federball im Spielzimmer, um den Herbststürmen auszuweichen." Der Dozent lehnte sich mit einem Lächeln zurück.

„Herbststürme gehören in dieser Gegend ebenso der Vergangenheit an wie geöffnete Wirtshäuser und Heurige", erwiderte ich, nachdem wir versucht hatten, an einer Tankstelle Mineralwasser zu kaufen, diese aber geschlossen hatte.

Wir rückten weiter auf der Wagram-Weinstraße vor; passierten Schloß Thürnthal, einen leichtfüßigen Fischer-von-Erlach-Bau, der besser in den Bergen oberhalb von Florenz stünde. Dann wäre ihm die Erniedrigung erspart geblieben, als Seifenfabrik und Kriegsgefängnis mißbraucht zu werden. Vor dem Krieg gehörte das Schloß einem jüdischen Besitzer, der in einem Vernichtungslager in Polen ermordet wurde. Das alles entnahmen wir dem Dossier des Spionage-Spezialisten.

„Er schreibt, daß die jüdische Familie das kaputte Schloß nach dem Krieg zurückbekam, es aber weiterverkaufte", fuhr der Dozent fort. „Der nächste Besitzer produzierte Kathreiner-Feigenkaffee im Schloß, bevor er seinerseits an den Unilever-Konzern verkaufte. Seit einem Vierteljahrhundert plagt sich ein Privatier mit der Sanierung. Er hätte besser den Feldflugplatz der

Deutschen Wehrmacht im benachbarten Fels hinzukaufen und einen Golfplatz daraus machen sollen, schreibt mein Freund. Schlösser überleben in Golfplätzen, er weiß das von seinen Urlauben am Faaker See. Der Platz am Fuße des Mittagskogels zieht Unwetter an, aber die Küche des Schloßrestaurants ist hervorragend."

Die Geschichte des Golfplatzes rief mir das Gespräch mit der Mutter des Dozenten in Erinnerung. Sie war nervös, ja fast ängstlich gewesen, als sie mich am Einlaßbauwerk der Neuen Donau am Fuß des Bisambergs aufgesucht hatte, um unbeobachtet mit mir reden zu können. Herr Kálmán, ihr Chauffeur, wartete mit dem Familien-Jaguar auf der anderen Seite der Brücke.

Ich könne bei ihrem Sohn kein Verständnis für geschäftliche Dinge voraussetzen, hatte sie die Instruktionen eingeleitet.

„Er lebt in einer anderen Welt, und ich habe es mir nach Jahren gescheiterter Versuche abgewöhnt, ihn mit der realen Welt zu konfrontieren. Daß er sich als Kriminalsoziologe geriert, ist absurd. Ich gehe davon aus, daß er dieser Behinderung bis ans Ende meiner Tage treu bleiben wird. Was danach ist, werde ich Gott sei Dank nicht erfahren. Bei Ihnen, geschätzter Groll, setze ich ein Mindestmaß an geschäftlichem Denken voraus. Ich hoffe, Sie werden weiterhin einen stabilisierenden Einfluß auf ihn ausüben und ich hoffe sehr, daß Sie und ihre eigentümlichen Freunde von dieser

Geheimgesellschaft beim Heurigen in die eigene Tasche arbeiten. Das macht Sie berechenbar, und wie Sie wissen, verabscheue ich als Fabrikantin nichts mehr als unberechenbare Verhältnisse."

Mit diesen Worten hatten wir uns in Bewegung gesetzt. Langsam promenierten wir am Stromufer entlang.

„Auf den ersten Blick mag es den gegenteiligen Anschein haben, aber es scheint mir erforderlich, Sie darauf hinzuweisen, daß mein Engagement in der Wachau einzig und allein auf geschäftlichen Motiven beruht", fuhr sie mit ernster Miene fort. Sie hielt einen filigranen Sonnenschirm aufgespannt in der rechten Hand und achtete darauf, daß auch ich ein wenig von dem Schatten abbekam. Daß der aus der Art geschlagene Mann ihrer Tochter in der leidigen „Causa Wachau" eine gewisse Rolle beanspruche, sei – ich würde das in Bälde verstehen – der reine Zufall. Tatsächlich sei das Auftreten des „Nebengeräuschs" in der Wachau mit einem erstaunlichen Maß an Dummdreistigkeit erfolgt.

„Sein Pech war nur, daß er auf weit gefinkeltere einheimische Gauner stieß, deren kriminelle Energie die seine um ein Vielfaches übertraf."

Ihr Blick hatte die seit Jahren geschlossene Restauration auf dem Leopoldsberg gestreift, worauf sie innehielt und mich mit schmalen Augen fixierte.

„Wir haben es mit einem wirtschaftlichen Kriminalfall zu tun, der sich nur in die Kleider einer Familiensache drapiert", sagte sie leise und bestimmt. „Ich verab-

scheue den Turf, das Rudern, und ganz besonders hasse ich die golfenden Pseudosportler, diese infantilen Leute mit ihren weißen Bällchen, die nicht ohne Grund weißen Mäusen ähneln. Aus geschäftlichen Gründen bin ich indes gezwungen, dem ältesten Tennisklub der Stadt, dem reaktionärsten Ruderverein und dem Golfklub der Industriellenvereinigung anzugehören, deren eine Hälfte dem Opus Dei anhängt und deren andere von stadtbekannten Bankrotteuren und Steuerbetrügern gestellt wird. Wobei Überschneidungen die Regel sind. Die Investitionen in die Mitgliedsbeiträge und die dahintersteckende Kontaktpflege haben sich aber bezahlt gemacht – das heißt, sie werden sich bezahlt gemacht haben, wenn Sie, geschätzter Groll, Ihre Aufgabe erfüllen und denjenigen, die glauben, sie könnten auf dieser Welt ungesühnt jedes Verbrechen begehen, das Handwerk gelegt wird. Diese famosen Herrschaften werden samt ihren Ablegern in der Wachau erfahren, daß es auch für sie eine irdische Gerechtigkeit gibt. Gerät meine Fabrik in Gefahr, werde ich zur Furie, dann sehe ich mich gezwungen, dem Walten der Justiz vorzugreifen, um irreversiblen Schaden abzuwenden. Nach kurzer, aber reiflicher Überlegung habe ich mich also entschlossen, in diesem Sinne aktiv zu werden, und Sie sind als freier Mitarbeiter ein wichtiges Werkzeug der Rettungsoperation."
Mit jedem Wort, jedem Satz war ihre Stimme fester geworden. Ihr zarter Körper hatte sich gestrafft und der Sonnenschirm, der vorher in ihrer Hand gezittert

hatte, bewegte sich nicht, sein Schatten ruhte auf mir. Die unbedingte Hingabe an ihre Lebensaufgabe schmälerte ihren Auftritt als vornehme Dame keineswegs, im Gegenteil, in ihrem luftigen weißen Röckchen mit dem blaßblauen Seidenjäckchen ging von ihr eine nicht geringe erotische Ausstrahlung aus. Den Knauf des Sonnenschirms wie einen Colt umklammernd, strahlte Madame Entschlossenheit und Kampfeswillen aus. So stand sie am windstillen Ufer der Donau in der schwülen Hitze, die an der Donau jedem bedeutenden Angriff vorangeht. Eine Feldherrin, die einmal noch ihre Truppen mustert, bevor sie das Signal zur Schlacht gibt. Und ich war der Liebling des Stabs, ein kühner Meldereiter, dessen Aufgabe es war, die Waffengattungen mit den Befehlen der Schlachtenlenkerin zu versorgen. Und es tat dabei nichts zur Sache, daß es diesmal nicht gegen die Janitscharen und Sipahis vom Goldenen Horn ging, sondern gegen die blutrünstigen Haufen der Wachauer Rebenbourgeoisie und deren brandschatzende Hilfstruppen von burgenlosen Weinrittern, arbeitslosen Sommeliers und wegen Pantschens verurteilten Weinhändlern, Weinindustriellen und Weingaunern aller Art. An diesem historischen Ort, von dem einst der Entsatz Wiens gegen die stürmenden Osmanen erfolgt war, erhielt ich Instruktionen für ein verwegenes Manöver, das Prinz Eugen mit einem anerkennenden Lächeln quittiert hätte. Schade nur, daß die wahre Dimension des Manövers sich mir erst erschloß, als alles vorbei war.

Nach ihrer Eröffnung machte Madame kehrt, und wir eilten zurück. Ihre Schritte waren nicht mehr tastend und unsicher, sondern fest und raumgreifend. Daß sie mich als Werkzeug bezeichnet hatte, war unbedingt als Kompliment zu werten, Maschinenbauer bauen immer auch ihre eigenen Werkzeuge.

Auf der anderen Seite der Brücke über das Einlaufbauwerk der Neuen Donau sah ich Herrn Kálmán in seiner Uniform auf- und abschreiten, auf dem Kopf die Chauffeurskappe.

6. Kapitel

Ignaz Pleyel, Joseph und Michael Haydn oder die Hymnen dieser Welt. Ziegelböhm, Kohlekraftwerke und der Helga-Stollen. Vom Elend des „Nebengeräuschs“

In der Au von Traismauer wurden bei Grabungsarbeiten auf dem Gelände eines ehemaligen Dinosaurierparks die Leichen von acht Männern gefunden, berichtete der Dozent, während wir uns den Wagram entlang bewegten. Die Mündung der Traisen war Ende April 1945 für eine Woche Hauptkampflinie, die Wahrscheinlichkeit sei groß, daß es sich um Soldaten der Roten Armee handle. Die erbittert kämpfenden abziehenden SS-Truppen saßen in den Weingärten von Hollenburg, die Rotarmisten blieben in den sumpfigen Auwiesen stecken und waren ein leichtes Ziel für die deutsche Artillerie, las der Dozent aus dem Dossier seines Freundes vom Geheimdienst vor.

In Hohenruppersthal, das sich seiner Trauben und Kirschen wegen auch „Perle des österreichischen Piemont“ nennt, machte ich den Dozenten darauf aufmerksam, daß der berühmte Komponist Ignaz Pleyel aus diesem Dorf stammte. Der Dozent schaute in seinen Unterlagen nach und nickte.

Nach seinen von den Erdödys finanzierten Lehrjahren in Preßburg und bei Haydn sei Pleyel 1783 nach

Straßburg gegangen, sechs Jahre später, im europäischen Sturmjahr, sei er dort Domkapellmeister geworden, las der Dozent vor.
„Daß Pleyel aber die Marseillaise komponierte, wie das früher kolportiert wurde, ist wissenschaftlich nicht haltbar. Wohl aber wurde er von übereifrigen Revolutionären verhaftet, worauf er mit der Komposition einer feurigen Revolutionskantate seine fortschrittliche Gesinnung unter Beweis stellte und freigelassen wurde."
„Eine Kantate ist ein Revolutionslied, die ‚Marseillaise' ist eine Auskoppelung der Kantate, die Single-Fassung sozusagen", beharrte ich.
Der Dozent schüttelte den Kopf.

Ich fuhr mit Ignaz Pleyels Geschichte fort. Anläßlich eines Besuches von Joseph Haydn in Ruppersthal sei der Meister von Pleyel mit einem Volkslied beschenkt worden. Haydn habe es daraufhin in ein Streichquartett eingebaut. Auf diese Weise sei die Kaiserhymne und heutige Deutsche Hymne entstanden.
„Wie hieß das Lied?" fragte der Dozent eifrig.
„Ich glaube, es hieß ‚Es wachst die Rebe uns aus dem Hals und bald ist Lesezeit'. Es wird heute noch bei Erntedankfesten gesungen."
„Das ist die Urform der Kaiserhymne?"
Ich nickte und stützte die Information mit der Aussage ab, die Haydns hätten einen Hang zu Hymnen gehabt. Josephs Bruder Michael, der beim Salzburger Erz-

bischof angestellt war, habe Dutzende Hymnen an Gott komponiert. Einige davon seien säkularisiert worden. Als Joseph Haydn 1790 vom neuen Eszterházy, einem unmusikalischen Tropf, entlassen wurde, ging er nach England und feierte in London Triumphe. Im Gepäck führte er ein paar Hymnen seines Bruders mit. Eine dieser Hymnen wurde von einer feuchtfröhlichen Männerrunde, der Anacreontic Society, den örtlichen Erfordernissen angepaßt. Das Trinklied gewann an Popularität und wurde auch in der Neuen Welt heimisch. Als im Jahr 1814 englische Kriegsschiffe ein Fort in Baltimore, Maryland, beschossen, schrieb ein junger amerikanischer Anwalt zur ehemaligen Haydn'schen Gotteshymne einen patriotischen Text. So trat der Star-Spangled Banner in die Welt.

„Die amerikanische Hymne!" rief der Dozent.

„Gotteslob und Trinklied. Puritaner und Hedonisten. Die zwei Seiten Amerikas. Im übrigen verweise ich darauf, daß der antike Lyriker Anacreon, der die Freuden des Weins besang, an einer Weinbeere erstickte."

„Das mußte ja jetzt kommen."

Ich ließ nicht locker und erklärte, daß ich diese Fakten vor Jahren in einem Artikel für Giordano belegt hatte. „Ich berief mich damals auf eine Schrift des Physikers und Musiktheoretikers Karl Emil von Schafhäutl, die 1880 in Leipzig erschienen war. Sie können das in der New York Public Library nachlesen. Schafhäutl war ein vielseitiger Mann. Er wurde im Jahr 1841 mit einer Abhandlung über die Ursachen von Dampfkessel-

explosionen, die damals die Schiffahrt heimsuchten, berühmt."
„Nein!" rief der Dozent verzweifelt.
Nach Kirchberg kamen wir an einem Ziehbrunnen vorbei. Wir hielten, der Dozent stieg aus. Im Halbschatten einer verdorrten Kastanie saß ein runzliger, alter Mann auf einer Bank. Auf seinen Beinen ruhte ein altertümliches Gewehr. Interessiert beobachtete er die Bemühungen des Dozenten, Wasser zu schöpfen. Nach einiger Zeit, in der er genüßlich an einer Strohpfeife zog, sagte er mit einer überraschend kräftigen Stimme:
„Der ist nur für die Fremden, Wasser kriegen Sie aus dem nicht raus, nur Wein."
Der Dozent schaute mich fragend an.
„Zum Lesefest", fuhr der Alte fort.
Ich öffnete die Wagentür.
„Wann ist das Lesefest?"
„Ende September. Aber heuer schaut es schlecht aus. Wir haben achtzig Prozent Ausfälle. Da werden wir unseren Wein nicht an die Fremden verschleudern."
Der Alte klopfte mit dem Finger auf seine Pfeife, griff nach dem Gewehr und legte auf uns an.

Wenn man sich Krems vom Osten her nähert, erkennt man am anderen Ufer der Donau einen Höhenrücken, einen Ausläufer des Dunkelsteinerwaldes vor der Mündung der Traisen in die Donau. Ich erzählte dem Dozenten, daß in dem Höhenzug noch bis in die späten fünfziger Jahre Bergwerke betrieben wurden – Kohle, Talk, Alaunschiefer. In Thallern habe der „Ziegelbaron“ Heinrich Ritter von Drasche Ton und Lehm für das nach Ziegeln lechzende Wien abbauen lassen. „Jener Drasche, der im Süden Wiens die Ziegel für die Wiener Ringstraßenpalais und die Mietskasernen produzieren ließ, und das unter zum Himmel schreienden Arbeitsbedingungen: Die ‚Ziegelböhm' schufteten sieben Tage die Woche für Blechgeld, das nur beim Unternehmer einzulösen war, und schliefen in Schlafsälen von sechzig Mann. In ebendiesen Löchern gebaren die Frauen ihre Kinder. Die Lebenserwartung betrug fünfunddreißig Jahre. Die Wiener Ringstraße, verehrter Dozent, beruht auf Sklavenarbeit und Ausbeutung. Drasches Arbeiter krepierten an Staublunge, Arbeitsunfällen und Infektionskrankheiten, zu Dutzenden wurden sie bei den Abrißarbeiten der Basteien und des Glacis erschlagen und zu Hunderten fielen sie entkräftet von den Gerüsten der späteren Palais.“

„Schauen Sie mich nicht so vorwurfsvoll an, ich heiße nicht Drasche“, sagte der Dozent erschrocken und beeilte sich, sein Wissen über Viktor Adler auszubreiten. Der habe 1888 in vier Reportagen über die entsetzlichen Lebensbedingungen der Ziegelarbeiter berichtet, dies sei die Geburtsstunde der Sozialdemokratie gewesen, die binnen zweier Jahrzehnte zur stärksten des Kontinents heranwuchs. Die Abkömmlinge des einstigen Barons könnten noch auf einigen

Wohlstand zurückgreifen, der Chef der Familie sei Präsident des Polo-Verbandes.
„Sie haben das an der Universität gelernt?"
„Nein, im Theresianum", erwiderte er.
Jedenfalls sei der Transport des Lehms auf der Donau erfolgt, sagte ich beschämt.
„So und nicht anders kommt der Fortschritt in die Welt."
Im Bewußtsein des Sieges demütigte der Dozent mich mit einem meiner Lieblingssätze.

Die verlassenen und nur zum Teil abgesoffenen Stollen waren Teil unseres Reviers. Bei Tiefenfucha gab es einen, der reichte 140 Meter unter die Donau. Offiziell hieß es, er sei wegen unklarer Gesteinsverhältnisse zugeschüttet worden, aber wir Jugendliche wußten es besser. Wenn wir uns nicht in irgendein Getreidefeld zum Schmusen zurückziehen wollten, suchten wir den Geheimstollen auf. In den heißen Sommern war es dort angenehm kühl. Auch mit Helga war ich einige Male dort, wir hörten Musikkassetten, die Lieder hatten wir im Radio aufgenommen, die Hits von 1968. Dazu aßen wir gestohlene Erdäpfel und Kohlrabi und kleine Bensdorp-Schokoladen um einen Schilling. Ich hielt mich an die blaue Edelvollmilch, Helga bevorzugte die mit der roten Schleife, Edelbitter zart für Männer. Ich versuchte, mit Helga zu schmusen, aber sie war steif wie ein Brett. Und ich bemühte mich, nicht an ihrem

Busen anzukommen, was meine Position nicht erleichterte. Wenn sie mit dem Schweizer in die Au fährt, wird sie mit ihm nicht Schweizer Schokolade essen, dachte ich und hatte einen frühen Anflug dessen, was der Dozent heute als „Sozialneid“ bezeichnet. Vielleicht war sie aber deswegen so steif, weil der Schweizer sie mit Geschenken gefügig machte und mißhandelte?
Nach einigen zaghaften Versuchen kapitulierte ich. Helga hatte meinen Unmut sehr wohl gespürt. Sie sprang auf, zog den Pullover hoch, würgte eine Brust aus dem altmodischen Büstenhalter, dann die zweite. Ich saß da mit offenem Mund und pochendem Schwanz.
„Schau sie dir an!“ rief sie. „Das ist ja alles, was ihr von mir wollt.“
Sie kam näher.
„Greif her, los, greif da her!“ schrie sie und Zornestränen schossen ihr aus den Augen.
Ich riß mich los und stürzte davon. Nur weg, nur tiefer in den Stollen. Während ich lief, spürte ich, daß meine Hose naß war. Irgendwann hielt ich inne und wartete. Anfangs hoffte ich noch, Helga würde nachkommen und sich entschuldigen. Ich wartete eine Ewigkeit. Dann schlurfte ich zurück. Bald hörte ich ihr Schluchzen. Mein Selbstmitleid verflog, ich setzte mich zu ihr und strich über ihr Haar, und sie ließ es geschehen. Ich war verzweifelt bemüht, ihren Brüsten auch nicht die kleinste Aufmerksamkeit zuteil werden zu lassen. Nicht einmal verstohlene Blicke gönnte ich mir.

Für einen Jüngling, der bis zu den Augenbrauen mit Testosteron angefüllt war, keine leichte Sache.
Ob Helga die Abtreibung, zu der sie der Schweizer gezwungen hatte und bei der einiges schiefging, damals schon hinter sich hatte, kann ich nicht sagen.

Vom Wagram aus sahen wir das Donaukraftwerk Grafenwörth mit seinen mächtigen Stauräumen, die den Strom wie riesige Finger teilen. Dahinter erhob sich die Ruine des Atomkraftwerks Zwentendorf. Der Bau wurde vom gigantischen Kohlekraftwerk Moosbierbaum, zwanzig Kilometer weiter südlich vor den Ausläufern des Wienerwalds, in den Schatten gestellt. Die riesigen Zwillingstürme des Kohlekraftwerks erinnerten mich an die gefällten Twin Towers von Manhattan. Sollte ich dem Dozenten erzählen, daß ich früher in einsamen Nächten ins Tullnerfeld gefahren bin, um die erleuchteten Zwillingstürme zu betrachten und so den Fall der New Yorker Schwestern wenigstens für Momente ungeschehen zu machen? Sollte ich ihm erzählen, daß jede Nacht fünf Züge mit polnischer Steinkohle beim Kraftwerk eintreffen?
Ich ließ den Blick stromaufwärts schweifen. Hinter einem Streifen Auwald erkannte man die neue Donaubrücke sowie Turm und Maschinenhalle des kalorischen Kraftwerks Theiß. Dutzende Lagerhäuser überzogen wie kleine, freche Pilze die Ebene. Wäre ich ein moderner Landschaftsmaler, ich würde Silos und

Kraftwerke malen; das größte Bild, ein Wandgemälde über Dutzende Meter, wäre „Landschaft mit Energie" betitelt.

Wir schlängelten uns über Serpentinen in die Ebene hinab und fuhren dann hart am Wagram entlang, rechterhand die Terrassen der Weinberge, auf der anderen Seite das flache Land mit vertrockneten Maisfeldern und der Franz-Josephs-Bahn Wien – Krems.

Ich machte den Dozenten auf das Kraftwerk Theiß aufmerksam; Öltanker auf der Donau würden für den Nachschub sorgen. Betont gleichgültig nahm der Dozent die Nachricht hin. Dann aber, wir befanden uns auf der Umfahrungsstraße von Hadersdorf und überquerten den Kamp, drehte er sich abrupt zu mir und sagte:

„Bevor wir zur Hütte Krems kommen, muß ich mit Ihnen über meine Studie sprechen, Sie wissen, die 68er-Ereignisse in der Provinz. Derzeit befinde ich mich in der Phase des Materialsammelns. Ich möchte Sie ersuchen, mir alles zu erzählen, was Sie von jenem Sommer 1968, der nicht nur politisch, sondern auch klimatisch sehr heiß gewesen sein soll, in Erinnerung behalten haben. Darf ich auf Ihre Unterstützung zählen?"

„Verehrter Dozent, Sie dürfen."

„Und es wird Sie nicht stören, wenn ich mitschreibe?"

„Ich bestehe sogar darauf."

Der Dozent seufzte erleichtert auf. Er werde jetzt ein neues Dokument anlegen, sagte er.

„Glück auf“, sagte ich.
Der Dozent war verwirrt.
„So grüßt man in der Hütte Krems.“
Der Dozent runzelte die Stirn. Plötzlich hob er den Zeigefinger.
„Jetzt verstehe ich! Es waren doch steirische Facharbeiter, die 1939/40 an die Donau zwangsverpflichtet wurden.“
Ich nickte.
„Unter ihnen ehemalige Kumpel aus der Fohnsdorfer Kohlegrube.“
Ich nickte wieder.
„Daher der Gruß!“
„Bravo! Rücken Sie drei Felder vor.“

Der Dozent wußte zwar, daß unsere Fahrt auch mit seinem Schwager, dem erfolglosen Architekten, der in der Wachau in Schwierigkeiten geraten war, zusammenhing, aber seine Abneigung gegen seine Schwester und deren Mann, den auch er nur „das Nebengeräusch“ nannte, war so groß, daß er sich nicht mit Details belastete. Fest stehe nur, daß der Mann, seinem Ruf als lausiger Architekt zum Trotz, über eine Weinritterschaft zu einem Großauftrag gekommen war. Er sollte nicht nur ein Weingut, sondern auch die Villa eines berühmten Weißweinproduzenten errichten. Die Bauten seien zur Hälfte fertiggestellt, aber nun stünden die Baustellen verlassen. Und das nicht nur wegen einiger Planungsfehler in der Statik.

„Das ‚Nebengeräusch' sieht mit seinen fünfzig Jahren noch immer wie ein Zwillingsbruder des jungen Richard Burton aus. Dementsprechend erfreut er sich einer großen Beliebtheit in der Damenwelt."

„Daran ist nichts Ehrenrühriges", erwiderte ich. „Auch mir sagt man nach, Marlon Brando aufs Haar zu ähneln, und dennoch bin ich seriös vom Scheitel bis zur Sohle."

Das „Nebengeräusch" sei in eine Affäre mit der Gattin seines Auftraggebers gestolpert, fuhr der Dozent lächelnd fort. Das habe für Abwechslung in der ausgebrannten Ehe gesorgt, der Gatte habe sich zu wüsten Eifersuchtsszenen aufgeschwungen, die, wie es in diesem Milieu üblich ist, in Mordversuchen gipfelten. Zur selben Zeit habe der Gatte sich bei einem Immobilienprojekt verspekuliert, worauf er seinen Zahlungen nicht mehr nachkommen konnte. Dieser Ausfall habe unseren Architekten hart getroffen.

„Für zwei Jahre Arbeit sah das ‚Nebengeräusch' keinen müden Heller. Da auch seine Frau, meine über alles gehasste Schwester, mit ihrer psychotherapeutischen Praxis dem Existenzminimum zustrebt, versucht Mamá nun, die Zahlungen in Gang zu bringen. Sie weiß, daß meine Schwester sonst wieder alle Register zieht, Mamá aus dem Vorstand zu drängen. Und das zu einem Zeitpunkt, da unsere Fabrik, die sich in Ungarn und der Ukraine mit Zweigwerken plagt, noch aus einem zusätzlichen, gänzlich unerwarteten Grund unter Druck geraten ist. Welcher Art dieser ist, entzieht sich aber meiner Kenntnis."

Ich hätte den Dozenten aufklären können, verkniff mir aber eine Antwort.
Wir passierten die Herrenhäuser des Lenz-Moser-Clans, querten die Bahn und bogen in die Au ab. *Voestalpine*, drei Kilometer, verhieß der Wegweiser.

7. Kapitel

Der Einmarsch der Warschauer-Pakt-Truppen in die Tschechoslowakei am 21. August 1968, die Folgen für meine Fußballkarriere und den Arbeiterbetriebsrat der Hütte Krems. Das Stalag XVII b. Wie Ludwig van Beethoven ein dumpfes Hirn zum Klingen brachte

Am Tag des Einmarsches der Warschauer-Pakt-Staaten in die ČSSR am 21. August 1968 schoß ich im Kremser Austadion beim Match der Hütten-Jugend gegen den Eisenbahnerklub Vorwärts Krems mein erstes Tor in einem Punktespiel. Ich war mit dem Rücken zum Tor gestanden, als der Ball mir auf den Kopf fiel und von dort, unerreichbar für den gegnerischen Goalie, ins Tor flog. Das Tor fiel in der letzten Spielminute und es war das Siegestor. Ich dachte, man werde mich feiern und auf den Schultern vom Spielfeld tragen und mir stünde eine Profikarriere in Italien oder England bevor. Aber nach dem Schlußpfiff rannten meine Mitspieler in die Kabinen, zogen sich in Windeseile um und verschwanden mit ihren Eltern, die glaubten, in jedem Moment würden sowjetische Panzer aus den Büschen hervorbrechen. Unser Trainer Lipitz Eduard brachte es nur zu einem anerkennenden Klaps auf meinen Kopf und verschwand ebenfalls. Ich fuhr allein mit dem Fahrrad nach Hause in die Werks-

siedlung. Seither weiß ich, was es bedeutet, wenn man zum falschen Zeitpunkt am falschen Ort ist.
Am Abend schaute ich mit meiner Mutter „Zeit im Bild". In Vietnam wurde eine Stadt namens Hue während einer Offensive namens Tet belagert. In Paris hatten Studenten eine Universität namens Sorbonne besetzt und den Innenminister namens Marcellin gefangengenommen. Und der Fernsehkommentator Portisch Hugo fuchtelte während seiner Analyse so wild mit den Händen, daß ich sicher war, er werde im nächsten Moment vom Sessel fallen. Der 21. August 1968 war ein aufregender Tag.
Durch den Einmarsch der Warschauer-Pakt-Staaten hatte die Anziehungskraft der Sowjetunion in der Belegschaft der Hütte Krems etwas gelitten. Nach einer Wochenendschicht Anfang September lasen die Werktätigen auf dem Haupttor der großen Halle: „ schaft und Solid   ität – ein Herzensanliegen der Arbeiterklasse!" Einst hatte die Losung: „Freundschaft und Solidarität zur Sowjetunion – ein Herzensanliegen der Arbeiterklasse!" gelautet, irgendein Spaßvogel hatte einige der verblaßten, aber lesbaren riesigen Buchstaben mit Rostschutzfarbe übermalt.
Eine Aufforderung zum Vögeln, meinte Krenn Alois, ein Schweißer, der in unserer Gasse wohnte. Der Schaft muß solid sein, das ist die Hauptsache, fügte er hinzu. Die meisten Kollegen gaben ihm recht. Es kam zu einer Vollversammlung der Arbeiter in der großen Halle. Ein kleiner und aufgeregter Arbeiterbetriebsrat,

der erst im Vorjahr von der sozialistischen zur kommunistischen Betriebsratsfraktion gewechselt war, verlangte eine drakonische Bestrafung der Übeltäter wegen Verleumdung der UdSSR und Sabotage der Exportwirtschaft. Die Stahlträger und Bleche der Hütte Krems würden nur zum kleineren Teil in der westdeutschen Automobilindustrie verwendet, der Großteil der Lieferungen gehe stromabwärts, nach Korneuburg, wo die staatseigene Schiffswerft ein Passagierschiff nach dem anderen für die sibirischen Flüsse baue und ordentlich Gewinn mache. Die Verhöhnung eines Vertragsstaates, der durch seine Aufträge Tausende Arbeitsplätze in der Staatsindustrie sichere, sei ein verabscheuungswürdiger Anschlag auf die unveräußerlichen Lebensrechte der Arbeiterschaft.

Er solle sich nicht so aufspielen, antwortete sein Gegenredner, der stellvertretende Arbeiterbetriebsratsobmann von der SPÖ.

„Wenn die Russen", sagte er und ignorierte Zwischenrufe ‚Sowjets heißt das!' – „Wenn die Russen in der Tschechei" – ‚Tschechoslowakei!', riefen wieder einige – „Wenn die Russen bei den Böhm' einen Blödsinn machen", fuhr der Redner fort, „und wir in einen Krieg hineingezogen werden, ist es mit den Schiffsbauten in Linz und Korneuburg auch vorbei. Dann können wir zu Opel und Volkswagen betteln gehen, daß sie unsere Bleche kaufen."

Im übrigen sei sein Vorredner ein werksbekannter Wichtigtuer, der mit seinem Übertritt zur KPÖ-

Fraktion dem Ausschluß aus der sozialistischen Fraktion nur zuvorgekommen sei.
„Gemeinheit!" rief der Beleidigte und verlangte den Ausschluß des sozialistischen Vizes aus dem Arbeiterbetriebsrat. Der darauffolgende Tumult verstummte, als der kommunistische Fraktionsführer, Steiner Franz, aufstand und das Wort ergriff. Der Steiner Franz war ein weit über die geschrumpfte KP-Fraktion hinaus angesehener Arbeitervertreter, der sehr darauf achtete, in jeder Schicht gute Arbeit zu leisten und den Kollegen ein Vorbild zu sein. Mehrmals hatte die Werksleitung ihm angeboten, zu den Angestellten zu wechseln. Auf diese Weise hätte er ein Drittel mehr verdient und man wäre ihn bei den Arbeitern, wo die Kommunisten stark waren, losgeworden. Bei den Angestellten, wo die Sozis die Absolute hatten, hätte er nicht viel Schaden anrichten können.
Steiner Franz aber lehnte jeden Bestechungsversuch ab. Er hob sich damit scharf von einigen Sozis ab, die sich ihren Aufstieg mit allerlei Zusatzpöstchen und Vergünstigungen versüßen ließen. So saß der Betriebsratsobmann der Arbeiter, damals rund 1200 Kolleginnen und Kollegen, für die SPÖ im Bundesrat, war Mitglied des Verteidigungsausschußes (die Metaller hatten traditionell enge Verbindungen zum Heer), Vizepräsident der niederösterreichischen Arbeiterkammer und übte noch eine Reihe sonstiger Funktionen im Umfeld der Partei aus. Es war daher nicht ungewöhnlich, daß er sich auch diesmal von seinem Vize vertre-

ten ließ. Der Landesverteidigungssauschuß sei wegen der Tschechenkrise zu einer Krisensitzung im Parlament zusammengetrommelt worden, hieß es.
Der Steiner Franz sagte, die Schrift müsse wieder her, das sei eine Provokation für jeden Antifaschisten und für sowjetische Delegationen und schlecht fürs Geschäft sei es auch. Des weiteren forderte er die Kollegen zur Wachsamkeit auf. Daß die Panzerkaserne in Mautern Urlaubssperre habe, sei noch verständlich, daß aber die Panzer auf ihren pausenlosen Ausfahrten durchs Kremser Stadtgebiet die Straßen ruinierten, nicht. Und daß Polizisten die Straßenwegweiser in die verkehrte Richtung drehten, führe nur zur Verwirrung der Waldviertler Kollegen, wenn sie nach Krems zur Arbeit fuhren. „Glaubt ihr denn, daß die glorreiche Rote Armee, die uns von der Hitlerei befreit hat, keine eigenen Straßenkarten hat? Mitdenken, Kollegen!" donnerte der Steiner Franz in die Belegschaft.
Daraufhin waren die Zuhörer ratlos und erkundigten sich beim Nebenmann. Was der Steiner Franz mit seiner Wortmeldung wohl meine? Könne ja sein, daß der Steiner Franz Verbindung zum Kreml habe. Wie seine Rede vor diesem Hintergrund einzuschätzen sei?

Wir hielten auf der Hochebene zwischen Krems und Langenlois. Im Norden reihte sich ein Weinberg an den anderen, auf den Gipfeln standen lichte Föhrenwälder und eine Aussichtswarte. Im Tal schlängelte sich ein Rinnsal, der Kamp, einst ein großartiger Fluß zum Schwimmen. Der Wind räuberte über die vertrockneten Felder der Hochebene und trieb Staubwolken vor sich her, die an japanische Kriegsfahnen erinnerten. Hinter verdorrten Sonnenblumen kündeten leuchtend rote Schrägdächer von der Kraft der Baumärkte. Weiter im Osten erhob sich ein kleines Schloß mit Wirtschaftsgebäuden, und jenseits der Donau zeichneten sich im Dunst die Türme des Stifts Göttweig ab.

Vorsichtig rollten wir auf einer bröckelnden Betonstraße am Rande eines Flugfelds dahin.

„Gesprengte Fundamente", sagte der Dozent, ohne den Blick von einem Robinienwäldchen auf seiner Seite zu wenden.

„Die Lagerstraße des Stammlagers XVII b. Die gesprengten Bauten sind von der Kommandantur und der Lager-SS."

„Und die Baracken der Gefangenen?"

„Geschleift, restlos." Ich deutete auf einen modernen Hangar mit dem Schild „Flughafen Krems".

Der Dozent nahm seine Aktentasche zur Hand, holte das Dossier hervor und las:

„Im Stammlager XVII b befanden sich im Herbst 1939 überwiegend polnische Häftlinge. Ende Jänner 1941 kamen fünfzigtausend Franzosen hinzu, mehr als dreimal so viele, wie die Stadt Krems damals Einwohner hatte. Nach dem Überfall auf die Sowjetunion Ende Juni 1941 traten sowjetische Kriegsgefangene an die Stelle der Franzosen. Sie wurden für die schwersten Arbeiten eingesetzt. Ab Oktober 1943 trafen amerikanische Luftwaffenunteroffiziere in Gneixendorf ein, Bomberbesatzungen, deren Maschinen über dem Reichsgebiet abgeschossen wurden. Die Zahl der US-Fliegerunteroffiziere betrug bis Kriegsende konstant viertausend Mann. Die Amis und später rund zwölfhundert Briten, welche bei den Kämpfen in Italien in Gefangenschaft geraten waren, erfuhren eine bevorzugte Behandlung. Zwei Überlebende des Lagers schrieben nach dem Krieg über ihre Erlebnisse ein Theaterstück, das erfolgreich am Broadway lief und 1953 von Billy Wilder verfilmt wurde. Als Billy Wilder ein paar Jahre vor seinem Tod in Österreich weilte, ließ er sich das Gelände zeigen. Er war erschüttert, daß nichts an das ehemalige Lager erinnerte.

Die SS versuchte von vornherein, jede Solidarität unter den Gefangenen zu vereiteln. Nichts eignete sich dazu besser als die Differenzierung nach Nationen. Bei den belgischen Gefangenen hatten es die Flamen besser als die Wallonen. Die Franzosen standen eine Stufe tiefer, aber immer noch über den Soldaten aus Jugoslawien. Auf der untersten Stufe befanden sich die Sowjets. Bei Verstößen gegen die Lagerordnung oder Fluchtversuchen wurden diese entweder in Mauthausen oder gleich im Lager liquidiert. Und doch war die Anzahl der Fluchtversuche besonders unter den sowjetischen Gefangenen, die Tag und Nacht in der Rüstungsindustrie rackern mußten und einem langsamen Verhungern ausgesetzt waren, groß. Eine realistische Überlebenschance hatten nur jene, die als Weingartenarbeiter in den umliegenden Dörfern schufteten. Aber auch unter den Weinhauern gab es unverbesserliche Nazis, die ein vermeintliches Fehlverhalten der Fremdarbeiter sofort der SS hinterbrachten, worauf die meisten im Rahmen der sogenannten ‚Aktion Kugel' durch Genickschuß hingerichtet wurden. Allein im KZ Mauthausen wurden im Rahmen der ‚Aktion K' 4030 sowjetische Kriegsgefangene erschossen. Wie viele im Stalag XVII in Krems ums Leben kamen, ist nicht erfaßt. Man weiß nur, daß bei einer einzigen Grabung die Gebeine von eintausendsiebenhundert sowjetischen Gefangenen freigelegt wurden, die angeblich durch eine Typhus-Epidemie ums Leben gekommen waren."

„Warum nur eine einzige Grabung", fragte ich.

„Mehr finde ich hier nicht", sagte der Dozent. „Fest steht nur: In Krems starten die Flugzeuge auf einem Massengrab."

„Jetzt weiß ich endlich, warum es hier kein Denkmal gibt, nur zwei Gedenksteine ehemaliger Lagerinsassen", erwiderte ich. „Von der Stadt Krems oder der Republik Österreich nicht einmal eine klitzekleine Tafel."

„Hauptsache, der Wein verkauft sich gut", sagte der Dozent und steckte die Blätter wieder ein.

Wir querten das Wäldchen und kamen an baufälligen Scheunen und barocken Wirtschaftsgebäuden vorbei, die verstreut um ein würfelförmiges Schloßgebäude lagen. Wie hielten vor einem Holunderstrauch. Ich baute den Rollstuhl zusammen und spürte, wie der Schweiß in Bächen den Rücken herunterrann. Ich fuhr in den Schatten und bat den Dozenten, durchs gemauerte Tor zu treten und bei der Schloßverwalterin die Erlaubnis für einen Besuch im ersten Stock zu erbitten, dort werde er eine Überraschung erleben.

Der Dozent warf mir einen skeptischen Blick zu, verschwand aber ohne Murren. Ich blieb im Schatten, beugte mich weit vor und hoffte, daß mein Hemd trocknen möge. Tatsächlich meinte der Wind es gut mit mir. Als auch die Sonnenmüdigkeit nachließ, erwachten meine Lebensgeister wieder. Ein paar Meter schaden den morschen Knochen nicht, sagte ich mir und trieb Joseph vorwärts. Nach einer scharfen Kurve an der Schloßmauer sah ich eine geduckte Kate im Schatten einer Phalanx hoher Pappeln. An der Rückseite der Kate hielt ich abrupt an. Ich traute meinen Augen nicht. Im Hof des Häuschens stand der blaue Wal, der Maybach vom Tuttenhof bei Korneuburg. Der weißhaarige Alte umarmte eine verhutzelte, winzige Frau. Die Frau in der Lederkluft und der Chauffeur standen respektvoll abseits. Die beiden Alten klammerten sich aneinander, als wollten sie die Zeit festhalten. Die Junge hatte jetzt wenig Ähnlichkeit mit Helga. Sie war sehr schön.

Wie in Zeitlupe lösten die beiden Alten sich voneinander. Der Weißhaarige stieg in den Fond der Limousine, in einer Hand hielt er eine langstielige rote Rose. Auch die Jungen umarmten die kleine Frau. Ich zog mich hinter eine verrostete Mischmaschine zurück. Der Maybach, dessen Motor kaum zu hören war, rollte an mir vorbei. Ich war mir ziemlich sicher, daß die drei mich nicht gesehen hatten, und wartete, bis der Wagen um die Ecke gebogen war. Dann kehrte ich zu meinem Renault zurück. Wenige Minuten später war der Dozent bei mir.

„Unglaublich", rief er schon von weitem. „Warum haben Sie mir nicht gesagt, daß Ludwig van Beethoven dieses Schloß bewohnte, wenn er Urlaub von Wien brauchte?"

Ich lächelte.

„Von seinem Salonfenster sah er auf das Tal der Donau und das Stift Göttweig", stieß der Dozent hervor. „Denken Sie nur, Ludwig van Beethoven in Gneixendorf bei Krems! Sein jüngster Bruder, der als Apotheker in Braunau am Inn die französischen Truppen belieferte und dadurch reich geworden war, kaufte das Schloß für Ludwig, seinen Ersatzvater, der sich um den Jüngsten rührend gekümmert hatte – und beschämte ihn gleichzeitig. Und wissen Sie auch, von wem der Apotheker das Anwesen kaufte? Vom Herzog von Danzig, besser bekannt als Marschall Lefebvre, einer der engsten Kampfgefährten Napoleons! Die Frau des Marschalls war die berühmte Madame Sans Gêne, es gibt Theaterstücke und Opern, die von ihr handeln. Die beiden entstammten dem Elsässer

Lumpenproletariat und hatten die Angewohnheit, jede neue Uniform, jede neue Prunkrobe nicht nur aufzubewahren, sondern immer mit sich zu führen. Bei den vielen gewonnenen Schlachten und der Menge an Titeln und Auszeichnungen kam da einiges zusammen. Durch die Kriegswirren verblieb vieles hier im Schloß. In einem versteckten Zimmer liegen noch Kleider der Madame Sans Gêne. Die Ettingers sorgen für die Konservierung, haben aber auch einiges für Verlobungen und Hochzeiten verborgt. Stellen Sie sich nur vor! Eine Friseurin aus Gneixendorf heiratet in der Luxusrobe der Madame Sans Gêne, und ihr Mann, sagen wir ein Maurer, steckt in der Phantasieuniform eines französischen Revolutionsgenerals!"

„Womit die soziale Rückkoppelung wieder gegeben wäre."

„Ich habe ein paar Fotos gemacht. Wollen Sie sehen?"

„Später."

Der Dozent war aufgewühlt.

„Es ist unglaublich! Hier das Beethoven-Schlößchen und dreihundert Meter weiter die Ruinen eines Lagers und die Knochen der Ermordeten. Das ist wie in Weimar, werter Groll. Kennen Sie Weimar? Die Stadt Goethes und Schillers, mit dem Ettersberg, den Goethe oft beschreibt. Und mit dem KZ Buchenwald. Die Häftlinge schauten auf Goethes Theater und die deutsche Klassik hinab. So wie Häftlinge dieses Gefangenenlagers auf Krems, die Donau – und das Beethoven-Schlößchen schauten."

„Ich weiß", sagte ich und wußte im selben Moment, daß ich log.
Vom Stahlwerk kommend, das unten in der Ebene an der Donau lag, war ich als Jugendlicher immer wieder mit dem Fahrrad durch das Wäldchen mit den gesprengten Fundamenten gefahren, das Beethoven-Schlößchen lag auf dem Weg. Ein Militärlager und Herrn Beethovens Bleibe, dachte ich und fand nichts Seltsames dabei. Unser Musikprofessor in der Realschule, ein massiger Mann mit einer Vorliebe für Zwölftonmusik, erzählte liebend gern von Beethoven. Wir wußten von seinen wechselnden Wohnsitzen, seiner Hörbehinderung und seiner Liebe zum Wein. Tatsächlich hatten wir den alten Wickerl liebgewonnen. Einer von uns, dachten wir, ein Typ mit einem großartigen Spleen. Der Zeller Ferdl war ein schlauer Lehrer. Nachdem er unser Interesse an der Person Beethovens geweckt hatte, setzte er sich ans Klavier und spielte, ohne ein Wort zu verlieren, Klaviersonaten. Von den Symphonien war kaum die Rede, die könne man ohnehin überall hören, sagte er. Uns gefielen die Klavierstücke des versoffenen Beethoven Wickerl ebenso gut wie die Songs der Rolling Stones.

„Denken Sie nur, diese Frau Ettinger – eine warmherzige und freigebige Frau – hat mir Beethovens Zimmer gezeigt", fuhr der Dozent aufgeregt fort. „Alles noch genau wie damals, als er im November 1825 krank und voller Pläne in den verhaßten Wiener Winter zurückkehrte. Beethoven hatte einen Diener, Kaltenbrunner Poldl. Meist war es so, daß Beethoven mit ausgreifenden Schritten voranging. Dabei ruderte er mit den Händen in der Luft. Der das Gehör verloren hatte, hörte seine Musik im Kopf. Der Diener mußte einige Schritte zurückbleiben, er trug eine große Kladde, und wenn Beethoven einen Einfall notieren wollte, befahl er den Poldl zu sich und trug die Idee ein. Eines Tages begab es sich, daß der in seine Musik versunkene Beethoven gestikulierend und brummend in eine Schafherde geriet und nicht weiterkonnte. Das konnte Beethoven aber nicht verdrießen, inmitten der stinkenden Wollknäuel dirigierte er sein imaginäres Orchester. Der einfältige Schafhirt fühlte sich durch dieses seltsame Verhalten provoziert und stürzte sich auf den Kompositeur. Der ließ sich aber auch von dem Hirten nicht irritieren und dirigierte weiter, wobei er immer wieder den Kopf und die Brust des Angreifers traf. Heute würde man sagen, Beethoven wandte eine fernöstliche Kampftechnik an, es war aber nur eine Prügelei nach Noten. Als Kaltenbrunner den Hirten endgültig vertrieben hatte und auch die Schafe sich zurückzogen, nahm Beethoven eine besonders lange Eintragung vor, an deren Ende er in die Hände klatschte, einen grimmigen Fluch ausstieß und befreit auflachte. Zu Recht, wie ich meine, denn er hatte einen dumpfen Kopf zum Klingen gebracht."

Ich verneigte mich vor so viel Talent. Der Dozent holte ein Säckchen mit Erdbeeren aus seiner Tasche.

8. Kapitel

Old man in a cloud.
Zwei große Künstler in einem kleinen Dorf.
Im Meer der Rebstöcke.
Grigori Melechow, Oligarch.
Ein Lebenszeichen von Mister Giordano

Wir verließen das Beethoven-Schlößchen und bogen in die ehemalige Lagerstraße ein. Es sei eine Volte der Geschichte, daß ein bekannter Neonazi, Sohn eines freiheitlichen Wiener Politikers und Zeitungsherausgebers in Floridsdorf, sich auf dem Gelände des ehemaligen Lagers mit Kumpanen aus ganz Europa herumgetrieben habe, sagte ich zum Dozenten, als wir am gesprengten Gebäude der Lager-SS vorbeifuhren. Der Jungspund habe bei „Wehrsportübungen" das Anschleichen und Gurgeldurchschneiden üben lassen. Und das unter den wohlwollenden Augen der lokalen Sicherheitsbehörden.
Der Dozent reagierte nicht, er war auf einen Flughelfer aufmerksam geworden, der das Seilende einer Motorwinde an einem Segelflugzeug befestigte. Ein zweiter Mann hielt eine Tragfläche in der Luft.
Unmittelbar an der Einmündung des Zubringers in die Bundesstraße mußten wir halten. Vor uns stand der Maybach und blockierte die Straßenseite. Die Frau in Leder und der jüngere Mann machten sich an den Gedenktafeln zu schaffen, der Alte hatte ein Knie

gebeugt, seine Hände waren vor dem Körper verschränkt. Weiße Haarsträhnen flatterten im Wind. Neben dem Mahnmal der Franzosen hing ein Stück Papier an einer Metallstange, eine Klarsichthülle schützte den Zettel nur notdürftig. Aus der Hülle ragte der Kopf einer roten Rose hervor.

Wir warteten in einem Respektabstand und blieben im Wagen. Der Segelflieger war mittels Motorwinde in die Höhe geschleudert worden, in einer eleganten Kurve flog er Richtung Osten, wo die Hochebene ins flache Gelände abbrach. Die von der Donau mitgezogenen Luftkaskaden trafen dort auf die Fallwinde der Hochebene, wodurch sich eine vorzügliche Thermik ergab. Ich erinnerte mich, früher fünf oder sechs Segelflugzeuge bewundert zu haben, die über den steilen Lößterrassen ihre Kreise zogen.

Plötzlich stieß mich der Dozent an, ein schwarzer Geländewagen raste wild schlingernd an den Ukrainern und uns vorbei und wirbelte eine mächtige Staubwolke auf. Als sie sich verzog, sahen wir, wie die beiden jüngeren den Weißhaarigen, der noch immer kniete, vorsichtig abklopften und ihm dann aufhalfen. Als der Mann im Wagen saß, rannte die Frau in Richtung Hangar, ihr Lauf war schnell, kraftvoll und von einer hinreißenden Eleganz. Das war Helga, ohne Zweifel.

Nach ein paar Minuten – ein weiteres Segelflugzeug war in die Höhe katapultiert worden – kam die Frau in einem leichten Trab zurück, in der Hand trug sie ihr

Mobiltelephon. Der Dozent und ich taten so, als schauten wir dem Segler nach. Die Beifahrertür des Maybach stand offen, die Frau sprang hinein, und schon war der große Wagen auf der Bundesstraße Richtung Krems verschwunden.
Der Dozent pfiff durch die Zähne.
„Ich glaube, ich kenne den Fahrer."
„Den Ukrainer?"
„Des Geländewagens", sagte der Dozent.
„Reden Sie!"
„Mein Schwager", sagte der Dozent dumpf.
„Das ‚Nebengeräusch'?"
Ich wendete und fuhr die paar hundert Meter zum Hangar zurück. Vor dem Restaurant stand ein schwarzer Range Rover neuester Bauart, die Luxusversion. Er trug ein Kennzeichen des Bezirks Krems-Land. Am Heck befanden sich die Aufkleber der Ziviltechniker, eines Golfklubs im Tullnerfeld und einer Weinritterschaft namens „Wachauer.Wein.Wacht".
„Definitiv Ihr Schwager?" fragte ich.
Der Dozent nickte.
„Das ist sein Auto. Selbstverständlich geleast."
„Ein Architekt muß repräsentieren."
„Ein Architekt, ja. Aber ein ‚Nebengeräusch'?"
„Glauben Sie, daß er Sie erkannt hat?"
„Nein. Er wäre zurückgekommen. Er erwartet ja Hilfe von mir. Vielleicht sollte ich ihn im Restaurant …"
„Das, verehrter Freund, ist keine gute Idee", sagte ich rasch. „An Ihrer Stelle würde ich zuerst Informationen

in der Wachau einholen. Erst wenn Sie wissen, wie es wirklich um Ihren Schwager steht, können Sie gezielt vorgehen. Andernfalls zieht er Sie in seinen Strudel hinein."

Der Dozent überlegte kurz.

„Lassen Sie uns aufbrechen. Ab in die Wachau!"

Ich gehorchte ihm gern, schließlich ging es an die Donau. Wir nahmen die Straße von Gneixendorf ins Kremstal. Auf halber Strecke passierten wir ein unscheinbares Häuschen, ich legte zwei Finger an die Schläfe.

„Ein Schulfreund?"

„Eine der wichtigsten Künstlerpersönlichkeiten des 20. Jahrhunderts ist hier aufgewachsen", sagte ich und setzte eine Kunstpause. Der Dozent zog seinen Notizblock.

„Ein großer Kompositeur, ein würdiger Nachfolger Ludwig van Beethovens und wie dieser ein Revolutionär", fuhr ich fort. „Es spricht für die allgemeine Borniertheit der Kremser, daß auch hier keine Gedenktafel angebracht ist."

„Sein Name?" Der Dozent war bereit mitzuschreiben.

„Sigfrid Maron."

Der Dozent zuckte zusammen.

„Aufschreiben", sagte ich scharf.

Er gehorchte.

„Sigfrid Maron, habe ich gesagt. Nicht Sigi!" sagte ich noch schärfer.

„Aber …"

„Nichts aber. Sigi gilt nur für Freunde. Und mein Freund Sigi Maron hat keine Freunde, die ihre Jugend im Theresianum vergeudet haben.“
Er zog einen Schrägstrich durch den Namen und schrieb „Siegfried“.
„Zufrieden?“
„Um Gottes Willen“, rief ich. „Sie können Sigi Maron doch nicht ins Wagner-Fach abschieben! Sigfrid mit zwei i und ohne e !“
Der Dozent strich den Namen und schrieb „Sigfrid.“
„So richtig?“
„Drei Rufzeichen!“
Er machte eines. Ich bremste abrupt auf einem steilen Bergabstück. Der Dozent rutschte vom Beifahrersitz, die Verankerung des Sicherheitsgurts schlug neben ihm im Lautsprecher des Autoradios ein.
„Drei, habe ich gesagt.“
Er rappelte sich hoch und fügte die beiden fehlenden Rufzeichen hinzu. „Sigfrid Maron!!!“
Er lernte schnell. Seine zeitweilige Borniertheit hatte keine persönlichen, sondern klassenspezifische Gründe.
„Und jetzt eine musiksoziologische Gesamteinschätzung!“
Aus generalpräventiven Gründen war Maßregelung erforderlich. Der Dozent schaute sich ängstlich um – wir standen in einer unübersichtlichen Kurve und blockierten eine Straßenseite.
„Was für eine Zusammenballung an Genies“, sprudelte er hervor. „Gneixendorf, das Weimar der Hoch-

ebene, ich sagte es bereits. Sigfrid Maron, der legitime Urenkel Ludwig van Beethovens, schuf, nur einen Steinwurf vom Titanen entfernt, in luzidem Protest sein ehrfurchtgebietendes Oeuvre – Klaviersonaten, Feldmessen, Orgelkonzerte für Harfe und Maschinengewehr sowie eine unübersehbare Zahl erbaulicher Lieder zum fröhlichen Wandern durch die Klassenkämpfe. Ein kleiner Mann im Rollstuhl, aber ein großer Stern im Kosmos der Kunst. Sein Schaffen wird durch seine …"

„Genug. Sie brauchen nicht zu untertreiben", sagte ich und löste die Bremse.

Ob ich seiner Einschätzung etwas abgewinnen könne, fragte er. In der Sache treffe sie den Kern, erwiderte ich.

„Allerdings ist die Form problematisch. Zu ironisch. Sie wissen, ich verabscheue Ironie."

„Wie Mister Giordano, Ihr Mentor."

„Lassen Sie Giordano aus dem Spiel", erwiderte ich und wurde von einem Schwall schlechten Gewissens übermannt. „Wir sind an der Donau und nicht am Hudson."

Über einen Schleichweg krochen wir in engen Serpentinen den Hundssteig hinauf. Vor nicht langer Zeit sei hier ein siebenundzwanzigtausend Jahre altes Säuglingsgrab entdeckt worden, sagte ich. „Die Babys waren unter dem Schulterblatt eines Mammuts bestattet, ihnen war eine Kette mit Elfenbeinperlen mitgege-

ben worden. Beachten Sie bitte auch hier das Fehlen einer Gedenktafel."
Wir fuhren auf dem Hundssteig weiter. Tief unten wand sich der Kremsfluß, der von einigen Brücken überspannt wurde. Angesichts einer Reihe gediegener Häuser sagte ich:
„Flüchtlinge aus dem Sudetenland."
„Nicht alle Sudetendeutsche waren Nazis", sagte der Dozent automatisch.
„Die hier schon", erwiderte ich. „Ich habe sie gekannt. Als Professoren im Gymnasium und Geschäftsleute. Ein Ingenieur der Hütte Krems war auch dabei, der war Sozialdemokrat, er wurde von seinen Landsleuten geschnitten und stürzte sich, nachdem seine Frau sich wegen unüberbrückbarer politischer Differenzen von ihm getrennt hatte, in das Säurebad der Verzinkerei. Auch an ihn erinnert nichts."

Nach der steil abfallenden und mit unbehauenen Steinen belegten Wegscheid fanden wir uns auf dem Hohen Markt wieder. Der abschüssige Platz mit dem Institut der Englischen Fräulein und dem Piaristengymnasium im oberen und der Gozzoburg sowie dem berühmten Restaurant Jell im unteren Teil gefielen dem Dozenten ausnehmend gut. Ich wies ihn noch auf die vielen Stufen beim Jell und eine freie Sichtachse auf das Wetterkirchlein von Hollenburg am anderen Ufer der Donau hin. Dort würde ich morgen früh meine Ermittlungen aufnehmen, sagte ich. Der Dozent schaute mich nur skeptisch an. Im Keller der Gozzoburg, diesem burgartigen Palais eines Stadtrichters aus dem Mittelalter, schlagen die Burschenschafter Mensuren, Säbelduelle zur Verschönerung des Antlitzes, fuhr ich fort. Und beim Bertl-Wirt, einer Bierkneipe in der Gozzoburg, wo man auf altem Gemäuer im Freien sitzen und den Blick auf die Stadt, den Fluß und Stift Göttweig schweifen lassen konnte, spülten die Geschlagenen ihre teutonischen Nöte hinunter.

„Der Bertl-Wirt war ein Unikum, er soff dreimal so viel wie die Geschlagenen, aber dem Bertl nahmen die Leute die allerschlimmsten Judenwitze ab, er konnte nämlich sehr treuherzig schauen, ein herziger brauner Schäferhund in seiner Burgschenke."

Der Dozent beendete seine Aufzeichnungen.

„Sie nennen die Burschenschaftler konsequent Geschlagene, es muß doch ‚Schlagende' heißen!"

„Bei mir heißen die Wichte ‚Geschlagene', das gefällt mir besser. Außerdem entspricht es der historischen Wahrheit, auch wenn das manche Weinritter in der Wachau und einige Glücksritter im Parlament nicht wahrhaben wollen."

Wir passierten Stein an der Donau. Ich konnte der Versuchung nicht widerstehen, meinen Begleiter auf die Parallelität der beiden Hochsicherheitsgefängnisse von Sing Sing am Hudson River und Stein an der Donau hinzuweisen. Das habe sein Freund vom Heeresnachrichtenamt längst erledigt, erwiderte der

Dozent. Sing Sing liege wie Stein sechzig Kilometer nördlich der Hauptstadt, im Falle Sing Sings New York City. Im Gegensatz zu Stein an der Donau, das ursprünglich – wie könnte es in der Wachau auch anders sein – ein den Metternich'schen Polizeistaat unterstützendes Kloster gewesen sei, konnten die Insassen von Sing Sing zumindest darauf stolz sein, die Anstalt, in der sechshundertfünfzig Delinquenten hingerichtet wurden, durch eigener Hände Arbeit erbaut zu haben.

„Was die in Sing Sing Hingerichteten betrifft, kann Stein auch da mithalten. Das Massaker der SS an politischen Häftlingen im Mai 1945 forderte einen ähnlich hohen Blutzoll", hielt ich dagegen.

Ob ich denn wisse, was der Name „Sing Sing" bedeute, legte der Dozent wieder vor.

Ich mußte verneinen.

In der Sprache der Indianer heiße Sing Sing so viel wie „Sint Sinks", was übersetzt „Stein auf Stein" bedeute. Mit einem triumphalen Lächeln fügte der Dozent dann noch die verletzenden Worte „was zu beweisen war" hinzu.

„Quot error demonstranto", sagte ich. „Sie müssen meinetwegen nicht so possessiv auf Latein verzichten. Auch ich habe mein Zitatenbuch intus. Wie, nebenbei bemerkt, auch die Donauhäfen bis Ismael."

Dieser Stowasser habe mit Latein so wenig zu tun wie ich mit dem legalen Arbeitsmarkt, versuchte der Dozent mitzuhalten.

Es gebe zu viele Städtepartnerschaften, legte ich nach und gewann mit folgendem Zusatz wieder Oberwasser: „Es ist an der Zeit, weltweite Gefängnispartnerschaften zu schließen. Eine lohnende Aufgabe für freischaffende Kriminalsoziologen. Meinen Sie nicht auch?“

Der Dozent schaute mich entgeistert an.

Eine Viertelstunde später fuhren wir auf einem gewundenen Sträßchen durch die Weingärten von Loiben und Dürnstein. Ich hielt Ausschau nach einem Gasthaus oder einem Heurigen, aber das einzige Gasthaus hatte geschlossen, es wäre überdies nur über Stufen erreichbar gewesen. Heurigen gab es mehrere, aber geöffnet hatte keiner.

Bald danach kreuzten wir im Meer der Rebstöcke zwischen Weißenkirchen und Wösendorf. Die Straßen ähnelten eher Güterwegen, was die Breite anlangte, die Asphaltdecke aber war in einem guten Zustand. Mit Verwunderung reagierte der Dozent auf die mannshohen Steinmauern, zeitweilig fuhren wir wie in einem Labyrinth. Er fühle sich an Schützengräben und Laufwege der Isonzo-Schlachten erinnert, meinte mein Begleiter, und ich fand den Vergleich nicht unpassend. Wir entfernten uns immer mehr von der Donau und den Ortschaften und bewegten uns im Niemandsland der Laufgräben und Felsvorsprünge langsam bergauf. Nur bis zur nächsten Wendemöglichkeit und dann retour ins Tal, nahm ich mir vor. Ich wunderte mich schon, daß der Dozent keinen Protest einlegte und auch meinen Hang zu Treidelpfaden und ausgefallenen Wegen nicht beklagte, da machte die Straße inmitten turmhoher Steinmauern eine scharfe Biegung, und unsere Erkundungsfahrt war zu Ende. Vor uns stand der Maybach, er steckte fest wie ein Fisch im Abwasserrohr. Die drei Insassen konnten nicht einmal aussteigen. Der Alte auf dem Beifahrersitz lächelte erleichtert, den Jüngeren schien die Sache peinlich zu sein. Es war mir ein Rätsel, wie der Fahrer es geschafft hatte, die riesige Limousine zu wenden. Oder sollte es vom Wald her eine andere Zufahrt geben? Wenn dem so war, warum wußte ich nichts davon, wohl aber ein Oligarch aus der Ukraine?

Es dauerte einige Zeit, bis wir die Limousine flott bekamen. Der Dozent hatte aus dem Kofferraum meines Wagens zwei Luftmatratzen geholt, ich hatte sie halb aufgeblasen, dann war der Dozent auf die Mauern geklettert, von wo er die Luftmatratzen zwischen Mauer und Maybach hineinstopfte. Zentimeterweise konnten wir den blauen Wal befreien. Und das ohne Kratzer. Nur meine Luftmatratzen waren nicht mehr zu gebrauchen.

Im Retourgang ging es bei mir wieder talwärts, der in den Rieden deplaziert wirkende Maybach folgte uns. Endlich waren wir an der Wachau-Bundesstraße und parkten an der Fährstation von Weißenkirchen. Der Alte stieg aus, der Dozent kam ihm entgegen. Die beiden schüttelten einander die Hände und wechselten

ein paar Worte. Der Dozent deutete auf mich, worauf der Weißhaarige an mein Fenster trat.
„Melechov, Grigori Melechov", sagte er. „Ich möchte mich für Ihre Hilfe bedanken und würde mich freuen, wenn Sie mit uns zu Abend essen würden. Sagen wir im Landhaus Bacher in Mautern?"
Die volltönende Stimme flößte Vertrauen ein. Vorsicht, sagte ich mir. Das Deutsch war fehlerfrei, die Aussprache hart. Ein sympathischer Oligarch, doppelte Vorsicht, sagte ich mir, da schoß mir durch den Kopf, daß ich den Alten ja vor kurzem knien gesehen hatte, und das an einem Ort, an dem offensichtlich an einen sowjetischen Soldaten erinnert wurde. Ich darf mich nicht so gehen lassen, tadelte ich mich. Nur weil einer einen Maybach fährt, muß er kein schlechter Mensch sein. Ich fahre einen Otto Bock und rechne mich auch nicht zu den Allerschlimmsten. Dennoch fiel meine Antwort auf die höfliche Einladung ungewollt schroff aus. Nachdem ich meinen und den Namen des Dozenten genannt hatte, fragte ich unvermittelt:
„Was steht auf dem Zettel bei der Einfahrt zur ehemaligen Lagerstraße?"
Der alte Mann richtete sich auf und trat einen Schritt vom Fenster zurück.
„Daß Wassili Melechov aus Saratow am Don, Lagerhäftling vom 30. Oktober 1941 bis zum 22. März 1944, an diesem Ort von einem Mitglied der Lager-SS durch einen Genickschuß ermordet wurde."

Sein Ton war jetzt nicht mehr verbindlich, sondern schneidend.
Wenzel Schebesta sagt, in einem Gespräch unter Männern ist alles erlaubt, auch die Verletzung des Anstands. Nur eines ist nicht gestattet: Von der einmal gewählten Straße abzugehen. Der eingeschlagene Weg der unhöflichen Klarheit mußte weiter beschritten werden.
„Der Ermordete war ein Verwandter von Ihnen?“ fragte ich weiter.
„Mein Vater“, erwiderte der Alte. „Ich habe ihn nie kennengelernt.“

Auf dem Weg nach Dürnstein mußten wir anhalten und eine Prozession passieren lassen. Einige Dutzend Leute, an der Spitze ein Pfarrer, der wie ein Pope gekleidet war und ständig ein Kreuz an die Lippen hielt. Ihm folgten sechs oder acht in Schwarz gekleidete massige Glatzköpfe, die wenig Kirchliches an sich hatten. Danach kamen ein paar Reihen mit älteren Leuten und am Schluß gute zwei Dutzend Frauen und einige kleinere Kinder. Wenn der Geistliche nicht gerade das Kreuz küßte, sang er laut und nicht einmal schlecht. Niemand fiel ein oder antwortete, die Älteren bewegten die Lippen im Gebet, die Visagen der Glatzköpfe blieben unbewegt. Polizeiautos sicherten Anfang und Ende des Zuges. Einige Teilnehmer warfen uns feindselige Blicke zu.
„Eine Prozession bei dieser Hitze!“

„Warum nicht? Die Dämmerung setzt in einer Stunde ein."
„Worum die wohl beten?"
„Sicher nicht um einen Steuernachlaß. Um Regen, was sonst! Der Pfarrer ist scheint's von der Abteilung ‚Exorzismus und Naturbeschwörung'. Wenn es hart auf hart geht, setzt die Kirche ihre Elitetruppe ein. Stellen Sie sich nur vor, wenn es dann doch irgendwann zu regnen beginnt: Der Mann steht wie ein Messias da."
„Und wenn es nicht regnet?"
„Ist das ein Zeichen, daß die Sünden der Menschen zu schwer wiegen."
„Auf daß noch mehr gebetet werden muß."
Der Dozent sah auf die Donau und die Schotterbänke beim Rührsdorfer Arm. Dann öffnete er sein Notebook.
Eine Nachricht von Mister Giordano war eingetroffen. Ich stellte das rechte Bein aufs Gaspedal, fixierte das Knie mit der Hand und pendelte so die Geschwindigkeit bei fünfzig Stundenkilometern ein. Der Dozent reichte mir den Computer und lenkte. Gottseidank war die Straße leer und führte schnurgerade an den Felsen vorbei.

Freund Groll,
Ich höre nichts von Ihnen. Sie werden wohl in Ihren Weingeschichten in diesem komischen Tal an der Donau stecken. Da

ich Sie als unzuverlässig kenne, beunruhigt mich das nicht weiter. Hoffentlich wachen Sie hin und wieder aus Ihrem Rausch auf, sonst war die Mühe dieses Mails vergeblich. Man hat mir ein elektronisches Schneidbrett gegeben, auf dem man lesen kann. Und da finde ich in der New York Times *einen Artikel, in dem gesagt wird, daß China der wichtigste Abnehmer von Bordeaux-Weinen ist. Die Chinesen treiben die Preise so sehr in die Höhe, daß viele Franzosen sich ihre Weine nicht mehr leisten können. Nicht genug damit, machen die Chinesen sich nun daran, rund um Bordeaux ganze Weingüter einzusacken. So soll das chinesische Staatsunternehmen Cofco für zehn Millionen Euro ein Château im Anbaugebiet Pomerol gekauft haben. Cofco ist ein Lebensmittelkonzern mit fünfzehn Milliarden Dollar Umsatz, der Tee und Nudeln herstellt und auch selber einen Wein namens „Great Wall" produziert. Das Gesöff soll aber die Flasche nicht wert sein, in der es angeboten wird. Ein „Chateâu Migraine" sozusagen. Seit bekannt wurde, daß auch andere chinesische Unternehmen Weingüter in Frankreich aufkaufen, darunter solche mit jahrhundertealter Tradition, herrscht bei den Franzosen Panik.*

Zu Recht, werter Groll, zu Recht. Auch bei uns in Little Italy haben die Chinesen alles aufgekauft, die gelben Gangster schrecken vor nichts zurück, Sie kennen die Geschichte ja. Von Little Italy ist nichts übriggeblieben – außer meine Bar „Mare Chiaro", in der wir uns kennengelernt haben. In Afrika und in der Ukraine kaufen die Schlitzaugen riesige Landflächen. Wo die sich einmal festsetzen, gibt es keine Zivilisation mehr, denken Sie nur an die wunderschöne Stadt Prato in der Nähe von Florenz. Nach dem Krieg war das ein Zentrum der italienischen

Textilindustrie. Die gibt es jetzt auch noch, dreitausend Kellerbetriebe mit siebzigtausend Sklaven – und sowohl die Unternehmer als auch die ausgebeuteten Arbeiter sind Chinesen. Mitten in der Toskana! Zwischen Medici und Coop!
Es ist also nur eine Frage der Zeit, bis die ersten chinesischen Immobilienentwickler in Ihrem wine valley auftauchen. Wahrscheinlich ist es ein unbedeutendes und zurückgebliebenes Gebiet und Sie machen nur ein großes Tamtam darum, weil Sie mehr Zeichen für den Text herausholen wollen. Aber das ist in diesem Fall nicht erforderlich, haben Sie das schon vergessen? Beim heiligen Anselmo und seinen mißratenen Töchtern! Sie sollen Kapitel liefern, möglichst rasch. Mein Freund in Miami ist sehr ungeduldig und es wäre mir peinlich, ihn vertrösten zu müssen. Wie stehe ich denn sonst gegenüber einem Mann der alten Schule da! Schicken Sie wenigstens ein paar Anfangssätze, daß ich ihn beruhigen kann.
Im übrigen ist es in New York heißer als in der Hölle. Genießen Sie Ihre Gletscher.

Gruß, Giordano

PS: Ich habe nun, da es mir an Zeit nicht mangelt, im Internet recherchiert und sehe, daß die russischen Oligarchen es ihren chinesischen Kollegen nachmachen und ebenfalls Weingüter aufkaufen. Nach Frankreich trauen sie sich noch nicht, aber in Italien haben sie schon ein paar Weingüter im Chianti-Gebiet erworben. Weitere Zukäufe im Moselgebiet und in der Wachau seien im Gange, heißt es. Passen Sie nur auf, daß Ihre Hinterhofbetriebe nicht von russischen Geldsäcken aufgeschnupft werden!

Sofort machte ich mich daran, Mister Giordano eine Botschaft zukommen zu lassen. Ich übernahm wieder das Steuer und diktierte dem Dozenten eine Antwort. Wann sie durch den Äther reisen würde, war unklar. Ich hoffte auf einen Internetanschluß in Krems. Irgendwo mußten wir ja auch noch ein Quartier für die Nacht finden.

Sehr geehrter Mister Giordano! Lieber Freund!

Ich freue mich sehr, von Ihnen zu hören. Daß ich auf Ihr letztes Mail nicht sofort geantwortet habe, ist nicht meiner Unzuverlässigkeit geschuldet, die mag für vieles verantwortlich sein, aber in diesem Fall bitte ich um Dispens. Es gelang mir einfach nicht, eine Verbindung auf dem Gerät des Dozenten zustande zu bringen. Aber nun zu Ihnen: Wie geht es Ihrem Arm? Machen Sie Fortschritte? Ist man auch um Sie bemüht? Sagen Sie nur ein Wort, und mir wachsen Flügel.
Ich bin inzwischen im Wachautal angekommen und führe erste Erhebungen durch. Wußten Sie, daß viertausend amerikanische Bomberpiloten im nahen Kriegsgefangenenlager untergebracht waren? Ein Wunder, daß die Nazi sie nicht massakriert haben. Ich habe einen Ukrainer kennengelernt, der sich um das Andenken seines erschossenen Vaters kümmert. Denken Sie nur, der Mann fährt einen Maybach! Haben Sie je ein derartiges Gefährt gesehen?
Als Zeichen meiner Arbeitsamkeit und meines guten Willens sende ich in der Beilage das Vorwort für unser Buchprojekt. An einem Titelvorschlag arbeite ich noch.

Mit den besten Wünschen für Ihre Genesung verbleibe ich wie stets mit Donaugruß!

Ihr Groll

Dann bat ich den Dozenten, einen alten Text von mir, den ich vor vielen Jahren anläßlich einer Grußadresse für den Besuch einer Abordnung des Panzypriotischen Gewerkschaftsbundes PEO beim Binder-Heurigen verfasst hatte, zu suchen und Mister Giordano unter der Überschrift „Mögliches Vorwort" zu senden. Der Text ging so:

Ich bin im Realen Sozialismus aufgewachsen. Wie es sich für einen ordentlichen Sozialismus gehört, neben einem mächtigen Stahlwerk, dessen Schlote immer rauchten und dessen Sirene zum Schichtwechsel bis weit ins feindliche nichtsozialistische Ausland, bis zur Kremser Stadtpfarrkirche und zur Ruine Dürnstein im Herzen der Wachau, zu hören war.
Der Sozialismus war real, und er war von österreichischer Art. Die Erbauer des Stahlwerks und der Werkssiedlung waren keine proletarischen Himmelsstürmer, sondern französische und holländische KZler und Gefangene vom nahen Lager Gneixendorf, dem größten Kriegsgefangenenlager auf dem Gebiet der Ostmark.
Der österreichische Sozialismus wies eine zweite Eigenart auf. Im Gegensatz zum östlichen, in dem die Kommunisten herrschten und die Sozialdemokraten nur als Folklore geduldet waren, hatten in Österreich – ob in Ranshofen bei Braunau, in den Böhler-

werken in Kapfenberg, dem Linzer Stahlwerk oder der Hütte Krems – Sozialdemokraten das Sagen. Die Kommunisten gaben den Bürgerschreck, in dessen Schatten ein paar Sozialleistungen abfielen. Und die Christlichsozialen meckerten vom Rand und strichen fette Managergagen ein. Im übrigen dachten sie Tag und Nacht darüber nach, wie sie die Staatsbetriebe sabotieren und ans Privatkapital verscherbeln könnten. (Was nach einem halben Jahrhundert Wühlarbeit Mitte der neunziger Jahre auch Wirklichkeit wurde).

Meine realsozialistische Stadt hieß Lerchenfeld an der Donau, die Republik hieß „Hütte Krems". Irgendwo in weiter Ferne gab es dann noch einen Zusammenschluß vieler österreichischer Republiken, die „Vereinigten Österreichischen Stahlwerke", auch VOEST genannt, eine Union sozialistischer Industriebetriebe, in der ein Großteil der österreichischen Industriearbeiterschaft rackerte. In meiner sozialistischen Stadt lebten fünftausend Menschen in einer Werkssiedlung, abgeschieden von der Zivilisation, tief in der Au, ohne Verkehrsanschluß, Arzt und Apotheke, aber mit Werkssportvereinen, Werkskindergarten und Werksbussen für die Erbauung der arbeitenden Massen bei der Eisrevue in der Wiener Stadthalle und den Gelsenfestspielen von Mörbisch am Neusiedlersee.

Das Tausendjährige Krems war nur fünf Kilometer entfernt. Zweimal fünftausend Menschen in der reichen Ober- und der armen Unterstadt. Viel Mittelalter, ein wenig Barock, judenrein, Gauhauptstadt, Schulzentrum und Schauplatz von SS-Massakern. Aber auch antifaschistische Arbeiter in der Schuhfabrik, den Kohle- und Lehmbergwerken am anderen Donauufer und bei den Eisenbahnern. Die Stadt, die schon in den zwanziger Jahren

einen NSDAP-Bürgermeister hatte, wählte in den Kreisky-Jahren einen ehemaligen SSler zum Bürgermeister, der dieses Amt auch während der NS-Zeit inne hatte.
Mangels Nahverkehrs pilgerten die Arbeiter der Hütte Krems und ihre Frauen für den Einkauf zu Fuß in die Stadt. Reden wollte mit den roten Bestien keiner, aber ihre Schillinge nahmen die braunen Kremser gern.
Fünf Kilometer westlich von Krems erstreckt sich die Wachau um Dürnstein, Weißenkirchen und Spitz. Auch dort leben fünftausend Menschen. Was in der Hütte Krems der Stahl und seine Veredelung, ist in der Wachau der Wein und dessen Veredelung. Die Wachau wurde von vierzig bayrischen Klöstern erschlossen, im siebzehnten Jahrhundert waren die steinreichen Äbte in der Produktion von Protestanten und im neunzehnten in der Produktion von Atheisten erfolgreich. „Los von Rom" hieß die Bewegung. Schönerer war ihr Trommler, Hitler ihr Vollstrecker.
Das waren die Koordinaten meiner Jugend: Das Stahlwerk, die braune Stadt Krems, das ehemalige Kriegsgefangenenlager und die Wachau. Nicht zu vergessen die Donau, die wilde, großartige, unregulierte Donau. Sie roch nach Pappelblüten und Schiffsdiesel.

9. Kapitel

Eine Wagenburg am Donaustrand.
Der Bürgerkrieg auf Bougainville und seine Auswirkungen auf das Liebesleben des Dozenten.
Als ich einmal in der Wachau der Zivilisation auf die Sprünge half

Der Dürnsteiner Tunnel ist der älteste an der österreichischen Donau. Er stammt aus dem Jahr 1959 und es dauerte Jahre, bis die Waldviertler Automobilisten nach etlichen Fürbitten sich mit flatternden Nerven zu einer Durchfahrt der knapp fünfhundert Meter langen Röhre entschlossen. Einen Kilometer nach dem Tunnel nahmen wir eine Abzweigung zum Kuenringer Bad an der Donau. Der Maybach folgte in sicherer Entfernung. Ich blieb in der Avantgarde, der Maybach schwebte hinter uns den Treppelweg bis Loiben entlang. Zwar war das Befahren des Uferweges streng verboten, aber wer konnte einem Konvoi aus einem Behindertenfahrzeug und einer Staatskarosse die Durchfahrt verwehren?
„Man hat uns ins Landhaus Bacher zum Dinner eingeladen", informierte ich auf der langsamen Fahrt meinen Begleiter.
„Also findet dieser Tag doch ein versöhnliches Ende", sagte der Dozent erfreut.
„Seit wann kennen Sie das Landhaus Bacher?"

„Seit Krems Universitätsstadt ist. Nach einem Symposium will man ja menschenwürdig essen gehen." Zufrieden lächelnd lehnte der Dozent sich zurück. Die Aussicht auf erlesene Gaumenfreuden hellte seine Stimmung merklich auf. Daß ein Millionenerbe menschenwürdiges Essen mit einem Nobelmahl assoziiert, wunderte mich nicht. Ich kannte das Landhaus Bacher nur von Restaurantkritiken und einem aufschlußreichen Vorstoß, den ich vor Jahren für eine Textfolge über die Barrierefreiheit österreichischer Nobellokale in Mister Giordanos *Manhattan Wheeling Courier* verfaßt hatte. Samt und sonders ungeeignet, lautete damals der Befund. Ob das Fabios und das Sacher in Wien und in Salzburg, das Seefels in Pörtschach und das Sunset in Klagenfurt am Wörthersee, das Obauer im salzburgischen Werfen, das Steirereck am Pogusch, das Heinzle in Weißenkirchen, das Landhaus Bacher oder der Schickh im nahen Klein-Wien – die Dreieinigkeit von Parkplatz, Niveaugleichheit und Toilette erfüllte keines dieser Lokale, und geschätzte dreißig weitere aus dem gehobenen Segment ebenso nicht. Zumindest ein Element fehlte jedem, den meisten zwei. Beim Bacher in Mautern waren es alle drei gewesen. So much for Austrian gastronomic culture, hatte ich den Text beendet.

„Wußten Sie, daß die Weinkarte im Landhaus Bacher so dick ist wie das Taufbuch von Wien im siebzehnten Jahrhundert? Aufgelistet werden Weißweine aus der Wachau aus mehreren Jahrzehnten zu mehreren

Hundert Euro. Man muß sich das vorstellen: ein grüner Veltliner um sechshundertsechzig Euro!"
Der Dozent geriet ins Schwärmen. Es war Zeit, ihn zu bremsen.
„Ich verkehre prinzipiell nicht in Lokalen, in denen ich eine Schulung brauche, um das Dargereichte zu verstehen", erwiderte ich. „Nur alimentierte Feinspitze des Hauptverbands der Sozialversicherungsträger, der Präsidentenkonferenz der Landeslandwirtschaftskammern, des österreichischen Arbeiterkammertags und der Gesellschaft der Musikfreunde delektieren sich an Frischlings-Soufflés zu hämorrhoidalen Devianzen der trächtigen Bache auf geeisten Rehäuglein."
Der Dozent zuckte zusammen.
„Angesichts eines Dialogs von Stachelbeerstrudel mit einem Frappé aus Gewöllesud wird mir schlecht, und wenn man mir eine mit Spülmittel verdickte Suppe als Essenz vom juvenilen Steinbock vorsetzt, gehe ich dem Koch an die Gurgel", fuhr ich fort. „Und für eine Flasche Veltliner gebe ich höchstens vier Euro, für einen roten Zweigelt drei aus, denn der Namensgeber, Professor Zweigelt von der Weinbauschule Korneuburg, war ein Drecksnazi, der Kollegen ins KZ und ins Gas denunziert hat. Nein, für einen Zweigelt zahl ich doch nur einen Euro. Ich habe schließlich einen Ruf als antifaschistischer Mindestrentner zu verteidigen."
„Ich verstehe. Das Bacher übersteigt Ihre finanziellen Möglichkeiten. Wie dumm von mir, daß ich daran nicht gedacht habe", sagte der Dozent.

Wir waren an einem freien Platz unter Pappeln angelangt. Die Schiffahrtsrinne war weit draußen am gegenüberliegenden Ufer. Auf unserem Ufer schlängelten sich Nebenarme und Rinnsale zwischen den Schotterzungen. Da und dort kämpften Gräser und Pionierweiden ums Überleben.

Wenig später saßen wir, wie einst die Leute eines Trecks, auf einer Ausbuchtung des Treppelwegs. Die Autos waren unsere Wagenburg. Der Chauffeur des Maybach befestigte eine Infusion an einem Ast, dann setzte er eine Nadel in den Handrücken des Alten.

„Nur eine Vorsichtsmaßnahme wegen der Hitze, ich bin nicht mehr der Jüngste“, sagte der Alte. „Es wird Zeit, daß wir uns vorstellen.“

Er nickte in Richtung der jungen Frau. „Meine Tochter Aksinja. Sie kümmert sich um unsere Sicherheit. Und das ist Semjon, mein Sohn. Er ist Intensivmediziner in der Klinik beim Metallurgischen Institut in Dnepropetrowsk.“

Der etwa vierzigjährige Mann lächelte. Der Alte fuhr fort:

„Es ist eine der führenden Kliniken in Osteuropa. Wie das gesamte Institut im Bereich der Metallforschung führend ist. Man könnte Ihre Leobener Universität mit uns vergleichen.“

Eine Motorjacht namens „Hildegard“ tuckerte bergwärts an uns vorbei, am Heck flatterte eine deutsche Fahne vor dem Namen des Heimathafens, Bingen am Rhein.

Die Montanuniversität Leoben sei eine weltweit führende Spezialuniversität, ihre Absolventen könnten sich schon nach wenigen Semestern bestbezahlte Jobs in der Erdöl- und Bergwerkstechnik, in der Produktion von Verbundstoffen und Oberflächenveredelung aussuchen, erklärte ich dem Dozenten. Früher sei die Uni stark von Burschenschaftern geprägt gewesen, in den letzten Jahren habe sich das aber abgeschwächt.
Der Dozent dankte höflich für die Belehrung. Er wisse es zu schätzen, daß ich mein Wissen mit ihm teile. Allerdings hätten meine Informationen für ihn nicht den geringsten Neuigkeitswert. Er sei nämlich vor zwanzig Jahren an der Montan-Universität Stammhörer gewesen.
„Sie ein Montanist!" rief ich.
Es sei nicht so schlimm gewesen. Nicht die Geologie der toten Materie habe ihn umgetrieben, sondern die Tektonik der lebenden.
„Pardon?"
„Ich war in eine Studentin verliebt, die ich in St. Anton kennengelernt hatte."
„Als Sie mit Ihren Eltern Schi fuhren."
Der Dozent nickte.
„Eine große Liebe?"
Der Dozent nickte heftig.
„Wo ist die große Liebe denn geblieben? Hat sie geheiratet und vier Kinder gefördert? Betätigt sie sich nun als esoterische Malerin mit dem Schwerpunkt Erzgänge unter Tag?"

Der Dozent lächelte überlegen.
„Sie hat tatsächlich geheiratet. Drei Jahre und zwei Kinder später ging sie nach Papua-Neuguinea und führte dort für die Rio Tinto Group Explorationen für ein riesiges Kupferbergwerk durch. Rio Tinto ist der größte Bergwerkskonzern der Welt. Genauer gesagt war sie auf der Insel Bougainville, einer ehemaligen deutschen Kolonie, die halb so groß wie Kärnten und für ihre riesige Kupfermine berühmt ist. Die Insel versinkt in einem Bürgerkrieg, es geht um die Beherrschung der Mine. Rio Tinto konnte die Sicherheit seiner Leute nicht mehr gewährleisten und zog sich zurück. Auslöser war die Entführung meiner ehemaligen Freundin Verena. Seit Weihnachten 1995 fehlt jede Spur von ihr."
Semjon und Aksinja tauschten einen schnellen Blick aus. Der Alte hatte die Augen geschlossen. Er hatte den Kopf an den Stamm gelehnt und schien zu schlafen.
„Was ist geschehen?"
„Man vermutet, daß sie gekidnappt wurde", sagte der Dozent mit leiser Stimme.
Wieder wechselten die beiden einen Blick. Seltsam, dachte ich. Da sitzen wir in der Wachau und sprechen über eine Insel in Ozeanien, und die zwei tun grade so, als wären sie erst gestern dort gewesen.
„Wir könnten nachforschen", ließ ich einen Versuchsballon steigen. Wenn ich schon über die Kupferinsel nichts erfahre, dann vielleicht doch etwas über die beiden seltsamen Weltreisenden, dachte ich.

„Die Donau ist mir zu eng geworden, ich sehne mich nach der Weite des Pazifiks“, sagte ich, zum Dozenten gewandt. „Und ich kann mit Eingeborenen gut umgehen. Wer mit Obersteirern aufgewachsen ist, läßt sich von Papua-Kannibalen nicht ins Bockshorn jagen. Vielleicht finden wir Ihre Freundin?“

So wie ich meine Helga finden werde, dachte ich. Tot oder lebendig.

„Freilich“, antwortete der Dozent ärgerlich. „Für Sie und Joseph müssen die zerklüfteten Inselgebirge und das Malariaklima geradezu als Erholungsgebiet bezeichnet werden.“

Nach einem Blick auf Semjon und Aksinja fügte er hinzu:

„Joseph ist sein Rollstuhl. Mein Freund personifiziert Hilfsmittel. Ein Spleen, aber harmlos.“

„Joseph III.“, präzisierte ich. „Mein Freund ist nur eifersüchtig.“

„Sie können ruhig lauter sprechen“, mischte der Alte sich ein. „Ich schlafe nicht. Und ich kenne Bougainville gut. Ich war vor einigen Jahren dort.“

Der Dozent machte ein paar Schritte auf ihn zu.

„Von Ihrer Freundin habe ich nichts gehört“, sagte Grigori Melechow. „Wir hatten damals einen Spezialtrupp in der Mine. Aber es gab Konflikte mit Rio Tinto wegen der Sicherheitslage. Als wir sahen, daß der Konzern eine Söldnertruppe aufgestellt hatte, zogen wir uns zurück. Unter den Söldnern waren gute Bekannte aus Angola und Afghanistan. Desperados.

Menschlicher Abschaum. Sind denn keine Lösegeldforderungen aufgetaucht?"
Der Dozent schüttelte den Kopf.
„Als wäre Verena vom Erdboden verschluckt."
Der Junge kontrollierte die Infusion.
„Niemand verschwindet spurlos", sagte der Alte.
Ich nickte ihm dankbar zu. Der Dozent setzte sich auf die Fersen. Er habe Kontakt zur Familie der Verschollenen.
„Ihr Mann ist ein hoher Mitarbeiter in einer sicherheitsrelevanten Position."
Der Adelige vom Heeresnachrichtenamt? Das sollte der Mann der Geologin sein? Entweder der Dozent flunkerte, oder ich hatte ihn unterschätzt.
Am gegenüberliegenden Ufer waren die Folgetonhörner von Einsatzfahrzeugen zu hören. Zu sehen war aber nichts. Die Infusion würde noch einige Zeit laufen. Mein Freund, der Grüne, hatte versprochen, uns bei Einbruch der Dunkelheit am Loibner Ufer aufzusuchen. Um uns die Zeit bis zu seinem Eintreffen zu vertreiben, erzählte ich eine Schnurre aus meinem Leben:

„Es ist schon einige Jahre her, da hörte ich im Radio, daß in der Wachau die Marillen erblüht seien. Damals war gerade ein Hochwasser durchgezogen, aber der Wasserpegel sei im Sinken begriffen, hieß es. Früh am nächsten Morgen machte ich mich von Wien auf, um die Marillenblüte zu bewundern. Millionen rosarote

Schneebälle vor dem Grün der Bäume und der Rebstöcke – ein großartiger Anblick. Man fühlt sich nach China versetzt, besonders wenn man noch nie dort war. Die Marille fand ja erst vor zwei Jahrhunderten aus dem Reich der Mitte den Weg in die Wachau."

Ein Kabinenschiff in Form einer Schuhschachtel glitt talwärts fahrend an uns vorüber. Passagiere waren nicht zu sehen, wahrscheinlich wurden sie per Bus nach Wien gebracht. Ich fuhr fort:

„Der erste Weg führte mich an die Donau. Bagger waren dabei, Schlamm von den Treppelwegen zu kratzen. Niedrig gelegene Wein- und Obstgärten waren von einem erdigen Teig überzogen, der in der Sonne härtete. Am Flußufer setzte sich frisches grünes Gras gegen den Schlamm durch, da und dort blühten Gänseblümchen, und was das Schönste war: Schiffe fuhren unbehelligt und in großer Zahl durch die Flußenge."

Semjon lächelte. Der Alte hatte die Augen wieder geschlossen. Der Dozent hatte sich neben Aksinja auf einen Baumstamm gesetzt.

„Nachdem ich mich sattgesehen hatte, wollte ich im berühmten Restaurant Jamek meinen Durst löschen. Zu meiner Bestürzung fand ich den Eingang unpassierbar vor. Immer schon waren da zwei Stufen gewesen, aber es war möglich, über die Blumenwiese auszuweichen. Nun war die Wiese verschwunden und die Stufen zogen sich um den gesamten Vorplatz. Ich rief nach der Chefin und machte ihr Vorhaltungen. Und ich vergaß nicht, dem Baumeister Pest und Cholera an den Hals zu wünschen."

Jetzt lächelte der Alte, und Aksinja kratzte sich am Kinn. Der Dozent seufzte.

„Die Chefin des Hauses reagierte kühl. Ich könne ja durch den Garten fahren, an der Rückseite sei die Tür offen. Also baggerte ich mich an der Hinterseite des Schlößchens zwischen einem dampfenden Misthaufen und einem versumpften Biotop bis zur Hintertür."

Semjon beobachtete mich mit spöttisch gespitzten Lippen. Ich wußte sehr genau, daß die drei mehr noch als an der Geschichte an deren Subtext interessiert waren, und genau das war es, was ich ihnen vermitteln wollte. Ein realistisches Bild meiner Person.

„Ich machte mir einen Spaß daraus, mit Josephs Hilfe in dem holzgetäfelten Speisesaal stinkende Reste des Misthaufens und den Dreck des Biotops demokratisch zu verstreuen", fuhr ich fort. „Schließlich rollte ich zu einem freien Tisch, bestellte ein Glas Leitungswasser mit Zitrone und fixierte einen jungen Rottweiler, dessen Herrchen auf die Toilette verschwunden war und den Hund an ein Bein des schweren Tisches gehängt hatte, so lange mit den Augen, bis der Hund aggressiv wurde."

Der Alte blickte ernst. Aksinja fixierte mich aus den Augenwinkeln. Der Dozent wetzte auf dem Baumstamm hin und her.

„Ich ließ nicht von dem Tier ab, der Hund zerrte und ruckte an der Leine und am Tisch. Gläser fielen um,

Teller gingen zu Bruch. Als ich den Rottweiler als ‚Stinkendes Gulasch, ungewürztes!' ansprach, verlor der Hund vollends die Beherrschung und wollte sich auf mich stürzen. Er schleppte den massiven Tisch durch den Saal, Gäste purzelten zu Boden oder flohen unter lautem Geschrei. Wieder splitterten Geschirr und Glas. Der Rottweiler stellte noch Verwüstungen an, als ich längst ins Freie geflüchtet war. Zwischen Misthaufen und Biotop sah ich die händeringende Chefin und mehrere Männer, die damit beschäftigt waren, den tobenden Hund einzufangen."

Der Dozent schüttelte erbost den Kopf. Aksinja warf ihm einen fragenden Blick zu, worauf der Dozent ein verlegenes Lächeln aufsetzte. Von den Reaktionen befeuert, setzte ich fort:

„Nach dem erbaulichen Auftakt spazierte ich mit Joseph ins nahe Wösendorf. Wir wollten einen Kaffee nehmen und die Toilette aufsuchen. Leider entpuppte sich auch der Florianikeller als nicht zugängig, mehrere Stufen führten vom Hintereingang ins Lokal, und beim Haupteingang gab es, wie der herbeigerufene Kellner nuschelte, ebenfalls Stufen. Auf die Frage nach einer Behindertentoilette glotzte er mich blöde an. In diesem Moment eilte eine alte Dame grußlos an dem Mann vorbei die Stufen hinunter. Der Kellner folgte ihr. Wenige Augenblicke später war die Frau zurück, ihr Antlitz war feuerrot vor Zorn und Scham. Sie brachte keinen Laut hervor. Ich versuchte sie zu beruhigen und bot einen gemeinsamen Spaziergang am

Donauufer an, wobei ich nicht vergaß, den exzellenten Blick auf die Schiffe zu erwähnen, aber es dauerte, bis die alte Dame, immer noch empört und mehr stammelnd als sprechend, erzählte, daß sie nur die Toilette hatte aufsuchen wollen, nirgendwo in diesem ungastlichen Winzerdorf sei eine Toilette zu finden, aber der Kellner habe sie hinausgeworfen. Ohne Konsumation sei der Besuch der Sanitärräume nicht gestattet. Sie werde dieses Kaff auf der Stelle verlassen, die Wachau könne ihr in Zukunft gestohlen bleiben und Marillenknödel werde sie fortan meiden. Mit diesen Worten eilte sie in Richtung Parkplatz.

Nun war bei mir kein Halten mehr. Durch die offene Tür brüllte ich in den Schankraum, ich wolle den Chef sprechen, und zwar auf der Stelle. Ein paar Augenblicke später wälzte sich ein großer und fetter Mann mit einem Schnauzbart durch die Tür. Er steckte in einem aufgemotzten Trachtenanzug. Er sei der Inhaber, was mir einfalle, so zu brüllen. Ohne die Lautstärke zu mäßigen, beschimpfte ich den Mann als fauligen Hauernazi, knausrigen Schleimscheißer und poliertes Arschgesicht. Ich solle meine Worte zügeln, rief der Besitzer, sonst rufe er die Polizei. Daraufhin ging ich zu ordinären Schimpfwörtern über."

Ich drehte Joseph etwas seitlich, so daß ich mein Publikum à part ansprechen konnte – ‚beiseite', wie es bei Nestroy heißt. Ich müsse an dieser Stelle erwähnen, daß ich im plebejischen Fach bei Sigfrid Maron in die Schule gegangen war, der als Wladimir Wyssozki der

Donau gelte. Nun schmunzelten alle drei, und der Dozent wunderte sich. Woher sollte er auch den Namen des legendären sowjetischen Liedermachers kennen?

„Ich rief also ein paar Glanzstücke aus dessen Fundus an wahrhaft ordinären Schimpfwörtern ab. Der Inhaber und der hinzugeeilte Kellner standen beide mit offenem Mund da, während ich sie einer restlosen Erledigung unterzog."

„Er übertreibt gern", sagte der Dozent, aber niemand schenkte ihm Aufmerksamkeit. Ich kam zum Ende:

„Auf dem Rückweg wurde ich dann noch von einem gelben Lamborghini mit slowakischem Kennzeichen in den Straßengraben gedrückt. Ich revanchierte mich auf dem Jamek'schen Parkplatz, indem ich mit den Fußrastern mehrmals gegen die Fahrertür des Zuhälterautos knallte und tiefe Wunden zurückließ. Schließlich kam ich einem dringenden Bedürfnis nach und entleerte die Harnflasche über der Windschutzscheibe. Es erwies sich als vorteilhaft, daß der Lamborghini ungewöhnlich niedrig war. Vom Ausflug müde und abgekämpft, setzte ich mich dann, ein flottes Liedlein auf den Lippen, nach Wien ab. Und ich nahm mir das Versprechen ab, im nächsten Jahr zur Marillenblüte wieder in die schöne Wachau zu fahren und mein zivilisatorisches Aufbauwerk fortzuführen."

Aksinja klatschte in die Hände, Semjon lachte befreit auf. Der Dozent barg den Kopf in den Händen. Der

Alte schwieg. Hatte er verstanden, warum das Landhaus Bacher für mich nicht in Frage kam?

Jedenfalls ließ er nun aus dem Kofferraum des Maybach einen kleinen Imbiß holen: Salami, Käse, Oliven, Weißbrot, Mineralwasser, eine Gurke – und drei Flaschen Rotwein. Alles war wohltemperiert, der Maybach war bestens bestückt.

Semjon achtete darauf, daß unsere Gläser nicht leer wurden. An der Donau bei Dürnstein einen St. Emilion zu trinken stimmte mich milde und zukunftsfroh. Als ich den Dozenten darauf aufmerksam machte, nannte er mich einen Schmock. Aus dem Mund eines Hietzingers empfand ich das als existentielle Erhöhung. Und immer wieder hielt ich Ausschau nach meinem Freund, dem Grünen. Mehrmals waren Folgetonhörner auf der anderen Seite des Stroms zu hören.

Er habe nie etwas von dieser ominösen Bergbautechnikerin erzählt, hielt ich dem Dozenten vor. Er konterte, daß ich die Begebenheiten im Zuge meines Minnediensts auch nicht an die große Glocke hängen würde.

„Meinem … was?“

„Ihres Diensts an der Minne. Nie gehört? Nibelungen, Bechelaren, Kriemhild, Attila, der Hunnenkönig und so weiter. Wo, wenn nicht hier an der Donau, ist die Minne zu Hause? Kennen Sie nicht das berühmte Lied von Erwin Hartung?“

Er richtete sich auf und deklamierte wie ein griechischer Olympionike nach dem siebten Glas Ouzo:

„Was rauscht so bang der Donaustrom durchs weite deutsche Land? / Von Burg zu Burg die Frage geht: Wann denn die Ostmark aufersteht? / Wach auf, deutsche Wachau! / Ruft die Schar aus Erz und Stahl / Bleib stark, mein deutsches Österreich, kein Baum fällt auf den ersten Streich. / Wach auf, deutsche Wachau. Heil dir, Nibelungengau!"
Aksinjas Gesichtsausdruck wechselte zwischen Belustigung und Empörung, Semjon schien ernsthaft die Frage zu erwägen, ob der Dozent einen Hitzekoller erlitten hatte. Ich rief „Aufhören!", und Grigori schien amüsiert.
„Teutonische Verse, titanische Rhythmik", rief der Schmierenkomödiant aus. „Die krönende Strophe!"
Er verneigte sich wie ein Musketier vor seinem König mit einem Kratzfuß und hub an:
„Doch einmal wird das Morgenrot aus dunkler Nacht erstehen / Und von der Donau bis zum Rhein – wird ein einig Volk von Brüdern sein / Von all den Burgen seh ich Fahnen wehen und unsere Helden auferstehen! Wach auf, deutsche Wachau!"
Grigori applaudierte. Aksinja wußte nicht, wie sie reagieren sollte, und entschied sich dafür, ihre Sonnenbrillen aufzusetzen. Semjon fiel in den Beifall seines Vaters ein.
„Bravo!" rief ich. „Was sollen die Herrschaften jetzt von mir denken? Daß ich mit einem verschrobenen Barden durch die Lande ziehe wie weiland Sänger Blondel auf der Suche nach dem Hofrat Geiger?"

Zu Grigori gewandt, sagte ich:
„In den fünfziger Jahren wurden in der Wachau dümmliche Heimatfilme gedreht. Der *Hofrat Geiger* war der verlogenste von allen. Das Tal hat sich bis heute nicht davon erholt."
Grigori prostete dem Dozenten zu:
„Sie haben Talent. Und ein gutes Gedächtnis."
Der Dozent verbeugte sich.
„Auswendiglernen ist mir immer leichtgefallen", sagte er und schenkte mir ein überlegenes Lächeln.
Ich fuhr zu ihm und zog ihn zur Seite. Wie er auf das unsinnige Gedicht komme, wollte ich wissen. Und was es mit der verschollenen Verena auf sich habe?
Zwei Fragen, eine Antwort, sagte er mit einem vieldeutigen Lächeln. Das „Wachau-Lied" des Nazisängers Erwin Hartung stamme aus dem Jahr 1937; mein Freund vom Heeresnachrichtenamt hat es wieder ausgegraben. „Und was Verena anlangt, so …" Er stockte.
„Sprechen Sie!"
„Er war … er ist … mit Verena verheiratet", stieß er hervor und fügte rasch hinzu. „Die Kinder sind mittlerweile erwachsen."
Er dreht den Spieß um und schlägt mich mit meinen Waffen, dachte ich. Aber ich war ihm ausgeliefert, ich wollte unbedingt wissen, was es mit dieser Beziehung auf sich hatte. Vielleicht weil mir die Suche nach meiner verschollenen Helga bevorstand?
„Das heißt, er wartet unverdrossen auf ein Lebenszeichen seiner Verena?" fragte ich weiter.

„Er hat längst eine andere“, sagte der Dozent kühl. „Schon während der Ehe zeigte sich mein Freund Nebenhandlungen nicht abgeneigt.“
„Ihr Mann wartet also nicht auf sie“, stellte ich fest und dachte daran, daß wahrscheinlich auch auf Helga niemand wartete.
„Ich warte auf sie!“ sagte da der Dozent mit einer heroischen Geste, einem Nachhall der Deklamation. „Seit fast zwanzig Jahren bange ich um meine Verena.“
Er schien von seiner menschlichen Größe ehrlich ergriffen.
„Mir kommen die Tränen. Darf ich Sie an drei bis zwölf erotische Affären erinnern, die Ihren Gelehrtenalltag in den letzten Jahren mehr strukturiert denn unterbrochen haben? Nicht zuletzt jene mit meiner Freundin Anita?“
Der Dozent schien sich in reinem Sentiment aufzulösen. Rasch hatte ich ein Notfallmedikament zur Hand, eine historische Glosse.
Bekanntlich sei Attila jahrelang Heermeister in Roms Diensten gewesen und habe dafür ein fürstliches Gehalt, vermittels dessen er sich die Loyalität seiner Mitstreiter erkaufen konnte, lukriert, führte ich aus.
„Und er hatte eine Schwester in Krems. Haben Sie gewußt, daß bei der Schlacht auf den Katalaunischen Feldern zwischen den Hunnen und den Römern unter Attilas ehemaligem Duzfreund Aëtius ganze drei Prozent hunnische Krieger beteiligt waren? Der Rest

waren Hilfstruppen, darunter viele germanische Stämme, auch solche, die hier in der Wachau nördlich der Donau beheimatet waren. Es kämpften also Römer gegen Germanen und Hunnen. Pikant wird es, wenn man weiß, daß bei den Römern ebenfalls germanische und turkstämmige Truppen mitkämpften. Und wußten Sie, daß der Heilige Severin, der aus einer römischen Adelsfamilie stammte, einer der zentralen Verhandlungspartner von Attila und dessen Leuten in Bratislava, Korneuburg, Tulln und Mautern war?"

Wenn der Dozent sich anschickte, in den Sumpf der Sentimentalität einzutauchen, mußte man ihn entschlossen mit schwerem historischem Geschütz auf trockenes Ufer treiben. Er war imstande und fiel auf seine schmierigen Storys selber herein. In einem solchen Fall war mit ihm tagelang nichts anzufangen. Morgen mußte er aber seinen Mann stehen und den Geschäften des „Nebengeräuschs" nachspüren, einen raptus melancolicus konnten wir da nicht gebrauchen.

10. Kapitel

Die Donau ist nicht der Dnepr, aber Krems ist Dnepropetrowsk.
Herr Kohler, Bucharbeiter

„Ich habe über Ihre Geschichte nachgedacht“, sagte Grigori später, als er mit Semjon und mir einen Spaziergang auf dem Treppelweg unternahm. Der Dozent blieb bei Aksinja und versuchte, sie mit Erzählungen aus dem Alltag eines freischaffenden Soziologen zu beeindrucken.

„Wissen Sie, auch meine Heimatstadt Dnepropetrowsk hat ein wunderbares Flußufer, und außerhalb der Stadt gibt es unzählige naturbelassene Inseln“, erzählte Grigori. „Wie Krems liegt also auch Dnepropetrowsk an einem Strom; beide Städte haben Schwerindustrie – bei uns wurden bis vor nicht langer Zeit Rüstungsgüter bis hin zu Atomraketen gebaut – und beide Städte waren heftig umkämpfte Kriegsschauplätze. Anhand Ihrer eindrücklichen Geschichte über die Marillenblüte und die Wachauer Gastronomie sehe ich nun, daß dieser Landstrich im Zivilisatorischen einiges aufzuholen hat. Das ist bei uns nicht anders. Behinderte Leute haben es auch bei uns schwer. Mein Sohn kennt sich da besser aus, er hat in den frühen neunziger Jahren am Mount Sinai Hospital in New York famuliert.“

Auch ich sei damals in New York gewesen, warf ich ein, und zwar auf der Straße.

„Obdachlos?“ fragte Semjon.
„Demonstrierend“, sagte ich. „Es waren die letzten und entscheidenden Demos für die Durchsetzung des Antidiskriminierungsgesetzes für behinderte Menschen.“
„Einige Kollegen haben mitdemonstriert, aus Solidarität“, sagte Semjon. „Ein Demonstrationszug ging direkt von unserer Klinik am Central Park Richtung Downtown.“
„Ja, das ‚Mount Sinai‘ genießt einen guten Ruf“, bekräftigte ich. Das Hospital hatte ich mir einzig seines Namens wegen gemerkt. Als ich mich einmal bei der Querung des Central Parks verirrte und stundenlang zwischen Granitfelsen umherfuhr, verstand ich die Namensgebung.
Als leitender Metallurg sei es ihm im Sozialismus nicht schlecht ergangen, erzählte Grigori. Und er wäre auch fast nach Österreich gekommen. Zweimal sei eine Reise zum Kremser und zum Linzer Stahlwerk gescheitert. Einmal sei er im letzten Moment zu einer Aussprache nach Moskau abkommandiert worden – es war die Zeit der NATO-Aufrüstung durch die Pershing-Raketen und der sowjetischen Reaktion darauf. Das andere Mal, im August 1968, sei die brüderliche Hilfe der Warschauer-Pakt-Staaten für die ČSSR dazwischengekommen. Dessen ungeachtet seien die Kontakte zu Österreich ausgezeichnet gewesen, die verstaatlichte Industrie habe in der Sowjetunion als verläßlicher und kompetenter Partner gegolten.

„Außerhalb offizieller Delegationen gab es keine Möglichkeit, in den Westen zu reisen. Devisen waren knapp, und Reisepässe für Normalbürger nicht vorgesehen. Die Sowjetunion war eine Welt für sich. Die meisten Sowjetbürger starben, ohne je im Ausland gewesen zu sein."
„Schlimmer noch, ohne je einen Ausländer gesehen zu haben", assistierte sein Sohn. „Ich hatte das Glück, durch die Verbindungen meines Vaters nach New York zu kommen. Mediziner waren nicht so begehrt wie Raketenbauer."
Wieder suchte ich die Donau nach dem Grünen und seinem Boot ab, aber abgesehen von einem luxemburgischen Selbstfahrer, der langsam bergwärts tuckerte, war es auf dem Fluß ruhig. Irgendwo hinter Rossatz stieg Rauch auf. Bei der Hitze trockenes Geäst zu verbrennen ist selbstmörderisch, dachte ich.
Mitte der neunziger Jahre sei der Rüstungsbetrieb, in dem er technischer Direktor war, privatisiert worden, fuhr Grigori fort. Ein paar Wirtschaftsleute, fast alle aus dem ehemaligen Jugendverband, hätten sich zusammengetan und die führungslos vor sich hindümpelnden Großbetriebe übernommen.
„Mein Vater ist ein wohlhabender Mann", warf Semjon ein. „Er hat sich auf die strategische Ebene zurückgezogen, ich helfe neben meiner Tätigkeit in der Klinik ein wenig mit. Und in der Freizeit sammeln wir Dnepr-Motorräder, das sind die schönsten der Welt, schauen Sie nur einmal im Internet nach. Und wir kultivieren unsere Liebe zur Önologie. Es ist unser großes Ziel, auf

der Krim ein Musterweingut zu errichten. Die Bürger der Ukraine und Rußlands haben ein Anrecht auf gute Weine aus eigener Produktion."

Aus diesem Grund hätten sie im Val di Pesa in der Toskana bereits vor Jahren eine kleine Tenuta erworben, die einen hervorragenden Sangiovese hervorbringe. Und im Bordelais seien sie gemeinsam mit zwei Kollegen aus dem Stahlhandel ebenfalls Besitzer eines Weinguts, ergänzte Grigori.

„Ich nehme an, der Wein, den Sie vorhin aufgewartet haben, stammte von dort?"

„Leider nein", sagte Semjon. „Bei dieser Affenhitze ist es nicht vernünftig, Wein durch halb Europa zu transportieren. Die Flaschen kommen aus einer Wiener Vinothek. Sie waren unverschämt teuer."

Der Alte hakte sich bei seinem Sohn unter und ließ ihn reden. Das Gehen schien ihn anzustrengen. Die Dämmerung brach herein, nach wie vor war es stickig und heiß. Kaum daß ein Blatt von einem Windhauch bewegt wurde. Weit hinten in der Wachau waren wieder Folgetonhörner zu hören.

„Und jetzt halten Sie in der Wachau Ausschau nach einem Weißweinbetrieb?" fragte ich weiter.

Semjon nickte.

„Die Wachauer Weine passen besser zu unseren Gaumen als die von der Mosel oder aus dem Friaul. Obwohl mineralisch klar, speichern sie doch auch die Schwüle des Flusses. Wie die Ufer des Dnepr", sagte Grigori und atmete schwer.

Wir hielten an. Mit müder Stimme sagte Grigori:
„Sie scheinen sich in der Gegend gut auszukennen …"
„Ich bin hier aufgewachsen", erwiderte ich. „Mein Vater war Maschinenbauer in der Hütte Krems, einem ehemaligen Rüstungsbetrieb der Nazi, errichtet von französischen und holländischen Zwangsarbeitern. Aber er ist früh gestorben, im März 1968."
„Wir verstehen", sagte Semjon. „Mein Vater würde dennoch gern wissen, ob Sie noch Kontakte in der Region haben und ob Sie noch Anteil an der Entwicklung der Wachau nehmen? Die Leute hier sind sehr zugeknöpft. Und da hier die meisten Besitzer von Weingütern Nazi waren, wollen wir nicht unbedingt einen Betrieb kaufen, in dessen Weingärten früher sowjetische Kriegsgefangene, vielleicht gar mein Großvater schuften mußten. Die Leute hier verstehen diese Überlegungen nicht. Das sei ja alles schon so lange her, sagen sie."
Was sollte ich sagen? Ich spürte, daß die beiden mir ein Angebot machen wollten, vielleicht sahen sie in mir einen Verbindungsmann für ihre Weinimmobilien, eine Art önologischen Adjutanten. Tatsächlich beschränkte sich mein Kontakt zu Krems auf einige wenige Ausflugsfahrten in der schönen Jahreszeit. Da es keine barrierefreien Unterkünfte gab, war ich gar nicht erst versucht, in der Stadt zu nächtigen. Einzig ein Platz hatte es mir angetan. Am Landeplatz der Rossatzer Zillenfähre, mit dem Blick auf das Dürnsteiner Schloß am Steilabhang und die auf den Felsen

hockende Ruine, konnte ich mich viele Stunden aufhalten. Die beiden Flußbiegungen auf engstem Raum bedeuteten für die Kapitäne Schwerstarbeit; trafen ein paar Kabinen- und Ausflugsschiffe sowie ein, zwei Schubverbände in diesem gefährlichsten Abschnitt der gesamten Donau aufeinander, konnte man atemberaubende Passagen erleben. Bewundernswert war die Präzision der Schiffsmanöver auf dem gewundenen Fluß, der die Strömung eines Gebirgsflusses aufweist. Wenn sich dann auch noch Freizeitkapitäne mit ihren Luxusjachten in den Verkehr mengten, waren Kollisionen und Havarien keine Seltenheit.
Ich entschied mich dafür, die nautische Anziehungskraft des Stroms lieber für mich zu behalten. Die Melechows hatten anderes im Kopf als den Schiffsverkehr. Aber ich gab ihnen einen Beleg meiner Verbundenheit mit der Wachau, genauer gesagt: dem Stahlwerk. Die beiden ließen sich auf einer Bank nieder, ich postierte mich schräg vor ihnen und erzählte die Geschichte von Herrn Kohler, dem Bucharbeiter.

„Der Bibliothekar der Hütte Krems, Herr Kohler, war ein gelernter Metallarbeiter, genauer gesagt, er war Dreher. Nach einem Arbeitsunfall mußte ihm der linke Arm amputiert werden. Herr Kohler verblieb im Werk und wechselte die Arbeitsstelle. Er wurde Werksbibliothekar, und in seiner Freizeit reparierte der Einarmige mit bewunderungswürdiger Geschicklichkeit die Fahrräder der Nachbarn. Ein guter Metallarbeiter kann

alles, sagte er und baute die Bibliothek auf, die vorher nur aus Bücherspenden der ‚Österreichisch-Sowjetischen Gesellschaft' und Naziliteratur bestand. Die Bücher verstaubten in einer Kammer neben der Toilette des Betriebsrates. Ein guter Metallarbeiter sorgt zuerst für einen sauberen Arbeitsplatz, sagte sich Herr Kohler. Er entrümpelte das Kämmerlein, weißte neu aus, reinigte Boden und Holzmöbel und setzte die Regale instand. Dann wandte er sich den Büchern zu. Eines nach dem andern wurde von ihm durchgesehen, lose Blätter, und deren gab es viele, klebte er mit äußerster Präzision, als handle es sich um Werkstücke aus Stahl. Jedes Buch bekam von ihm einen Stempel und eine Nummer. So baute er den Katalog auf.
Angespornt vom Erfolg, schritt er zur nächsten Phase. Ein guter Metallarbeiter braucht neben einem sauberen Arbeitsplatz auch Licht, sagte er sich. Also pilgerte er mit einem Handwagen in die Materialverwaltung am Ende des Werksgeländes, bis er stärkere Lampen, neue Fensterscheiben und eine neue Büroleuchte beisammen hatte, worauf das vorher muffige Kämmerlein sich zu einem hellen, freundlichen Raum mauserte, in dem man sich gern aufhielt."

Ich sah den Dozenten und Aksinja näherkommen. Der Dozent gestikulierte wie ein Signalgast auf einem Windjammer. Ich fuhr fort:

„Die Leute von der Materialverwaltung waren berüchtigt. Sie führten sich auf wie Fürsten, taten so, als rückten sie ihr persönliches Eigentum heraus. Mehr als einmal mußten Vorarbeiter oder Meister handgreiflich werden, um das Gewünschte zu erhalten. Herr Kohler wählte eine andere Vorgangsweise. Sommers führte er in seinem Handwagen frische Erdbeeren aus seinem Garten neben der Schulwiese mit, im Herbst Äpfel und Birnen und zu jeder Jahreszeit zwei Doppelliter Weiß unter einem Arbeitsmantel."

Grigori lächelte, Semjon nickte.

Ich setzte fort:

„Nachdem die äußere Ordnung wiederhergestellt war, ging es an die Schaffung der inneren. Es ging nicht an, daß die Bücher ungeordnet nebeneinander standen. Also arbeitete Herr Kohler eine neue Struktur der Bücherpräsentation aus. Tagelang tüftelte er in seiner Bibliothek, bis er eines Tages wieder zur Materialverwaltung pilgerte und Schilder in Auftrag gab. In seiner Systematik konnte Herr Kohler den Metallarbeiter nicht verleugnen. Bei ihm gab es die Abteilungen ‚Schwere und leichte Blechverarbeitung' – das war die schöngeistige und unterhaltende Literatur, Reiseführer über den Odenwald oder die Krim beispielsweise. Unter ‚Stahlbau' reihte er Sachbücher, unter denen Bücher über den Zweiten Weltkrieg ebenso zu finden waren wie Ratgeber zum Flicken elektrischer Sicherungen und einige Bändchen der legendären Perlen-Reihe. *Über die richtige Ernährung bei der Ausübung lateinamerikanischer Tänze* war eines, *Haltung und Aufzucht von Mastgänsen* ein anderes, *Getriebewechsel bei Lloyd Alexander 600 leicht gemacht* ein weiteres.

Die Hütte Krems war in die Au gestellt worden, um die Ostfront zu unterstützen. Die Arbeiter wurden aus der Obersteiermark zwangsrekrutiert. Aus politischen Gründen untauglich für die Front, aber gute Metallarbeiter, die aus der Sicht der Werksleitung nur einen Fehler hatten: sie produzierten zu viel Ausschuß. Zur Besserung ihrer weltanschaulichen Verstocktheit stellte die Kremser Gauleitung der NSDAP zu Führers Geburtstag den Arbeitern der Faust ein Schock Bücher zur Verfügung. Was davon übriggeblieben war, wurde von Herrn Kohler geborgen. Ein Buch ist ein Buch, sagte Herr Kohler, seit seinem sechzehnten Lebensjahr Mitglied der Sozialistischen Partei, da haben Menschen gearbeitet und man kann vor ihrer Arbeit Achtung haben, auch wenn man die politische Absicht des Autors verabscheut."

Eine edle und kluge Haltung, meinte der Dozent, der mitgehört hatte. Aksinja runzelte die Stirn.

„Wenn ich mich nicht an der Donau herumtrieb oder Fußball spielte, las ich. Von Anfang an zogen die Nazibücher mich in ihren Bann. Da waren Bildbände über den Rennfahrerheros der dreißiger Jahre, Bernd Rosemeyer, der während eines Weltrekordversuchs mit seinem Auto-Union-Boliden bei 435 km/h über einer Bodenwelle auf der Autobahn bei Darmstadt abhob und in einen Wald flog. Er starb am Höhepunkt seines Ruhms, ein Jochen Rindt der damaligen Zeit, und sicher kein schlechterer Rennfahrer. Auch von seiner Frau, Elly Beinhorn, einer Abenteuer-Fliegerin, habe ich mehrere Bücher gelesen, desgleichen über den Kampfflieger Ernst Udet, das ‚Schlachtschiff Tirpitz' und Bücher über ‚Kraft-durch-Freude-Schiffe.' Besonders beeindruckt war ich von Leni Riefenstahls Büchern, die sie nach dem Krieg über die Nuba und Dinka im Sudan verfasste. Ich sah dort die ersten nackten Brüste."

Der Dozent räusperte sich. Grigori lächelte.

„Weiters gab es noch Bücher über die Tauchfahrten des Hans Hass und die Expeditionen des Heinrich Harrer. Ich las aber auch aus der ‚Leichten Blechverarbeitung' Bücher von John Knittel, Mirko Jelusich und Trygve Gulbranssen, aber auch aus der ‚Schweren' wie Gustav Freytags *Soll und Haben*, ein beeindruckender Roman, sehr antisemitisch und sehr spannend."

Der Dozent war verunsichert und sah Grigori fragend an.

Ohne zu zögern fuhr ich fort:

„Von der russischen und sowjetischen Seite war alles da, was Rang und Namen hatte: Die Klassiker Lermontow, Gogol, Puschkin, Tolstoj, Herzen und Turgenjews großartige *Sturmfluten des Frühlings*. Weiters die modernen Klassiker Majakowski, Gorki, Jessenin, Gladkow, Babel, Olescha, Koschewnikow und Scholochow. Gorkis *Meine Universitäten*, die Geschichte eines Buben, der sich wie Mark Twains Huck Finn am Mississippi an der Wolga unter Treidlern herumtreibt, hat mich viele Nächte nicht schlafen lassen. Scholochows *Neuland unterm Pflug* und vor allem der unerreichte *Stille Don* zählen zum Besten, was einem jungen Menschen widerfahren kann. Coopers *Lederstrumpf* kann da nicht mit und Gerstäckers *Flußpiraten des Mississippi* schon gar nicht. Die Wochen und Monate, die für das Lesen von Gorki und Scholochow dahinflogen, zählen zu den besten meines Lebens. Seither weiß ich einen nom de guerre von einem bürgerlichen Namen zu unterscheiden."

Ich nickte Grigori zu, der lächelte erstaunt zurück. Daß alle drei Melechows die Namen der Hauptheldenaus dem *Stillen Don* trugen, war mir sofort aufgefallen. Ich fuhr fort:

„Zehn Jahre später lernte ich in Frankfurt an der Oder in einer sowjetischen Kaserne einen Gesellschaftswissenschaftler kennen, der seinen Bruder, einen General, dort besuchte. Wie ich in die Kaserne kam, tut hier nichts zur Sache. Der Professor für Marxismus-Leninismus an der Parteihochschule in Moskau trug den schönen Namen Wladimir Gott. Er sprach ein wunderbar sanftes Deutsch und hatte als Kind dem alten Herrn Scholochow gemeinsam mit anderen Buben das Angelzeug von der Datscha durch eine Lehmschlucht zum Dnepr hinunter getragen, wo der greise Scholochow seine Nachmittage zu verbringen pflegte."

Grigori und Semjon merkten auf. Auch der Dozent schien verblüfft.

„Walters Vater, Iwan Gott, war während des Bürgerkriegs MG-Schütze auf einem Revolutionszug in der

Steppe gewesen, als Propagandist der neuen Zeit sollte er an den Haltestellen den Filmprojektor bedienen, auf daß die Muschiks sich eine Vorstellung von der Elektrizität und der Diktatur des Proletariats machen konnten. Er wurde bei einem Feuerüberfall von Kosaken erschossen. Als die Sowjetunion längst Geschichte war, kam Genosse Gott auf Vermittlung eines Politikwissenschaftlers aus jenem Teil der Obersteiermark, aus dem die Hütten-Arbeiter gekommen waren, nach Wien. Ich zeigte Genosse Gott das Marchfeld und die Donau, und immer wieder redeten wir über Figuren aus dem *Stillen Don*, über die entsetzlichen Geschichten aus dem Bürgerkrieg, wo die Dorfarmen aufbegehrten und von den Schergen der Magnaten erschlagen wurden, wo die vom Südufer auf die vom Nordufer losgingen, die einen bei den Weißen und die anderen bei den Roten angedockt hatten, und wie sie unter Anleitung der Bolschewiki die Reichen erschossen, dann aber einander massakrierten und der Vater den Sohn erschlug. Wir sprachen aber auch über Scholochows Beschreibungen des Don, die Saumpfade im hohen Löß, die Furten und den Anblick der vorübergleitenden Schiffe. Abends wurde beim Heurigen der politische Teil analysiert, denn Wladimir Gott beherrschte nicht nur die sozialistischen Klassiker, sondern auch Hegel und Kant wie unsereins den Heurigenkalender von Groß-Jedlersdorf. Der Genosse bewohnte eine Kommunalska, eine Kleinstwohnung, am Moskauer Arbat. So konnte ich sagen: Ich weiß, wo Gott wohnt."

Grigori lächelte und räusperte sich. Semjon und Aksinja nickten einander zu. Der Dozent schüttelte den Kopf. „Schließlich gab es da noch eine kleine Spezialabteilung, die Herr Kohler ‚Profilrohre' getauft hatte. Dort las ich James Jones' *Verdammt in alle Ewigkeit*, Theodore Dreisers *Eine amerikanische Tragödie*, Faulkners *Der Strom* und einen kleinen Erzählband von Ernest Hemingway, Geschichten vom Jagen in den Wäldern und vom Herumstreunen eines weißen Jungen mit indianischen Freunden, ihren Paddelbootfahrten und ihren Streichen. Mehr Bände umfaßte die Abteilung nicht. Außer Bruckners *Spatzenelf* und *Sadako will leben* gab es in der Bibliothek keine österreichische Literatur. Keinen Grillparzer, keinen Saar, keinen Nestroy, keinen Kraus, keinen Musil, nichts. So kam es, daß ich lange Zeit der Meinung war, die Österreicher seien bessere Metallarbeiter denn Schreiber.

Einmal in der Woche tauchte ich bei Herrn Kohler auf und nahm fünf Bücher mit, die ich eine Woche später wieder ablieferte. Ich hatte es mir zur Regel gemacht, Bücher aus verschiedenen Fachabteilungen zu nehmen, so war die Gefahr von Enttäuschungen geringer. Ich stand nie lange vor den Regalen, weil ich Angst hatte, daß Herr Kohler mich ansprechen würde, was er aber nie tat. Er hatte verstanden, was die wenigsten Germanisten und Kritiker begreifen: Daß man vor Büchern schweigen soll.

Meistens wußte ich in der Vorwoche schon, welche Bücher als nächstes drankommen sollten, und ich wurde zornig, wenn die Bücher, die ich wollte, entlehnt waren. Aber ich schluckte meinen Zorn hinunter. Ich habe mit Herrn Kohler nie mehr Worte gewechselt als ‚Glück auf' und ‚Auf Wiedersehen', und Herrn Kohler war das recht. Metallarbeiter sind keine Schwätzer. Nur am Ende seiner Laufbahn, als er, fünfundsechzigjährig, in Pension ging – ich war damals grade vierzehn – wich er von unserem Schweigen ab. ‚Für dich', sagte er und überreichte mir einen Schatz. Es waren die zerlesenen fünf Bände von *Prinz Eisenherz*, Henry Fieldings *Tom Jones* und die Gedichte von Miklós Radnóti.

Das ist die Geschichte des Herrn Kohler, der mich das Lesen lehrte. Ein einarmiger Metaller und ein hervorragender Bucharbeiter. Der beste, den ich je getroffen habe."

Aksinja klatschte Beifall. Dem Dozenten war das peinlich. Grigori senkte den Blick, Semjon wischte sich über die Augen. Dann fing auch ich zu klatschen an, lange und demonstrativ und in Richtung Grigori. Irgendwann hatten wir genug geklatscht und alles war gesagt und wir schwiegen. Am Strom war eine leichte Brise aufgekommen.

11. Kapitel

Peter, der Grüne, ist ein griechischer Gott.
Das „Nebengeräusch“ dreht sich im Kreis.
Die „Siebnerin“ im Rührsdorfer Arm

Es gibt ein Gemälde von Caravaggio, das zeigt einen griechischen Gott, der seinen Nachen mit einem Paddel in eine ideale Meeresbucht steuert. Was ich sah, war kein Nachen, sondern eine Zille. Und der Gott steuerte nicht mit dem Paddelholz, er stakte mit einer langen Holzstange. Bei näherem Hinschauen nahm der griechische Gott die Züge meines Freundes an. Obzwar ich keine Beziehungen zur griechischen Götterwelt unterhalte, war ich mir sicher, daß Peter, der Grüne, einen formidablen Schiffsgott abgegeben hätte.

Der mittelgroße Mann war bis auf eine kleine, schwarze Badehose nackt, sein bronzefarbener Körper bis zum kleinsten Muskel durchtrainiert. Beim Eintauchen der Stange streckte er sich soweit er konnte, der Krafteinsatz an der Stange machte ihn wieder kleiner, und wenn die Zille an der Stange vorbeiglitt, streckte er sich ein zweites Mal, bevor er das Holz in einer eleganten Bewegung am Körper vorbeiführte und zum nächsten Akt des Betriebes „Stich und Schub“ ansetzte.

„Gruß! Gruß!“ rief der Grüne schon von weitem.

Der Fünfundfünfzigjährige, der mit seinem von der Sonne gebleichten grauen Haarschopf und seinen lachenden Augen weit über die Wachau hinaus bekannt war, hatte diesen Gruß schon verwendet, als ich ihn Anfang der siebziger Jahre kennenlernte. Was ich über die Natur wußte, verdankte ich ihm. Auf unzähligen Exkursionen in die Au, Ausfahrten auf der Donau und Studierstunden in seiner Scheune im Kremstal hatte er mich in Flora und Fauna eingeführt. Und nie vergessen hinzuzufügen, daß der Mensch als Gattung nichts anderes sei als eine Verirrung der Evolution. Hans war ein Grüner der ersten Stunde. Ein gutes Dezennium lang vertrat er für eine geringe Entschädigung die Grünen im Kremser Gemeinderat. Er bemühte sich, wo es möglich war, das Los der Menschen nicht zu verschlechtern; seine wahre Liebe und Leidenschaft aber galt der Tier- und Pflanzenwelt. Sollte ein kleiner Park einem Parkplatz für Benzinfresser weichen, setzte er sein Waffenarsenal bedingungslos ein: Überlegenes Wissen, schneidender Sarkasmus, ein geologisches Gedächtnis.

Die Sozialdemokraten sahen in ihm ein unterhaltsames Übel, das die Bürgerlichen wenigstens ein paar Stimmen kostete, der kommunistische Gemeinderat stimmte der Brandrede zu, wünschte sie aber mit dem Zusatz „sofern den Interessen der werktätigen Bevölkerung dienlich“ im Protokoll zu wissen. Die Mandatare der Partei der Geschäftsleute und Gymnasialprofessoren murmelten etwas von „verzichtbaren

Sternstunden des Parlamentarismus“ und grünem Größenwahn, und die einfacheren Gemüter der besonders braunen Kremser FPÖ unterstellten ihm totalitären Wahnsinn, lobten aber sein nibelungisches Dreinschlagen.

Ich überlegte mir schon Worte der Vorstellung. Ich würde dem Grünen gegenüber die Ukrainer als alte Bekannte ausgeben, mit denen mich gemeinsame Geschäfte verbänden. Das wäre keine Lüge, sondern nur eine gewisse Überdehnung einiger Aspekte meiner beruflichen Situation.

Meine Gedanken wurden von Aksinja jäh unterbrochen. Sie hatte mit dem Feldstecher Ausschau gehalten, rief ihrem Vater etwas zu und rannte zum Ufer. Dort setzte sie das Glas wieder an. Ich fischte in Josephs Netz nach meinem Operngucker. Als ich durch das Glas sah, verstand ich, warum der Grüne umgedreht hatte und wieder in die Donau hinauspaddelte, und ich verstand Aksinjas Aufregung. Auf dem Steinsporn unterhalb des Rossatzer Campingplatzes schlugen mehrere Männer auf eine liegende Person ein. Einer tat sich besonders hervor, immer wieder drosch er mit einem Stock oder einem Ast auf den Kopf des Mannes. Dann packten sie den Leblosen, warfen ihn in eine Zille und stießen das Boot vom Ufer. Die Zille nahm rasch Fahrt auf, drehte sich dann aber in einem Strudel im Kreis. Der Grüne befand sich noch in der Mitte des Stroms.

Ich rollte zu Grigori. Aksinja hatte ihn bereits instruiert.

„Es scheint, als braue sich ein Unwetter zusammen“, meinte Grigori. „Ich rede aber nicht von der Meteorologie.“
Der Grüne hatte die Position gewechselt und stakte aus unserem Gesichtskreis. Kurz darauf tauchte er, die Donau im spitzen Winkel querend, wieder auf. Er saß im Heck und bewegte das Boot mit einem länglichen Holzpaddel. In wenigen Minuten würde er am anderen Ufer anlangen.

Semjon brachte seinen Vater zum Maybach zurück. Dem Alten ging es schlecht, die Klimaanlage in der Limousine würde ihm helfen. Als Semjon den mächtigen Wagen wendete, hielt er noch einmal an.
„Wir würden Sie und Ihren Freund gern wiedersehen. Sagen wir morgen um dieselbe Zeit, hier am Fluß?“
Ich nickte. Hätte Semjon nicht gefragt, wäre ich vorgeprescht. Die drei waren entweder talentierte Schauspieler oder aber Menschen, die es nicht nötig hatten, sich den Verhältnissen anzupassen. Leute dieses Schlages sind in unseren Breiten selten. Außerdem war Aksinja auch jenseits der Tatsache, daß sie mich an Helga erinnerte, eine erfreuliche Erscheinung.
Er würde sich über ein Wiedersehen freuen, sagte der Dozent und verneigte sich vor Aksinja, die im Fond Platz genommen hatte. Grigori verabschiedete sich mit einem Lächeln. Der Maybach rollte auf dem Treppelweg davon.

In der Zwischenzeit war der Grüne bei der kreiselnden Zille angelangt und zog den Körper auf sein Boot. Der Dozent machte sich einstweilen auf den Weg über die Schotterbänke, um dem Grünen bei der Anlandung der Fracht zu helfen.
Ein bergwärts ziehendes Kabinenschiff mit der kambodschanischen Flagge und dem Heimathafen Pnomh Penh zog vorbei. In einem imaginären Gespräch mit Grigori führte ich aus, daß die Donau als internationale Wasserstraße von Schiffen aus aller Herren Länder befahren wird und einige Reeder aus steuerlichen Gründen auf exotische Flaggen ausweichen. Auch Schiffe mit amerikanischer und britischer Flagge seien auf dem Strom unterwegs, Malta habe gleich mehrere Luxusliner mit dem Heimathafen La Valetta in Fahrt. Das Donauregime werde von einer völkerrechtlichen Behörde mit Sitz in Budapest kontrolliert, die Verkehrssprache sei Französisch. Ich ertappte mich dabei, daß ich bei Grigori Eindruck schinden wollte, und das wiederum kam daher, daß er Eindruck auf mich gemacht hatte. Ich wollte ihn keineswegs beschämen, mußte aber die Dinge zurechtrücken. Grigoris Dnepr mochte zwar breit und mächtig sein, doch dessen Wasser verließen Rußland, Weißrußland und die Ukraine nie; die Schiffsvielfalt war daher mit den Verhältnissen an der Donau, die mit dem Rhein-Main-Kanal den Kontinent durchschnitt und fünfzehn Anrainerstaaten mit Hunderten Reedereien und Tausenden verschiedenen Schiffstypen aufwies, nicht zu

vergleichen. Weltweit gab es keinen Fluß, der auch nur annähernd so international war wie die Donau.
Bergwärts fahrende Schiffe stellten für einen erfahrenen Zillenfahrer kein großes Hindernis dar, noch dazu waren Bergfahrer bei Dürnstein meist mit halber Kraft unterwegs.
Zügig querte der Grüne den Strom und landete auf einer Schotterbank. Der Grüne und der Dozent legten den Bewußtlosen, der mit einem pinkfarbenen Hemd und einer weißen, blutverschmierten Leinenhose bekleidet war, auf den Treppelweg.
„Er muß ins Spital", sagte der Grüne.
„Ich fahre mit Herrn Groll", sagte der Dozent bestimmt.
Der Grüne und ich schauten den Dozenten verblüfft an.
„Der Mann ist mein Schwager."
„Das …" Im letzten Moment schluckte ich das beleidigende Wort hinunter. Der Dozent nickte.

Zwanzig Minuten später lieferten wir den Verletzten, der leise zu röcheln begonnen hatte, in der Notfall-Ambulanz des Klinikums Krems ab. Ich borgte dem Dozenten Joseph, um den Transport zu beschleunigen. Nach geraumer Zeit war der Dozent mit dem Rollstuhl zurück. Das „Nebengeräusch" habe ein Schädeltrauma und werde in einer halben Stunde operiert.
„Der Mann ist und bleibt eine Zumutung", sagte der Dozent.

Auf dem Seitenblech und dem Rollstuhlpolster zeichneten sich Blutflecken ab. Der Dozent lief los, um Wasser zu besorgen. Es dauerte, bis er mit einer kleinen Bierflasche zurück war.
„Nirgendwo Wasser", sagte er zornig. „Die da habe ich dem Portier durchs geöffnete Fenster gestohlen."
Gemeinsam reinigten wir den armen Joseph.

„Die Leute vom Südufer waren immer benachteiligt", erzählte der Grüne wenig später am Loibner Ufer. „Weniger Sonne, weniger Weingärten, weniger Gewinn."
Der Dozent und ich waren nach Loiben zurückgefahren, weil wir hofften, vom Grünen Informationen über die Lage in der Wachau zu bekommen. Außerdem wollte der Dozent bei jenem Weingut nachforschen, das seinem Schwager das Honorar schuldete.
„Die berühmten Orte der Wachau – Emmersdorf, Spitz, Dürnstein und die anderen – sind alle am Nordufer, dort siedelten die großen Klöster und Stifte Bayerns sich an, am Nordufer befinden sich Stein und Krems, das Nordufer bringt die besten Weine und reichsten Weinhauer hervor. Seit Generationen vergrößert sich die Kluft: am Südufer die traditionelle Kleinhäusler-Weingärtnerei, am Nordufer das Weinmagnatentum mit blitzenden Stahltanks und achtzig Prozent Exportanteil. Dazu kommt noch der Tourismus, auch der spielt sich überwiegend am Nordufer ab. Außer der finsteren Ruine Aggstein und dem Land-

haus Bacher hat das Südufer nichts zu bieten. Deswegen gefällt es mir. Aber ich bin ein Grüner, kein Tourismusmanager."

„Die reichen Weingüter vom Südufer haben auch am Nordufer ihre Besitzungen", warf der Dozent ein.

Der Grüne nickte. „Sie kaufen sich ein. So wie Chinesen und Russen sich am Nordufer einkaufen. Meist schicken sie irgendwelche Fonds und Holdings vor, aber die Leute hier wissen genau, wer schon verkauft hat, grade verhandelt oder noch Angebote prüft. Es heißt, manche Juniorchefs hätten enorme Summen mit spekulativen Finanzprodukten verzockt. So liegen die Weingüter in der Abendsonne: Die einen gehen bankrott, andere verkaufen, wieder andere wissen nicht, wohin mit dem Geld, und dazwischen kämpfen viele ums Überleben. Was machen die drei Ukrainer? Kundschaften sie für Oligarchen? Oder sind sie selber welche?"

„Ich bin mir nicht sicher. Der Alte ist ein sympathischer Mann", sagte ich.

„Wer sagt, daß Oligarchen unsympathisch sein müssen?" warf der Dozent ein. Der Grüne musterte ihn neugierig. „Da haben Sie recht."

Er reichte dem Dozenten die Hand, ich machte die beiden bekannt.

„Wir haben den Alten an der Gneixendorfer Lagerstraße gesehen. Die SS hat dort seinen Vater, einen Kriegsgefangenen, erschossen", setzte ich fort. „Er ist aber nicht auf Pilgerreise hier, er kauft auch Weingüter.

Wahrscheinlich hat er Strohmänner in Wien, die den Behördenkram für ihn regeln."
Der Grüne pfiff durch die Zähne. „Vielleicht bist du auch ein Strohmann?"
Der Dozent lachte.
„Trauen Sie mir das nicht zu?" fragte ich scharf.
„Doch!" rief der Dozent. „Das ist es ja."

Seit einiger Zeit mache eine obskure Weinritterschaft von sich reden, erzählte der Grüne weiter. Magnatensöhnchen, Zockertypen, Finanzleute aus Wien. Flache Stirn gepaart mit Größenwahn.
„Ein paar Hauernazi sind auch dabei. Vor zwei Wochen hat die Ritterschaft sich aber in zwei unversöhnliche Lager gespalten. Vorige Woche tauchte eine kleine Armada von Motorbooten und Zillen vor Dürnstein auf. Durchs Megaphon wurden Schmäh- und Haßparolen gerufen. ‚Verräter! Geldsäcke! Ausverkauf der Heimat!' Und so weiter. Ich war auf dem Schiff und traute meinen Ohren nicht."
„Wo liegt denn die ‚Siebnerin'? Ich wollte sie dem Dozenten vorführen."
Der Grüne hob bedauernd die Hände.
„Ich hatte den Auftrag, ein paar Nachtfahrten mit Prominenten durchzuführen: Landeshauptmann, Landesjägermeister, Landesfeuerwehrkommandant, Bischof, Raiffeisenchef, Großwinzer, Landesstudio-Intendant. Jeweils mit Entourage. Ein lukratives Geschäft. Aber dann kam die Hitzewelle und in ihrem

Gefolge das Niederwasser. Und seither stecke ich im Rührsdorfer Arm fest und passe auf, daß die ‚Siebnerin' nicht gekapert wird.
Seit Tagen zieht auch noch ein seltsamer Volksredner von Dorf zu Dorf und wiegelt die Leute auf. Er ist gekleidet wie ein Pope, aber ich wette einen gegrillten Hecht, daß der Mann keine religiöse, sondern eine pekuniäre Erleuchtung hatte. Der steht im Sold von Leuten, die ein Interesse an fallenden Preisen haben. Der Mummenschanz soll dem wohl ein wenig nachhelfen."

Der Dozent ließ sich vom Grünen die Lage jenes Weinguts erklären, für das sein Schwager gearbeitet hatte, und machte sich auf den Weg. Ich würde nachkommen, sagte ich. Als er hinter dem ersten Winzerhaus verschwunden war, hielt ich in seinem Notebook Nachschau.
Der Grüne tat sich einstweilen an Brot, Äpfeln und einer Stange Dauerwurst gütlich. Seine Ernährungsgewohnheiten haben sich nicht geändert, dachte ich, und während der Grüne seine Wasserflasche öffnete, gelang es mir, mein Postfach zu öffnen. Von Giordano war keine Nachricht eingetroffen, aber im Postfach des Dozenten fand sich ein neues E-Mail des Kollegen vom militärischen Geheimdienst.

Geschätzter Freund!

Nachstehendes wurde im Amt als „Streng vertraulich!" eingestuft. Du weißt, welches Verhalten daraus für Dich resultiert. Niemand darf den Text zu Gesicht bekommen, am allerwenigsten Dein Bekannter im Rollstuhl. Wenn Du seine Akten bei der Staatspolizei und bei uns einsehen könntest, Du würdest den Verkehr mit diesem Subjekt abbrechen.
So aber drängt mich die Sorge um Dich, Dir folgendes mitzuteilen:
In den letzten Wochen gehen bei uns immer wieder Berichte von seriösen Zuträgern ein, die darauf hindeuten, daß sich in den Dörfern der Wachau eine Gruppe von Winzern und Leute aus ihrem Umfeld in einer Weise betätigen, die nur als vorsätzliche Störung der öffentlichen Ordnung eingestuft werden kann. Es gehe um den Schutz der Heimat vor Ausverkauf und Überfremdung, heißt es, tatsächlich aber haben wir es mit einer aggressiven und in dieser Form neuen Fremdenfeindlichkeit zu tun. Der Kern der Truppe umfasst nicht mehr als sieben Männer und eine Frau. Die Herrschaften entstammen wohlhabenden Familien aus dem Weingeschäft. (Ich füge hinzu, daß manche Vorfahren dieser Weinritter sich in der NS-Zeit Weingüter, aber auch Wälder, Häuser und Geschäfte von jüdischen Vorbesitzern unter den Nagel gerissen haben. Die Gauhauptstadt Krems war auch eine Hochburg der Arisierung.)
Nach dem „Weinskandal" von 1985, der einige Großwinzer betraf, waren es zum Teil dieselben Leute, die vom strengen neuen Weingesetz profitierten und schon einige Jahre nach dem Skandal wieder blendend verdienten – nun aber mit Weinen, die nicht mit

Essigsäure und Frostschutzmittel versetzt waren. Wie in diesen Kreisen üblich, werden große Teile des Vermögens in ausländischen Steueroasen geparkt, komplexe Besitz-Konstruktionen reduzieren den Steuerdruck zusätzlich. Als in den letzten beiden Jahren Steuerabkommen mit Liechtenstein und der Schweiz geschlossen wurden, flüchteten einige Weinhauer in Selbstanzeigen. Die allerdings waren juristisch mangelhaft, wodurch manche Betriebe durch die Strafzahlungen in Schwierigkeiten gerieten. Ich weiß, die Daten sind elektronisch gesichert, so lautet die Sprachregelung für die Öffentlichkeit. Wir vom Amt haben aber jederzeit Zugriff. Einige Weinritter versuchen nun, Weinakademien samt Luxusherbergen zu errichten. Das Langenloiser Vorbild „Loisium" ist Dir ja bekannt. Besonderes Augenmerk gilt hier der Bundeshauptstadt, wo Fabrikflächen und zum Verkauf stehende Kasernen „entwickelt" werden sollen.

In der Bevölkerung lösen die Aktivitäten dieser Gruppe wachsende Unruhe aus. So mancher Klein- und Mittelbetrieb wird zum Verkauf der besten Rieden geradezu genötigt. Die Landlords sind da nicht zimperlich: Gerüchte werden gestreut, es kommt zu überfallsartigen nächtlichen Besuchen und Drohungen aller Art. Auch vor Brandstiftungen schreckt man nicht zurück, eine Hitzewelle kommt da wie gerufen. Da eine Gerätehütte, dort ein leerstehendes Haus. Die Schuld wird „fremden Kreisen" zugeschanzt, die es auch gibt – das Interesse ausländischer Investoren ist manifest. Ferner bestehen Verbindungen einiger Weinritter zu rechtsextremen Kreisen. Wie weit diese reichen, kann ich allerdings nicht sagen, auf diesem Auge sind unsere Mitarbeiter aus Tradition blind.

Dein Schwager bewegt sich also in einem schwierigen Umfeld. Er dürfte nicht dem Kern der Weinritter angehören, aber er arbeitet für sie. Warum seine Honorarforderungen nicht bedient werden, ist unklar. Ich vermute, daß er Einblick in die wahre Beschaffenheit der Geschäfte bekommen hat und aus diesem Wissen Kapital schlagen will. Er weiß zu viel und ist daher als stark gefährdet zu bezeichnen. Sieh Dich also bei Deinen Ermittlungen vor. Mit diesen *Weinrittern ist nicht zu spaßen.*

Mit diensthöflichen Grüßen!

PS: Im Anhang findest Du zwei Presseauszüge.
PPS: Wenn Du alles gelesen hast, lösche die Datei!

Ich überlegte kurz, ließ die Datei aber bestehen. Und dann las ich die beiden Auszüge aus der Lokalzeitung:

Während die Hitzewelle andauert, mehren sich im Tal Anzeichen der Erschöpfung von Mensch und Material. Aber nicht nur die Natur spielt verrückt. Uns erreichen Berichte über eine Luxuslimousine mit mutmaßlich usbekischem Kennzeichen (UA). Im Wagen sollen sich sechs uniformierte Männer befinden. Augenzeugen berichten von Scouts, die für einen Großfilm Drehorte ausforschen. Die Schlacht von Dürnstein findet sich auch in Dostojewskis Krieg statt Frieden. *Wird der Roman endlich verfilmt?*

Tolle Kollegen. Sie können nicht einmal richtig aus dem Internet abschreiben. Der zweite Artikel unterbot den ersten:

In Absprache mit den Sicherheitsbehörden ersuchen wir, Beobachtungen ohne Verzug mitzuteilen. Die Wachau war immer weltoffen, und wir werden uns hüten, Touristen aus dem Fernen Osten schlechter zu behandeln als andere. Doch die Älteren von uns haben noch lebhafte Erinnerungen an die Besatzungszeit und die Verwüstungen, welche die „Befreier" an den Kulturdenkmälern sowie an der weiblichen Bevölkerung anrichteten.
Am Rossatzer Campingplatz ist gestern Abend ein Brand ausgebrochen. Ein holländischer Gast hatte seinen Griller unbeaufsichtigt hinterlassen, als er zum Felsenheurigen in Rossatz radelte. Der Betrieb war aber geschlossen. Beim Holländer entstand Sachschaden, er konnte gelöscht werden.

Es müßte reichen, eine Sammlung dieser Artikel mit Zwischentexten zu versehen und nach New York zu senden, dachte ich. Und fertig wäre das Buch.

Später führte mich der Grüne auf einem von mannshohen Disteln gesäumten Feldweg zum „Franzosen-Denkmal", einem gut zwanzig Meter hohen Bau auf einer Geländestufe über der Loibner Ebene, der von weitem aussah wie ein noch geschlossener Parasol-Pilz. In Russisch, Französisch und Deutsch wurde der Kämpfer und der Feldherren der Schlacht von 1805 gedacht. Wie eine Katze schlüpfte der Grüne durch eine Wand von Disteln und war bald darauf mit einem Schlüssel zurück. Er half mir über drei hohe Stufen in eine Art Vorhof des Denkmals und öffnete eine gußeiserne Tür.

Der Raum erwies sich als geräumig und bewohnbar. Es gab Decken, ein kniehohes roh gezimmertes Tischchen, und hinter einem Bund Weidengerten und einem Stoß Holzlatten ein paar Messer, Gläser und eine Batterie von Weinflaschen. Der Grüne zeigte mir auch, wie man einen losen Stein verschieben konnte, so daß Licht in das Verlies drang und man halbwegs freie Sicht auf eine asphaltierte Straße und die Weingärten hatte. Er schlafe manchmal hier, sagte der Grüne. Ich verkniff mir weitere Fragen. Als wir das Denkmal verließen, reichte der Grüne mir den Schlüssel.

„Eine Vorsichtsmaßnahme", sagte er. „Ich weiß, daß du, wenn es sein muß, allein über die Stufen kommst."

An der Rückseite des Weinguts Steinfassl trafen wir den Dozenten. Er habe mit der Frau gesprochen, berichtete er auf dem Weg zur Donau. Hertha Steinfassl sei eine attraktive und charmante Person. Nun aber sei sie derangiert und verwirrt. Das Schicksal ihres Architekten und Liebhabers habe sie tief getroffen. „Sie hat mir das da gezeigt." Der Dozent reichte mir einen Zettel. Darauf stand handgeschrieben: VERKAUFE, HURE! ODER DU GEHST VOR DIE HUNDE.

„Sie hat mehrere von dieser Sorte", fuhr der Dozent fort. „Der Spruch ist mehrdeutig. Sie hat zwei Hunde: Windhunde aus Nordafrika, sogenannte Sloughis, Raschid und Leila. Die Viecher beschützen sie wie Bodyguards und schlafen mit ihr im Bett. Die Frau fürchtet um ihr Leben."

Er kenne die Hunde, sagte der Grüne. Ein ehemaliger Jockey des Wiener Galopprennvereins sei nur für die Tiere angestellt, er fahre mit dem Rennrad, und die Hunde liefen neben ihm auf dem Treppelweg von Krems bis Spitz und retour. Jeden Tag.

„Tomek hasst die Hunde, aber er braucht das Geld. Die Steinfassl behandelt ihn schlecht. Eine gefährliche Frau, sagt er."

„Und ihr Mann?" fragte ich.

„Treibt sich mit den Weinrittern herum. Bei der Gründung sei sie noch dabei gewesen, weil sie hoffte, das Aas, ihr Mann, würde sich dadurch stabilisieren."

„So redet sie über ihren Mann?"

„Mein Gott, eine ausgebrannte Ehe. Da hab ich schon Schlimmeres gehört."

„In Hietzing."

„In meiner Familie", präzisierte der Dozent.

„Da wird wohl der liebe Herr Gatte hinter den Liebesbriefen stecken", meinte der Grüne.

„Ich bin mir da nicht so sicher", erwiderte der Dozent. „Er hat nichts mitzureden, der Betrieb gehört zu hundert Prozent ihr. Er lebt von einer Apanage. Und ich bezweifle, daß er bei einem Verkauf etwas abbekommen würde."

„Es sei denn, er ist der Erbe."

„Dann müsste er sie umbringen. Und das würde auffallen. Unsere Kriminalisten sind nicht blöd. Sie werden nur manchmal am Gescheitsein gehindert. Glauben Sie einem alten Kriminalsoziologen. Es gibt viele Arten, das Zeitliche zu segnen. Manche sind so skurril, daß sie keinen Verdacht erregen. Der Herr Osberger aus Strass wollte den Spitzer Bürgermeister mit einer Strychnin-Praline töten. Er hatte zu schwach dosiert, jetzt liegt der arme Kerl im Wachkoma. Auch so ein Weinritter, der Herr Osberger, mit seinen Freunden von der Partei der Anständigen und Leistungsträger. Der verunglückte Landeshauptmann aus Kärnten war ja ebenfalls bei Osbergers Weinrittern. Gottseidank sitzt der Giftmischer in Stein. Und hoffentlich reicht sein langer Arm nicht aus dem Gefängnis."

Ich war überrascht von der Vehemenz, die der sonst so zurückhaltende Dozent an den Tag legte. Die Steinfassl hatte Eindruck bei ihm hinterlassen.

„Die Wachau ist nicht Sizilien", warf ich ein.

„Da haben Sie recht, geschätzter Groll", antwortete der Dozent. „In Sizilien laufen die Dinge professionell. In der Wachau wird noch geübt."

Der Grüne lachte. Dann verfrachtete er Joseph, den Dozenten und mich auf seine Zille. Er habe die „Siebnerin" im Rührsdorfer Donauarm vertäut. Niemand würde uns dort vermuten, wir könnten auf ihr eine ruhige Nacht verbringen. Mit gleichmäßigen Bewegungen stakte er uns bis hinter Dürnstein, dann querten wir die Donau. Bei Vollmond paddelte er uns in den Rührsdorfer Arm und zog uns ein paar Meter über eine Schotterbank. Die „Siebnerin", Nachbau eines ehemaligen Salzschiffs, lag in einer Bucht, abgesetzt vom Rührsdorfer Donauarm. Das sechzig Meter lange Schiff, das Platz für über hundert Personen bot, erinnerte mich an Prinz Eugens Kriegsflotte, ohne die Belgrad 1720 nicht erobert werden hätte können. Ein großer Teil der Flotte war damals in einem Donauarm vor den Türken versteckt gelegen und brachte in der fast verlorenen Schlacht den Umschwung. Auch die „Siebnerin" lag versteckt in ihrem Donauarm. Wem würde sie zum Sieg verhelfen?

Der Grüne und ich tauschten uns noch eine Weile aus. Ich fragte ihn nach dem „Schaf-Hans", der vor dreißig oder mehr Jahren am Damm des Krems-Flusses seine Herde getrieben hatte. Der Grüne hatte dem „Schaf-Hans" damals viel geholfen. Die Herde von dreihundert Tieren mußte ja ständig in Bewegung sein, der Vertrag mit den angrenzenden Gemeinden des Krems-Flusses betraf ausschließlich das Beweiden des Dammufers. Auf diese Weise sollten aufgehende Jungbäumchen im Zaum gehalten und der Hochwasserdamm gesichert werden. Einzelne Ausflüge der Herde in die benachbarten Felder gingen zu Lasten des Hirten. So wurde aus einem beschaulichen Hirtendasein dauerhafte Anspannung, die von mithelfenden Kremser Jugendlichen und einigen Damen der Kremser Gesellschaft – der „Schaf-Hans" sah blendend aus und konnte am Lagerfeuer wundervolle Geschichten erzählen – nur gemildert, nicht aber verhindert werden konnte. In der kalten Jahreszeit, im herbstlichen Nebel und der Zeit der Sumpfwiesen im Winter schrumpfte die

Hilfstruppe des Hirten auf drei, vier Leute. Der Grüne war immer bei ihm. Er und die beiden Hirtenhunde, ungarische Pulis, waren unermüdlich.
Ich fragte den Grünen nach Helga, einer sehr jungen Frau mit einem einjährigen Mädchen, beide seien seit vielen Jahren verschollen. Er könne sich an eine Fünfzehnjährige mit ihrer kleinen Schwester erinnern, die einige Zeit bei der Herde verbrachte, erzählte er nach einigem Nachdenken. Irgendwann seien die beiden aber wieder verschwunden, es sei damals ein Kommen und Gehen gewesen und niemand habe gefragt, wer zu wem gehörte. Er hätte gelesen, daß ein Mädchen das Kind einer reichen Schweizer Familie entführt habe, und er hätte auch an die beiden gedacht. Aber damals seien immer wieder Kinder von zu Hause davongelaufen, und alle mit Recht. Und der Polizei, die auch bei ihnen nachgefragt habe, hätte er nicht einmal die Uhrzeit gesagt. Es seien dieselben Polizisten gewesen, die den „Schaf-Hans" anzeigten, wenn auch nur ein Schaf im Feld eines bösartigen Bauern gestanden sei. Damals seien bestimmte Regeln von frei lebenden Menschen noch eingehalten worden. Die einfachste und wichtigste lautete: Rede nie mit der Polizei.
Der Dozent schüttelte den Kopf, erhob sich, wünschte eine gute Nacht und zog sich in die Kajüte zurück.
Zweimal sahen wir in der Ferne Feuerschein und hörten Sirenen. Ein Brand mußte beim Rotenhof, einem Gutshof aus der Renaissancezeit, ausgebrochen sein, ein anderer in den Bergen oberhalb Weißenkirchens.

Ob daran nur die Hitze schuld sei, fragte ich den Grünen. Der schüttelte den Kopf. Manche Leute sehnten Hitzewellen geradezu herbei, man könne da alte Rechnungen begleichen. Ein abgeluchster Weingarten, Vernaderungen bei der Genossenschaft, Bestechungszahlungen bei Gastronomie und Weinkritikern, Seitensprünge.
„Es gibt viele Motive, der Natur ein wenig nachzuhelfen."
Später erzählten wir uns ein paar Schwänke aus unserem Leben und stellten fest, daß aus uns beiden nichts geworden war. Aber die Art, in der aus uns beiden nichts geworden war, nötigte uns doch Respekt ab. Als ein Käuzchen pfiff, schwiegen wir. Und als ein bergwärts stampfendes Frachtschiff vor Dürnstein zu vernehmen war, meinte der Grüne, ein altes rumänisches Schiff aus der Turda-Klasse, die noch auf die zwanziger Jahre des vorigen Jahrhunderts zurückging, zu erkennen. Ebenso könne es sich um einen alten Serben handeln, die Oldtimer würden, nachdem sie die jugoslawischen Zerfallskriege in Verstecken überdauert hatten, jetzt wieder an der oberen Donau gesichtet, warf ich ein. Wie bei den alten Rumänen seien die Motoren altersschwach, die Schiffe würden daher meist nur einen einzigen beigeschlossenen Kahn mit polnischer Kohle in Richtung Linzer Stahlwerk befördern. Der Grüne mochte diese Möglichkeit nicht ausschließen, und ich war's zufrieden. Dann genoß ich die Annehmlichkeit einer rollstuhlgerechten Toilette, sagte dem

Schiffseigner, Kapitän Valender aus Linz, dafür ein Dankgebet, und legte mich im Bug nieder. Josephs Polster war ein gutes Ruhekissen. Der Kapitän hatte mir erzählt, daß allein der Schiffsmeister von Aschach zwölfhundert dieser Schiffe auf der Donau im Einsatz hatte. Manchmal ist es schade, daß es kein Fenster in die Vergangenheit gibt, dachte ich. Der Grüne beobachtete rasch ziehende Wolken vor dem Mond. Hin und wieder hörte man das Glucksen des Stroms. Ich lag wach und formulierte im Geist ein Kapitel des Buches für Mister Giordano.

12. Kapitel

Ein Mann mit einem Geheimnis und ein Fisch namens Lachs

Weihnachten 1968 verbrachten wir bei den Großeltern in Gumpoldskirchen, einem Weinort südlich von Wien, der damals seine große Zeit hatte. Wer in der Großstadt auf sich hielt, fuhr abends nach Gumpoldskirchen und besuchte einen der vielen Heurigen, wo man schweren und süßen Weißweinen zusprach und dazu Backhuhn mit Erdäpfelsalat verzehrte, die man aus einer Braterei holte, denn warmes Essen gab es damals beim Heurigen noch nicht. Eine Ausnahme bildete der Weinstadl in der Jubiläumsstraße, dort wurden auch ausgefallene warme Speisen aufgetragen. Nicht für jedermann, denn zwei Türsteher wachten darüber, daß die Reichen und Prominenten unter sich blieben. Das Häuschen meiner Großeltern war nur ein paar Meter vom Weinstadl entfernt. Wenn die Gäste frühmorgens in ihre Sportwagen und Luxuslimousinen stiegen, hörten wir angeregtes Geplauder und das helle Lachen von Frauenstimmen. Meine Großeltern fühlten sich um den Schlaf gebracht und zogen über die Müßiggänger und Nichtsnutze her, ich aber erfreute mich an den Botschaften aus einer fernen Welt. Ich freute mich auch deswegen, weil das Haus der Großeltern damals kein Ort der Freude und des Lachens war. Mutter hatte den plötzlichen Tod von Vater im

März noch nicht überwunden; die Erinnerung an Familienfeste im kleinen Häuschen in den Weingärten mit ihrem Mann war noch so stark, daß sie während des weihnachtlichen Abendessens einen Nervenzusammenbruch erlitt, von dem sie sich tagelang nicht erholte.

Obwohl sie in ihrem Leben viele Rückschläge gemeistert hatten, waren die Großeltern angesichts des Elends meiner Mutter hilflos. Großvater hatte eine großbürgerliche Erziehung genossen, sein Vater war ein führender Buchhalter der Reichsbahn gewesen, bewohnte eine Villa in St. Andrä-Wördern und fuhr bereits 1908 einen Personenkraftwagen der Marke Gräf. Großmutter stammte aus einer Landarbeiterfamilie, hatte sich zu einer Directrice in einem Modesalon der Wiener Innenstadt emporgearbeitet, verlor diese Stellung aber, als das Unternehmen während des Ersten Weltkrieges bankrott ging. Der Chefbuchhalter war ein glühender Patriot, er steckte sein ganzes Vermögen in Kriegsanleihen, wodurch ihm immerhin das Privileg zuteil wurde, den großen Krieg auch am eigenen Leib zu verlieren. Ende 1918 war die Familie abgewirtschaftet, Villa und Voiture mußten veräußert werden. Im Jahr 1915 hatte mein Großvater sich als Jungindustrieller in Krakau versucht, mit geborgtem Geld seines Vaters eröffnete er eine Fabrik zur Herstellung von Schuhcreme. Unglücklicherweise geriet die Ostfront wenig später ins Wanken, ein Durchbruch der russischen Truppen in den Donauraum schien unmittelbar bevorzustehen. Vom Herrenmenschentum der österreichischen Generalität, welches in Massenerschießungen eigener Soldaten kulminierte, blieben die Arbeiter in Großvaters Fabrik nicht unbeeindruckt – sie ließen den jungen Fabrikanten auf der Schuhcreme sitzen und schlossen sich den slawischen Brüdern in der russischen Armee an. Mittellos kehrte Großvater nach Wien zurück. Der Jüngling, der Lenaus Schilflieder auswendig konnte, von der Zeitenwende aber keine Ahnung hatte, mußte von vorn anfangen. In Gumpoldskirchen eröffnete er mit seiner Frau, die als Schneiderin arbeitete, ein Textilgeschäft, das bis Mitte der dreißiger Jahre die Familie mehr schlecht als recht ernährte. Hätten die jüdischen Grossisten des Wiener Textilviertels die Bezahlung von Großvaters Ware nicht immer wieder zinsenfrei gestundet, wäre er auch mit seiner zweiten Unternehmung in Konkurs gegangen. Über die Juden ließ er, der eingefleischte Christlichsoziale, fortan nichts kommen. So kam es, daß Bruno Kreisky 1970 auch mit seiner Stimme gewählt wurde. „Der Mann kommt aus der Brünner Textilbranche und ist immer gut gekleidet, er macht dem Land keine Schande, gebe Gott, daß das auch bei künftigen Kanzlern so sein wird", pflegte er zu sagen, wenn sein Freund, der aus dem Sudentenland stammende Prokurist der Klingerit-Fabrik am Wiener Neustädter Kanal, seinen Vorbehalten gegen Juden Ausdruck gab. Mit Weltkriegen, Vermögensverlust und Tyrannenherrschaft waren meine Großeltern fertig geworden,

den frühen Tod des geliebten Schwiegersohns aber konnten auch sie nicht verwinden.
Ich verbrachte damals in den Weihnachtsfeiertagen viel Zeit in den Weingärten und felsigen Höhenrücken des schneebedeckten Anningers. Kaum ging es Mutter besser, fuhren wir zurück nach Krems, in unsere Dienstwohnung neben dem Stahlwerk, unweit der Donau. Ohne daß wir darüber sprachen, verband uns eine ganz bestimmte Angst, die Angst vor dem Jahreswechsel, vor dem Silvester, den wir, die vierzigjährige Mutter und der elfjährige Bub, allein verbringen würden. Meine Mutter trug immer noch schwarze Trauerkleidung, als wir am dreißigsten Dezember im einzigen Lebensmittelgeschäft der Werkssiedlung einen Weißbrotwecken, zwanzig Dekagramm Edamer und ebensoviel Krakauer Wurst kauften. Wie wir das Fest ohne Vater verbringen würden, war uns noch unklar, wir hofften auf das Fernsehen.
Am Abend des dreißigsten Dezember läutete die Türglocke. Meine Mutter stieg die Treppe zur Eingangstür hinunter und öffnete. Ich mußte oben warten, hörte aber einzelne Worte aus dem kurzen Gespräch heraus, Satzfetzen, auf die ich mir keinen Reim machen konnte. Als Mutter wieder die Treppe hochkam, sah ich vom Fenster im Schein der Straßenlaterne eine großgewachsene Frau. Mit raschen Schritten verschwand sie in der Dunkelheit.
Wir seien zu Silvester bei Bekannten eingeladen, der Familie Czapek, Mann und Frau, sie wohnten drei

Gassen von uns entfernt, sagte Mutter und war ziemlich verwirrt. Und dann, nach einem prüfenden Blick auf mich, sagte sie: Ich habe die Einladung angenommen.

Was das für Bekannte seien, die ich nicht kenne, wollte ich von meiner Mutter wissen. So viele Bekannte hatten wir nämlich damals nicht mehr, daß ich sie mir nicht hätte merken können. Nicht wenige frühere Freunde und Bekannte hatten sich nach dem Tod des Vaters von uns zurückgezogen, sei es aus falsch verstandener Pietät, sei es aus Unsicherheit. Unter den Familien, Ingenieure und leitende Angestellte aus dem Stahlwerk, mit denen wir früher die Sonntage und Urlaube auf einem Bauernhof am Kärntner Faaker See verbracht hatten, waren es vor allem die Frauen, die sich von meiner Mutter und mir zurückzogen. Mutter war damals eine attraktive und lebenslustige Frau, es hatte den Anschein, als wollten einige Frauen ihre Männer dieser Versuchung nicht aussetzen. Alleinstehende Arbeiter wiederum trauten sich damals nicht, die Ingenieurswitwe anzusprechen, obwohl einige von ihnen, wie ich bei Einkäufen mit meiner Mutter merkte, durchaus Interesse an einer Bekanntschaft hatten. So waren wir in der Werkssiedlung, in der am ersten Mai auf Transparenten die politische Solidarität mit den Fortschrittskräften der Welt beschworen wurde, isoliert, was aber keineswegs bedeutete, daß die Gerüchteküche nicht brodelte. Im Sommer hatte ich einige blutige Schlägereien mit Buben aus der Werkssiedlung gehabt, die sich despektierlich über meine Mutter geäußert hatten. Das Dumme an den Schlägereien war, daß meine Mutter, als sie die Schrammen und Blutergüsse sah, mir noch ein paar hinter die Löffel gab, weil sie der Meinung war, ich würde nun, da kein Mann mehr im Haus sei, zu einem Rüpel und Raufbold verkommen. Die Wahrheit konnte ich ihr aber auch nicht mitteilen, so wurde ich zweimal wegen derselben Sache verhauen. An der Uni sollte ich später lernen, daß niemand wegen derselben Sache zweimal verurteilt werden darf, zumindest im angelsächsischen Raum. Von da an sah ich die Amis und die Engländer mit anderen Augen.

Meine Fragen nach den unbekannten Bekannten, die uns ausgerechnet zu Silvester zu sich einluden, brachte meine Mutter in Verlegenheit. Sie redete umständlich herum, rückte dann aber auf mein beharrliches Nachbohren mit der Wahrheit heraus: Es seien nicht richtige Bekannte, schon gar nicht Freunde, sie seien auch keine unmittelbaren Arbeitskollegen meines Vaters, der in der Produktion gearbeitet hatte. Der Mann der Familie sei Angestellter in der Finanzabteilung des Werks, seine Frau arbeite als Sekretärin des Personalchefs. Sie könne sich selbst nicht recht erklären, was die beiden zu dieser Einladung bewogen habe.

Ich pfiff durch die Zähne. Der Personalchef, das wußte ich schon früh, kam in der Hütte Krems noch vor dem Lieben Gott und gleich hinter dem Betriebsratsobmann, er war angesehener, aber auch gefürchteter als der Werksdirektor. Seine Sekretärin mußte also eine bedeutende Frau sein. Und schon glaubte ich, an der in der Dunkelheit davoneilenden Dame einen Nerzmantel gesehen zu haben.

Wir waren also bei hochgestellten Persönlichkeiten eingeladen. Einfach so?, fragte ich. Einfach so, sagte meine Mutter. Vater sei ein beliebter Betriebsleiter gewesen, der immer ein offenes Ohr für die Arbeiter in der schweren Blechverarbeitung gehabt hatte. Auch unter den Ingenieuren und Angestellten sei er als Kollege geschätzt gewesen, nicht zuletzt weil die von ihm konstruierten Maschinen erheblich dazu beigetragen hätten, daß das Werk, das Anfang der sechziger Jahre, nachdem es aus dem Konzern der sowjetisch verwalteten Betriebe herausgelöst worden und von der Schließung bedroht gewesen war, wieder schwarze Zahlen schrieb. Daß ein Angestellter des Finanzwesens und dessen Gattin uns einlade, sei, so gesehen, nicht überraschend, sagte Mutter, die ihre Contenance wiedergefunden hatte.

Am nächsten Tag erschienen wir, Mutter und ich, pünktlich um neunzehn Uhr in der ebenerdig gelegenen Werkswohnung der Familie Czapek. Mutter in einem schwarzen Kleid und ich in dunkler Hose und weißem Hemd, das am Vorabend noch gewaschen und gebügelt worden war. Mutter hatte eine Flasche „Spätrot Rotgipfler“ vom Schellmann aus Gumpoldskirchen mitgebracht. Die Wohnung machte großen Eindruck auf mich, weil überall Bücher standen. Gereiht waren sie nach dem Anfangsbuchstaben des Autors, was sich mir besonders einprägte, denn in der Werksbibliothek verfolgte der Bibliothekar ja ein anderes Ordnungsprinzip.

Da ich die längste Zeit in den Büchern schmökerte, die Herr Julius mir unbeschadet seiner starken Gehbehinderung mit Freude reichte, bekam ich vom Gespräch meiner Mutter mit den beiden Gastgebern nicht viel mit. Ich weiß nur, daß die Atmosphäre entspannt und angenehm war, und einmal war mir, als hörte ich meine Mutter sogar lachen. Das Essen war für meine Begriffe unerhört luxuriös, russisches Ei, Schinken und zum Dessert eine Schokoladecreme mit Schlagobers und eingelegten Früchten. Am meisten aber verwunderten mich rosafarbene Blätter, die aussahen wie eine marmorierte Wurst, aber unvergleichlich besser schmeckten. Als ich meine Mutter auf dem Nachhausweg danach fragte, antwortete sie, es habe sich um einen Fisch namens „Lachs" gehandelt, der sehr teuer sei und aus fernen Ozeanen stamme. Und dann erwähnte sie, mehr zu sich gesprochen, daß wir nun Gast bei Kommunisten gewesen seien. Sie sagte das mit einiger Verwunderung in der Stimme. Kommunisten, das prägte ich mir für die Zukunft ein, sind höfliche Gastgeber, lesen viele Bücher, tragen schöne Kleider und essen Fische namens Lachs.

Jahrzehnte später, die Gastgeber von damals waren längst verstorben, las ich in einer historischen Zeitschrift einen Artikel über drei österreichische Kommunisten, denen es gelungen war, aus dem Konzentrationslager Auschwitz zu flüchten. Einer der drei zog sich auf der Flucht eine schwere Beinverletzung zu. Seine Genossen ließen ihn nicht zurück und schleppten ihn durch die Wälder. Der Vorname des Verwundeten war Julius. Unser Gastgeber vom Silvester 1968 hatte also nicht an Kinderlähmung gelitten, wie es in der Siedlung damals hieß. Ich erkundigte mich unter den Werkspensionisten nach der Familie Czapek. Selbstverständlich wußten die Alten, wie Julius zu seinem schlechten Bein gekommen war. Man habe damals auf seinen Wunsch kein Aufhebens darum gemacht. Der Mann sei Ende der siebziger Jahre einsam gestorben, fügten sie hinzu. Seine Frau sei durch viele Jahre hindurch die Geliebte des Personalchefs gewesen. Von ihm stammten die schönen Kleider, die Pelzmäntel und der teure Schmuck. Mit seinem kleinen Angestelltengehalt hätte Julius Czapek sich das niemals leisten können.

13. Kapitel

Mit dem Dozenten in Hollenburg.
Oskar Werners „Wachauer Festspiele".
Kaiserin Elisabeth und die Loyalität der Landbevölkerung

Am nächsten Morgen hatte es ein wenig abgekühlt. Man hörte das Zwitschern der Vögel und die Schiffsmotoren, und als wir mit der Zille vom Rührsdorfer Arm in den Strom hinauspaddelten, plagten sich gleich drei Selbstfahrer in der schmalen und schnell fließenden Donau bergwärts. Wir blieben auf der Rossatzer Seite und warteten die drei Frachter, einen Belgier und zwei Holländer, ab, bevor der Grüne die Donau querte und den Dozenten und mich zu meinem Auto stakte.

Der Dozent rief im Klinikum an und erkundigte sich nach seinem Schwager. Der sei doch nicht operiert worden, aber im künstlichen Tiefschlaf. Es werde Tage dauern, bis er aufwache.

„Wenn er dann auskunftsfähig ist, wird das die Lage erst recht verschlechtern, denn das ‚Nebengeräusch' verschlechtert von jeher jegliche Lage", sagte der Dozent düster.

„Inwiefern?"

Der Dozent ballte die Fäuste.

„Er baut abrißreife Häuser. Er verdreht den falschen Frauen den Kopf. Er ist bis zur Blödheit eitel. Er läßt

sich von jedem Dahergelaufenen verführen und bestechen. Und das um einen Bettel. Das Schlimmste ist sein sonniges Gemüt. Mit jedem Projekt erleidet er Schiffbruch, und dennoch kommt er nie auf die Idee, daß er selber am Scheitern beteiligt geschweige denn schuld sein könnte.“
„Folglich werden Sie ihn mit der einen Hand retten …“
„Und mit der anderen erwürgen“, vollendete der Dozent.
„Ein interessanter Therapieansatz“, sagte ich.

Wir überquerten den Fluß und nahmen die alte Bundesstraße an der Donau. Nach wenigen Kilometern wies ich den Dozenten auf eine langgestreckte Schloßanlage hin, die sich auf einer Terrasse über einem Steilabfall zur Donau erstreckte, Schloß Wolfsberg bei Thallern. Der von vier schlanken Türmen bewehrte Bau war weithin sichtbar. Wer die Geschichte dieses Schlosses kennt, der kennt die Geschichte der Wachau, sagte ich zum Dozenten, der etwas in seinen Computer tippte.
„Hier!“ rief er. „Die Burganlage stammt aus der Mitte des dreizehnten Jahrhunderts, mittlerweile sind dreißig verschiedene Besitzer zu verzeichnen, darunter Kaiser Maximilian, natürlich das Stift Göttweig, ein Töpfermeister und ein Ziegeleibesitzer, der bald einen bekannteren Nachfolger, den ‚Ziegelbaron‘ Drasche, findet.“
„Lesen Sie weiter!“

„Während des Ersten Weltkrieges sind galizische Flüchtlinge und Pockenkranke im Schloß untergebracht, danach finden sich in rascher Folge die Caritas, die Einkaufsgenossenschaft der Wiener Gastwirte sowie die Krankenfürsorgeanstalt der Wiener städtischen Bediensteten und eine Sofie Cäcilia Edle von Unken unter den Besitzern."

„Die hätte ich gerne kennengelernt", sagte ich. „Cäcilia Edle von Unken! – ein passender Name für eine Schloßbesitzerin oberhalb der Flußauen."

Ich möge die primitiven Namensspiele unterlassen, ermahnte der Dozent mich, das habe ihn schon bei Nestroy gestört. Seltsam, erwiderte ich, die Namensgebung sei ein großartiger Beleg für Nestroys Menschenkenntnis. Wer sonst könnte einer Literatin und Schloßbesitzerin den erhabenen Namen Frau von Cypressenburg verleihen?

Im Jahr des Bürgerkriegs sei das Schloß vom Orden der „Dienerinnen des heiligsten Herzens Jesu" aus Wien übernommen worden, fuhr der Dozent fort.

Ein perfekter *brandname*, warf ich ein. Allein der Sprachrhythmus sei zum Niederknien.

„Anfang der neunziger Jahre treffen wir auf einen bekannten Namen aus Wien", las der Dozent: „Doktor Jörg Birkmayer, Arzt und Betreiber des größten medizinischen Privatlabors in Österreich, Professor in Peking und Kanton und Besitzer dreier Filialen in Wiener Privatspitälern sowie einer im Empire State Building in New York, wird als Besitzer geführt. Er hat sich auf die Gesundheit von Managern spezialisiert und will das Schloss zu einem Manager-Wellness-Zentrum umbauen, stößt es aber wieder ab. Über die Gründe steht hier nichts."

„Die Suchmaschine findet einiges, aber nicht das Entscheidende", erwiderte ich. „Sie erwähnt nicht, daß arabische Milliardäre in der Nähe des Schlosses ein Luxusressort für mondsüchtige Erbprinzen errichten wollten, nach dem Scheitern dieses Projekts sei dann ein weltweit führender Chemie- und Pharmakonzern mit dem schönen Namen Baxter in die Pläne eingestiegen. Der hat es aber nur zu einer Hochhausruine neben der Hütte Krems gebracht. Mittlerweile befindet sich eine psychiatrische Klinik in den Weingärten Hollenburgs. Die wahrhaft interessante Information aber verschweigt Ihr Computer."

„Ich höre", sagte der Dozent und klappte das Gerät zu.

„Oskar Werner hat Anfang der achtziger Jahre auf Schloß Wolfsberg einige Zeit zugebracht. Der Alkoholkranke bereitete hier sein ‚Oskar Werner Wachauer Theaterfestival' vor, das er im wesentlichen allein bestreiten wollte. Allenfalls würden ihn einige Freunde wie Marlene Dietrich, Ives Montand oder Maximilian Schell unterstützen. Immerhin hatte der Mime mit dem jugendlichen Image und der betörenden Stimme noch die Stirn, im großen Saal des Kremser Brauhofs, eines abstoßenden NS-Baus, in dem während des Krieges Propagandaveranstaltungen und nach dem Krieg Boxmeetings und Bälle stattfanden, aufzutreten. Der

Prinz von Homburg im Kremser Brauhof war die letzte Bühne, die der große Mime beehrte. Kein Wunder, daß viele Kulturjournalisten Oskar Werners Scheitern miterleben wollten. Der *Spiegel* hat dem Auftritt eine hinterfotzige Trauergeschichte gewidmet und solcherart Zeugnis abgelegt, daß auch die beschädigte Kunst zu den Kulturbetrieblern sich verhält wie ein Tagesanbruch zum elektrischen Stuhl."

„Darf man fragen, wie der Auftritt Oskar Werners ablief?"

„Ich möchte der Impertinenz dieser Frage mit einem Vergleich begegnen", antwortete ich. „Dem armen Heinrich von Kleist war in seinem Leben wenig Freude vergönnt, Oskar Werners Leistung hätte ihm ein Lächeln auf die Lippen gezaubert."

Der Dozent trommelte mit den Fingern auf die Kunststoffabdeckung des Handschuhfachs. Er solle aufhören, auf meinen armen alten Wagen einzudreschen wie Obelix auf die Römer, herrschte ich ihn an. Er zuckte erschrocken zurück.

Was Oskar Werners Kunst anlange, könne ich mich auf einen berufenen Beobachter stützen. Mein Klassenkamerad Erwin Schiefersteiner, ein talentierter Schwergewichtler und in seinem Fach österreichischer Juniorenmeister, ein gewandter und friedfertiger Mann wie sonst kaum einer, war von der Darbietung so erschüttert, daß er sich in der Kremser Stadtbücherei am nächsten Tag drei Bücher von Kleist lieh. Er hätte das nicht getan, wenn Oskar Werner gescheitert wäre.

Daß der große Mime während des Spiels mehrfach das grölende Publikum zur Ruhe mahnte, daß er schließlich die Souffleuse zurechtwies, die ständig ins Geschehen quakte und nicht verstand, daß er seine Textaussetzer mit seiner lasziven Eleganz nicht nur genial korrigierte, sondern – immer streng in Kleists Gestus bleibend – auf den Gipfel trieb, indem er sich zu ihr niederkniete und mit seinem unvergessenen brüchigen Timbre den Satz „So halten S' doch endlich Ihre Goschen!" aussprach, der infolge Werners stupender Technik noch bis zum letzten Stehplatz zu hören war, sei nur am Rande erwähnt, weil die Umstände, unter denen dieses denkwürdige Theaterereignis ablief, von allen fühlenden Wesen, die dabeigewesen sind, zwar als störend empfunden wurden, die alles überstrahlende Kunst Oskar Werners jedoch nicht schmälern konnten, so daß der Abend einen unverrückbaren Platz in den Herzen aller Berührbaren einnimmt. Ich ersuche Sie nun um einige Momente pietätvollen Schweigens."
Der Dozent gehorchte.
Zur Belohnung machte ich mich auf, ihm die bedeutende Ortschaft Hollenburg an der Donau zu zeigen. Kaiserin Sisi sei auf ihrer Hochzeitsfahrt Ende April 1854 von Passau nach Wien in Hollenburg mit dem Dampfschiff durchgekommen. Sein Übermaß an patriotischem Eifer verlieh dem Ort monarchieweit Berühmtheit, führte ich aus.
„Damals war die Post ebenso unzuverlässig wie heute, und so geschah es, daß die Hollenburger nicht wußten,

wann das festliche Schiff kommen werde, und um das hohe Paar ja nicht zu versäumen und sich vor Hof und Vaterland zu blamieren, beschlossen Mesner und Lehrer, daß die Hollenburger in der schwülen Hitze am Donauufer stehen mußten, mit Fähnchen in den Händen und einem schmetternden Hurra auf den Lippen. Auch für Kinder wurde keine Ausnahme gemacht. Nach ein paar Stunden mußten die Kinder im Schatten zwischengelagert werden, nach einem Tag die Erwachsenen, es gab sechs Fälle von leichtem und vier von schwerem Sonnenstich, darunter auch der Mesner. Der Dorflehrer erlitt durch die Aufregung einen Raptus und verstarb noch am Donaustrand. Als dann am dritten Tag endlich das Schiff mit dem hohen Gast an Bord vorüberrauschte, konnten sich nur mehr wenige aufknien, mehr als ein geflüstertes Hurra war ihnen nicht möglich, der Großteil der angetretenen Hollenburger brach – noch während das Schiff in die Grafenwörther Donaubiegung eintauchte – auf dem Strand zusammen."

„Eine fürchterliche Geschichte", sagte der Dozent.

„Sie ist noch nicht fertig erzählt", erwiderte ich. „Glaubwürdige Zeugen berichten, daß niemand ein Fähnchen schwenkte. Berichten von Hofschranzen zufolge habe die Braut sich verwundert über die lethargische Masse am Strand gezeigt, wo doch überall sonst die Menschen ihrer Begeisterung nicht Herr wurden und hüpften und schrieen und winkten, daß es eine dynastische Freude war. So waren die Hollenburger

ungewollt in die Geschichte des antihabsburgischen Widerstands eingegangen. Was ihnen immerhin einen bescheidenen Revolutionstourismus von enttäuschten und entwurzelten 48er-Kämpfern einbrachte."
Der Dozent nickte und nahm eine Eintragung in sein Notizbuch vor. Ich versuchte, eine Stelle zwischen Au und Autobahn zu lokalisieren, an der ich mich vor vierzig Jahren oft mit Helga getroffen hatte. Dank der Ruine Hollenburg konnte ich den in Frage kommenden Bereich zumindest eingrenzen. Am einfachsten schien der Zugang von der Flußseite möglich.

Danach ging es stracks nach Lerchenfeld, zur Hütte Krems. Der Dozent hatte eine Nachricht von Mister Giordano vorgefunden und zögerte nicht, sie mit einem aparten Zittern der Stimme und einer hinreißend arroganten Betonung vorzutragen.

14. Kapitel

Mister Giordano und die Weltgeschichte – in dieser Reihenfolge. Ein Stahlwerk für die Weinproduktion und ein Kolibri aus Stahl

Geschätzter Korrespondent! Freund Groll!
Ich lese in der „Times", daß ein „Roma-König", Florin Cioba II., in Sibiu, Rumänien, verstorben ist. Vor seinem Schloß hatte er einen „glänzend polierten Maybach geparkt". Für Sie, lieber Freund, kann das nur heißen: Doppelte Vorsicht mit dem Russen! Fragen Sie ihn, in welcher Branche er tätig ist. Beim „Roma-König" war es die Metallbranche, was immer das näher bedeuten soll. Vom Schrott- bis zum Waffenhandel ist alles möglich. Denken Sie immer daran: Die Russen sind Schlitzohren! Und sie sind immer noch verkappte Bolschewiken, machen wir uns da nichts vor. Denken Sie nur an diesen schmalbrüstigen Putin. Allein die Art wie er geht, läßt mich im Geist die Beretta entsichern. Unser wunderbarer Delano wurde von Uncle Joe in Jalta und Potsdam ordentlich reingelegt. Fast hätten wir den Zweiten Weltkrieg bei den Verhandlungen mit diesem durchtriebenen Georgier doch noch verloren. Machen Sie nicht denselben Fehler!
Wußten Sie, daß der entlaufene Priesterzögling schon als Fünfzehnjähriger Streiks unter Erdölarbeitern in Baku organisiert, Banken ausgeraubt und Züge überfallen hat? Aus dem Bürschchen hätte etwas werden können, wenn er in die richtigen Hände gekommen wäre! Unsere Kaderabteilung hätte einen glänzenden Mafioso aus ihm gemacht, aber die bolschewistische Partei hat ihm einen großsprecherischen Namen aus der Metallbranche ver-

paßt und ihn zu einem unberechenbaren Apparatschik abgerichtet. Später hat er sich an der Partei dafür gerächt, aber davon hatte niemand etwas. Sein Lehrer, dieser Uljanow, war ein weitblickender und humorloser Mann. Sehr gefährlich. Und sein Rivale Trotzki alias Bronstein war ein Heißläufer. Für unseren Beruf vollkommen ungeeignet. Ein krimineller Priester aus Georgien, ein Lehrersohn vom Ural und ein jüdischer Bauernsohn aus der Ukraine. Die Troika des Gottseibeiuns. Und alle mit Künstlernamen wie brasilianische Fußballer!
Auf Veranlassung Lenins war der Schriftsteller Gorki (auch so ein eitler Künstlername! Der ‚Bittere'. Bei uns undenkbar) jahrelang auf Capri und Sorrent, um seine Tbc auszukurieren. Man hätte mit ihm Kontakt aufnehmen und gemeinsame Geschäfte anbahnen können, er ging ja bei den führenden Bolschewiken ein und aus. Lenin wird sich etwas dabei gedacht haben, als er Gorki in unsere Heimat schickte, der Kerl hat sich ja immer etwas gedacht. Ein gefährlicher Mann, ich sagte es bereits!
Vielleicht haben wir da etwas verbockt. Vielleicht sind wir von der società onorata am Stalinismus nicht unschuldig. Ein beunruhigender Gedanke.
Da sehen Sie, auf welch abwegige Gedanken ein Mensch im Krankenbett kommt. Wenn ich nicht arbeiten kann, räsoniere ich über die Geschichte und was gewesen wäre, wenn wir nicht an ihr herumgezupft, sondern sie in die Hand genommen hätten.
Fest steht, daß Uncle Joe sein Talent vergeudete und als griesgrämiger und vereinsamter Capo gestorben ist.

Mit Verlaub, hätte ich sagen müssen, da stimmt einiges nicht. Andererseits mußte ich mir aber eingestehen, daß es töricht wäre, einem alten Sizilianer seine Schrullen ausreden zu wollen. Also schwieg ich und bat den Dozenten um den nächsten Akt.

Noch einmal zu diesem Prunkwagen. Ich war seinerzeit bei der Präsentation des Dings im Waldorf Astoria dabei. Die verrückten Tedesci hatten den Maybach auf der „Queen Mary II" mit Pomp und Trara von Europa herübergekarrt, der Wagen stand die ganze Zeit in einem Glaskäfig auf Deck. Vor laufenden Kameras wurde er mittels eines Krans auf den Pier gehoben, ein livrierter Chauffeur stieg ein und schon fuhr der Maybach unter Polizeischutz wie ein afrikanischer Potentat in die Park Avenue, wo die versammelte Weltpresse und die Geldsäcke dieser Stadt auf ihn warteten, als wäre er das Christkind.

Ich hab mir den Wagen damals genau angesehen. Er mag innere Qualitäten haben, aber seine carrozzeria ist eine Katastrophe. Jede landwirtschaftliche Zugmaschine ist schöner. Es ist nun einmal so: Die tüchtigen Tedesci können keine schönen, höchstens aggressiv maßlose Autos bauen. Selbst der Golf wurde ja von einem Italiener gezeichnet. Das Metier der deutschen Autobauer sind die Panzer, diese Ungetüme mit Zwölfzylinder-Flugzeugmotoren, die sie wahrscheinlich aus den Airbus-Maschinen ausbauen. Der Maybach zeigt, was herauskommt, wenn Panzerbauer eine Limousine entwerfen. Wenn die verrückten Nordkoreaner je Autos bauen sollten – sie kämen dem Maybach recht nahe. Auch die Porsches sind ja eine seltsame Rasse, Zitronenspalten auf Rädern oder plumpe Einkaufkartons mit pfeffrigen Namen, alle mit der Erotik von Großmutters Unterwäsche.

Einige deutsche Konzernchefs haben das verstanden. Das ist der Grund, warum der Volkswagen-Konzern den Traktor-Hersteller Lamborghini gekauft hat, und Ducati gleich dazu. Heutzutage kauft ja jeder jedem alles vor der Nase weg, denken Sie nur an die Chinesen in der Mulberry Street. Ich warte nur darauf, bis unser Espresso von Samsung erzeugt wird. Im übrigen habe ich in der kleinen Bibliothek der Klinik eine italienische Übersetzung eines Kollegen von Ihnen aus Österreich gefunden. Das Buch scheint etwas umfangreicher zu sein, als Ihres je sein wird, es heißt „L'uomo senza qualità" und stammt von einem Roberto Misul. Der Mann ist gut! Klug und messerscharf. Und schreiben kann er auch. Wahrscheinlich italienische, wenn nicht sogar sizilianische Abstimmung, das -ul in seinem Namen deutet sehr darauf hin. Kennen Sie den Mann? Er wohnt in Wien, das belegen schon die ersten Seiten seines Buchs. Und er kennt sich mit dem Wetter aus wie jeder sizilianische Seefahrer. Daß er Gefühle für seine Schwester entwickelt, läßt mich endgültig von seiner westsizilianischen Abstammung überzeugt sein.
Nehmen Sie sich ein Beispiel an diesem Roberto Misul, gehen Sie auf einen caffè corretto mit ihm und lassen Sie sich ein paar Tips geben, dann wird Ihr Buch schon werden.
Nach dem, was Sie in Ihrem Vorwort schreiben, müssen Sie in irgendeinem Gulag in Sibirien aufgewachsen sein. Ich hab nicht gewußt, daß in Ihrem winzigen Land Platz für so viel Bösartigkeit ist. Ich bin beeindruckt.

Ihr langsam genesender
G.

Der Eingang zum Werk hatte sich all die Jahre nicht verändert. Da waren das Portierhäuschen und die breite Eingangsstraße, gesäumt von hohen Pappeln und versehen mit Plakaten, auf denen das betriebliche Vorschlagswesen beworben wurde, der langgestreckte ebenerdige Bau mit den Büros der Arbeiter- und Angestellten-Betriebsratsobmänner, der Bibliothek und des Werksarztes, und die Kreuzung mit der Werksbahn. Unverändert auch die große Halle mit dem Preßwerk und der Lackiererei und die siebenhundert Meter lange doppelschiffige Halle, in der das Profilrohrwerk, die schwere Blechverarbeitung, die Verzinkerei und die Büros der leitenden Angestellten lagen. Im Keller befand sich die berühmte Werkskantine. Vor der langen Halle lag der Freiplatz, auf ihm wurden von Waggons und LKWs rostige Metallteile abgeladen, mit dem Kran auseinandergehoben und mit Plaketten versehen, welche Herkunft und Auftraggeber markierten. Von dort wurden die rostigen Trümmer in eine riesige Beize und danach in die große Wanne der Verzinkerei gehievt. Am Ende der Halle wurden die verzinkten, scharfkantigen und im Licht gleißenden Großställe, Winkeleisen, Stahlträger, Fernsehmasten und all die anderen verzinkten Teile in ordentliche Großpakete von mehreren Tonnen Gewicht zusammengehoben, mit Stahlbändern versiegelt und wieder auf Waggons und LKWs verladen.

„Die Standortfestlegung Krems für ein neues Feinblechwalzwerk mit Oberflächenvergütung erfolgte bereits im August 1938. Nach administrativen Schwierigkeiten wurden in der Kremser Au durch belgische, französische und niederländische Kriegsgefangene umfangreiche Rodungs- und Planierungsarbeiten durchgeführt, bevor mit der Werksmontage im Jänner 1940 begonnen werden konnte.“

Der Dozent hielt inne.

„Was bedeutet *administrative Schwierigkeiten*?“

Damit sei wohl das Gezerre um die zwei stillgelegten Stahlwerke in Fohnsdorf-Wasendorf und Rottenmann gemeint, erwiderte ich. „Die Belegschaften wehrten sich gegen die Zwangsübersiedlung an die Donau. Erst die Androhung von KZ-Einweisung und Verschickung an die Front überzeugten die dreitausend Obersteirer, den Weg über den Seebergsattel an die Donau zu nehmen. Daß auch die beiden Belegschaften einander nicht grün waren – die Fohnsdorfer der ehemaligen Styria-Werke waren vom Ständestaat beeinflußt und die Rottenmanner waren Kommunisten –, machte die Sache nicht leichter. Was die beiden Gruppen aber ruhigstellte, war die Aussicht auf moderne Wohnungen mit Warmwasser und Badezimmer sowie eine Werkssiedlung mit Kindergarten, Fußballplatz, Kino und einer Reihe von Geschäften. Und zwischen den Häuserreihen war Platz für Gärten und Wiesen.“

Wir hielten vor dem Portierhäuschen des Werks beim Haupteingang, stiegen aber nicht aus.

„Im Herbst 1941 wurde das Walzwerk der Schmidhütte in Betrieb genommen. Schwerpunkt der Erzeugung waren Spezialbleche. Im März 1943 wurde dann das Stahlwerk mit der Inbetriebnahme eines 50-t-Martinofens eröffnet", fuhr der Dozent fort.

„Das war das Ziel der NS-Wirtschaftsführung: ein Stahlwerk samt Donauhafen zwischen Linz und Wien – gedacht zur Versorgung der Ostfront", bekräftigte ich.

„Das Werk wurde in den Nachkriegsjahren als USIA-Betrieb geführt und 1963 als Hütte Krems der VOEST als Tochterunternehmen eingegliedert", las der Dozent. „1990 wurde der Firmenname auf Voest-Alpine Krems Finaltechnik geändert. Heute produziert das Werk alle Arten von Stahlprofilen, Stahlrohren, Regalsystemen, Autokomponenten und ..." der Dozent machte eine Kunstpause „... Weinbergpfählen, in vielfachen Varianten. Hören Sie nur: Der leova VA 60/40 TOP bietet ein Höchstmaß an Verwindungssteifigkeit, Seiten- und Knickstabilität, bestätigt durch Belastungsversuche der TU Wien. Durch zusätzlich erhältliche Ankerplatten läßt sich die Seitenstabilität im Bedarfsfall noch weiter erhöhen. Im Vergleich zu anderen auf dem Markt befindlichen Stahlpfählen sind dadurch Setzabstände von bis zu sechs Metern möglich. Daraus ergibt sich ein geringerer Stückbedarf pro Hektar und in Summe weniger Investitionskosten. Der Pfahl verfügt über erntemaschinenfeste Haken, die sich nicht verschlagen. Drähte können exakt dort verhängt werden, wo man sie braucht. Die Vollverzinkung beschert diesem Weinbergpfahl seine extrem hohe Lebensdauer.

Durch das einzigartige Profil kann der leova Weinbergpfahl, der seit über fünfzig Jahren Weltmarktführer ist, problemlos maschinell oder händisch versetzt werden. Auch auf steinigem Boden. Sie sparen Kraft, Zeit und Geld."

„Die Wachau ist der einzige Ort der Welt, an dem die Weinproduktion der Schwerindustrie den Takt vorgibt. Hier wird Stahl zu Wein!" rief ich.

Ich suchte im Rollstuhlnetz nach meiner Brille, fand sie partout nicht und leerte den Netzinhalt zwischen meine Beine. Dabei tauchte nicht nur die Brille, sondern auch ein schweres Ding in einem Leinensäckchen auf. Der Dozent griff danach.

„Was ist das? Ein Erdapfel für den Auspuff eines Parkplatzfrevlers?"

Er wühlte in dem Säckchen und konnte sich die Antwort selber geben.

„Eine Pistole", stieß er hervor. „Eine winzige Pistole!"

„Eine Kolibri", sagte ich. „Die kleinste Pistole der Welt. Kaliber zwei Millimeter. Schwierig in der Handhabung und von nur geringer Schußkraft. Eine Abschreckungs-, keine Tötungswaffe. Ideal für meine Bedürfnisse. Von der Pistole sind Anfang der zwanziger Jahre nur ein paar Hundert Exemplare gebaut worden. Und zwar in Krems, von einem Uhrmachermeister namens Pfannl. Er hatte sein Geschäft in der Dinstlgasse, wo einst die Kremser Synagoge stand. Herr Dinstl und ein gewisser Herr Drinkwelder, nach dem in der Kremser Altstadt ebenfalls eine Gasse benannt ist, waren 1848 nacheinander Mitglieder der Paulskirche zu Frankfurt, des ersten gewählten Parlaments der deutschen Lande. Wie es sich für Krems gehört, war Dinstl ein Rechter und Drenkwalder ein Linker."

„Ich wollte doch nur wissen, was es mit der Pistole ...", jammerte der Dozent. „Müssen Sie denn überall einen historischen Exkurs anhängen?"

„Was fragen Sie mich? Fragen Sie lieber den Weltgeist! Wußten Sie, wer von der Paulskirche zum großdeutschen Staatsoberhaupt gewählt wurde? Erzherzog Johann! Ein habsburgischer Steirer als erster Mann eines demokratischen Großdeutschlands."

Jetzt erst hatte der Dozent begriffen.

„Stellen Sie sich nur vor, was das für den Lauf der Geschichte bedeutet hätte!" rief er. „Keine Nazi-Diktatur, dafür Schilcher, Sterz und Kernöl bis Königsberg!"

„Manchmal unterscheiden die historischen Alternativen sich nur im Ausmaß der Abscheulichkeit", gab ich zurück.

Der Dozent fuchtelte mit beiden Händen in der Luft. „Au contraire, mon ami!" rief er. „Es fragt sich, was schlimmer ist: Ihre gedanklichen Levaden oder die Nonchalance, mit der Sie dieselben vortragen. Darf ich?"

Er streckte die Hand nach der Waffe aus.

„Ratatouille!" rief ich, „Vorsicht! Sie ist geladen. Den Lauf nach außen richten! Sonst püff püff."

Der Dozent sah mich unschlüssig an.

„Kurbeln Sie das Fenster hinunter! Lavoir la finisterre!“ Der Dozent tat wie befohlen. Ich legte die Pistole vorsichtig in seine Hand, den Lauf ins Freie gerichtet.
„Für ihre winzige Dimension ist sie erstaunlich schwer“, sagte er.
„Die perfekte Rollstuhlwaffe“, sagte ich stolz. „Man kann mit ihr aber auch töten. Wenn man zum Beispiel vorher das Herz ertastet und mit einem Punkt markiert, sieht man kaum eine Wunde. Anders hingegen ist es, wenn man durch die Nase oder durch ein Auge ins Hirn schießt. Das fällt auch bei einer Kolibri auf, bei näherem Hinsehen jedenfalls. Es sind aber nur kleine, zurückhaltende, fast noble Tode, die sie verabreicht. Eine große Blutoper bringt man mit ihr nicht zustande. Keine Waffe für nazistische Blutsäufer oder mafiose Berufskiller.“
„Hören Sie mit dem Unsinn auf! Ich irre wohl nicht, wenn ich annehme, daß die Waffe einigen Wert hat und in Sammlerkreisen gesucht ist.“
„Wie immer sind Leute Ihres Schlages am Tauschwert interessiert, ich hingegen halte es mit dem Gebrauchswert. Ein Verkauf kommt nicht in Frage. Außerdem ist die Kolibri ein Geschenk eines Lerchenfelders.“
Hier endete meine Auskunftsfreude. Ich hatte die Waffe eingetauscht. Drei Anstecker von Ferencváros Budapest gegen die lieblos behandelte Kolibri. Tauschpartner war ein Banatdeutscher, einer der vielen, die mit ihrer Familie 1945 vertrieben worden waren. Er hieß Hellwig und war ein sehr deutscher Jugend-

schiedsrichter und ein pedantischer Pedell in der Volksschule der Werkssiedlung. Meine Großmutter väterlicherseits hatte mir die Abzeichen von einer Reise nach Ungarn im Jahr 1967 mitgebracht, dem ersten Besuch in der Heimat seit ihrer Vertreibung durch die Weißen Todesschwadronen nach 1919 und der Flucht in die Krupp'sche Stahlstadt Berndorf, wo sie, die Elfjährige mit drei Klassen Volksschule, dank ihrer Schönheit und Eloquenz „Gesellschaftsdame" einer verarmten Adeligen wurde. Ihre Mutter starb bald während der Fabriksarbeit in der „Kammgarn Möllersdorf", eine Tochter, die älteste, blieb in Berndorf, eine ging nach Chicago und heiratete einen deutschen Dachdecker namens Hein. Die beiden hatten einen Sohn, er fiel am dritten Tag nach seiner Ankunft in Vietnam während der Kämpfe um Da Nang in Südvietnam im August 1968. Die andere ging nach Kitchener, Ontario, wo sie einen burgenländischen Maurer namens Onkel Joe heiratete, der in seinem Leben weder Englisch noch Deutsch ordentlich lernte. Die Niagara-Fälle waren so nah, daß sie bei gutem Wind die donnernden Wasser hörten. Jedes Jahr zu Weihnachten trudelte eine Ein-Dollar-Note für mich ein, ich sah mich schon als Millionär. Großmutters Vater wurde 1919 vor den Augen der Kinder vor der Volksschule in Nagymáros aufgehängt; er war ein Anhänger der Räterepublik und Béla Kuns, welcher die Dorfkinder zur Erholung an den Balaton in die Schlösser der Magnaten schickte und Milch bei den

Großbauern requirieren ließ. Unter Admiral Hórthy, für den im gegenwärtigen Ungarn wieder Denkmäler errichtet werden, galt das als Verbrechen.

Herr Hellwig war also dem ungarischen Fußball verfallen, der damals Weltgeltung hatte und die erste wissenschaftliche Fußball-Lehre unter dem geflüchteten ungarischen Juden Béla Guttmann – der später mit Real Madrid Triumphe feierte – hervorbrachte. Drei Abzeichen des „Judenklubs" aus der Budapester Franzstadt waren für Herrn Hellwig ein Äquivalent zur ungeliebten Kolibri gewesen. Das ist das Schöne am Tauschhandel, er mißt keine Gebrauchswerte, sondern Obsessionen. Zukünftige Ökonomien werden diese Erfahrung berücksichtigen. Amen.

15. Kapitel

Waltraud Waltenstorfer, die Jeanne d'Arc der Putzfrauenbrigade

Nachdem der Dozent das Werk zumindest von außen gesehen hatte, unternahm ich mit ihm eine Sightseeing-Tour durch die Werkssiedlung. Ich zeigte ihm den Fußballplatz, meine alte Wohnstätte in der Rottenmannergasse 68 und den Kiosk des einbeinigen Trafikanten Herzlieb, in dem ich vermittels der Fachmagazine *Nachtbote, Wochenend* und *Wie Wo* einen sexualpädagogischen Aufbaulehrgang absolviert hatte. Nachdem wir den Gabelhofer Platz überquert hatten, bogen wir in die enge Hetzendorfergasse ein. Eine meiner liebsten Freundinnen wohne hier.

„Im Jahr 1978 hat Waltraud einen von der Gewerkschaft nicht unterstützten Streik der Putzfrauen angeführt. Sie sollten entlassen und durch Sklavinnen einer Leihfirma ersetzt werden."

„Das war aber noch in der sozialistischen Zeit", stellte der Dozent fest und öffnete sein Notizbuch.

„Ich habe nie behauptet, daß die verstaatlichte Industrie den Angriffen des internationalen Finanzkapitals zum Opfer gefallen ist", erwiderte ich. „Es waren die eigenen Leute, Politiker und hohe Gewerkschafter, die sich als Totengräber betätigten. In der Siedlung herrschte helle Empörung, ein wilder Streik der Belegschaft schon bei der nächsten Schicht schien unausweichlich. Glücklicherweise wohnten die obersten Gewerkschafter und Betriebsleiter noch in der Siedlung, nahe dem Sportplatz auf halbem Weg zur Donau. Sie waren also angreifbar. Einen Streik hätten sie nicht überlebt."

„Sie meinen: politisch!" rief der Dozent.

„Physisch", sagte ich ruhig. „Steirische Arbeiter machen keine halben Sachen. Der Skandal war Wasser auf die Mühlen der Kommunisten, die sich anschickten, den Sozialdemokraten die Mehrheit bei den Arbeitern abzujagen. Seit Jahr und Tag attackierten sie die Apparatschiks, ‚korrupte Bonzen' und ‚Arbeiterverräter' waren noch die harmlosesten Schimpfwörter."

„Ich nehme an, Ihre Freundin war Kommunistin …"

„Sie war Sozialdemokratin. Vor dem Größenwahn der hohen Funktionäre waren auch die eigenen Leute nicht sicher."

Der Dozent kritzelte etwas in sein Notizbuch und schaute abrupt auf. „Ich kann mir die nachfolgende Katastrophe ausmalen", sagte er düster. „Der Streik wurde, wie in Österreich üblich, abgeblasen, Ihre Freundin entlassen."

„Irrtum, verehrter Kollege", versetzte ich. „Die Werksleitung gab nach, die Kündigungen wurden abgeblasen und Waltraud Waltenstorfer war die Heldin der Stunde."

„Eine Putzfrau zwingt Gewerkschaft und Werksleitung in die Knie", murmelte der Dozent. „Bemerkenswert."

Wir hielten vor der Hausnummer 24. Beim Einparken auf dem Gehsteig ging ich vorsichtig zu Werk. Meine Sorge galt den prächtigen Rosenstöcken, schon zu meiner Jugendzeit waren sie der Stolz der Anwohner.
„Wie können Sie sicher sein, daß Ihre Freundin überhaupt zu Hause ist?“ fragte der Dozent, der ausgestiegen war und zusah, wie ich Räder und Rollstuhlrahmen aus dem Wagen holte.
„Als sie hier einzogen, vermißten die Obersteirer Bergwerke und Berge sehr“, erwiderte ich. „Eine gelsenverseuchte Au mit ihrem Sumpfbrodem ist etwas anderes als die klare Luft auf einer Alm. Gar nicht zu reden von den vertrauten Ausdünstungen alter Stollen. Was machen die Menschen, wenn ihnen der Alltag genommen wird? Sie überhöhen ihn. So entstehen Rituale. Eines ist der Drei-Uhr-Kaffee nach der Schicht, der immer zu einer kleinen Mehlspeise aufgetragen wird. Wir kommen zur rechten Zeit.“
Auf den paar Metern zur Wohnungstür fielen mir die gepflegten hüfthohen Hecken auf. Man hat hier mehr Zeit als früher, dachte ich. Um die Rosen war immer schon ein großes Gewure gewesen, aber die Hecken hatten struppigen Hunden geähnelt. Damals hatten alle Anwohner der Gasse Schicht gearbeitet, jetzt waren wohl alle in Pension oder zur Kur in Knittelfeld oder Zeltweg. Ich drückte den Klingelknopf. Nichts rührte sich. Ich klingelte noch einmal. Keine Reaktion. Der Dozent lächelte mir aufmunternd zu.

„Sie wird jeden Moment hier sein", sagte ich. „Die kleine Verzögerung gibt mir Gelegenheit, Sie auf das Kommende einzustimmen." Ich rollte ein wenig zurück und verschränkte die Arme vor der Brust.

„Verehrter Kollege, Sie befinden sich hier in einer Werkssiedlung. Ich ersuche Sie dringend: Benehmen Sie sich den Umständen angemessen."

Der Dozent spitzte kurz die Lippen und sprach:

„Ich werde mich bemühen. Soll ich mit heiserer Stimme derbe Flüche bellen? Arbeiterlieder pfeifen? Während des Nasenbohrens Kaugummi kauen?"

Ich legte ein Bein übers andere und lockerte den Gürtel meiner Hose.

„Versuchen Sie nicht, die Sache ins Lächerliche zu ziehen! Es reicht, wenn Sie sich ungezwungen benehmen, höflich und aufmerksam sind. Die Neugier sollte ehrlich sein, sie sollten aber nicht übertreiben, man würde das als Exotismus auslegen. Interesse an der Lebensweise können Sie zeigen, sollen Sie sogar, aber auch das muß nicht übertrieben ausfallen. Ihr Schönbrunnerdeutsch können Sie beibehalten, die Obersteirer sind weltoffen und können mit Behinderungen umgehen. Die Sprachmelodie sollte wenige Hebungen aufweisen und im Adagio bleiben, am besten, Sie produzieren weder Singsang noch Stakkato. Bleiben Sie zurückhaltend und hilfsbereit. Kleine Handreichungen bei Tisch können nicht schaden, Waltraud ist nicht mehr die Jüngste. Lehnen Sie Mehlspeisen nicht ab und essen Sie alles bis zum letzten Bröserl auf, so kommen Sie zu einer guten Nachred. Und seien Sie nicht maulfaul, das würde auf mich zurückfallen. Alles können die Leute von mir denken, nur nicht, daß ich mit langweiligen und verstockten Menschen Umgang pflege. Andererseits sollten Sie das Wort nur dann ergreifen, wenn es schicklich ist. Plappernde Akademiker werden hier nicht geschätzt. Der Vorbehalt verdoppelt sich, wenn es sich um Wiener handelt."

„Soll ich jetzt reden oder schweigen?" fragte der Dozent unsicher.

„Haben Sie schon von beredtem Schweigen gehört?" entgegnete ich und lächelte ihm aufmunternd zu.

Wieder drückte ich den Klingelknopf. Der Dozent hatte sich gesammelt und ging seinerseits zum Angriff über.

„Mir scheint gar, Sie sind nervös, geschätzter Freund. Wahrscheinlich pocht Ihr Herz in Erwartung einer legendären Arbeiterführerin bis zum Hals."

Das Aas setzte ein gewinnendes Lächeln auf. Ich hätte ihn am liebsten in den Rosenstrauch geworfen. Stattdessen stand ich untätig und brachte kein Wort hervor. Der Dozent hatte recht. Ich war aufgeregt wie ein Firmling vor dem ersten Zungenkuß mit dem Herrn Pfarrer.

Da, endlich, öffnete sich die Tür.

Ich wußte, daß Waltraud klein war, sehr klein. Aber nun war sie so groß wie ich im Rollstuhl. Wir waren auf Augenhöhe. Ich war über den Verlust an Größe entsetzt. Sie stieß einen Freudenschrei aus:

„Jessas, daß ich das noch erleb!“ rief sie und drückte mich mit ihren von der Gartenarbeit schmutzigen Händen an sich. Erdbrocken fielen auf meinen Schoß. Waltraud mußte jenseits der Sechzig sein, aber auf mich wirkte sie wie damals, als Karl, der Sohn des Hauses, und ich hier ein- und ausgingen. Es konnte keinen Zweifel geben. Waltraud hatte ihr Alter beibehalten, nicht aber ihre Figur. Es ist eine Schande der Natur, daß kleingewachsene Frauen mit einer Neigung zu rundlichen Formen immer ein wenig unglücklich wirken, dachte ich, mußte mir aber im selben Moment eingestehen, daß auch ich in den letzten Jahren um die Hüfte zugelegt hatte.
Wir standen lange Zeit umarmt. Sie roch vertraut, nach Stahlwolle und Kernöl. Mit beiden Händen drückte sie meinen Kopf an ihre weibliche Fülle und gluckste vor Wohllust. Das Wort stammte von Sohn Karl. Drei Frauen im Haushalt, da drehte sich alles um ihn. Er wurde bekocht, bedient und bewundert. Es war ihm eine Lust, es wohl zu haben.
Der Dozent stand hilflos, seine Hietzinger Parkettsicherheit half ihm hier nicht weiter. Die weltläufige Waltraud faßte ihn an der Hand und durchquerte mit ihm den winzigen Vorraum und das kleine Wohnzimmer mit Fotos von Karl, dessen Mutter und der Großmutter sowie Stichen des Stahlwerks Styria in Fohnsdorf und der Papierfabrik zu Pöls ob Judenburg an den Wänden. Ich spielte Fremdenführer und erläuterte die Exponate. Der Dozent staunte. Waltraud gluckste.

Bald saßen wir in der Loggia. Waltraud hatte Kaffee und riesige Topfengolatschen aufgetragen. Der Dozent schlang die Mehlspeise, die nach feinstem Kernöl duftete, in wenigen Sekunden hinunter, als wir das Prasseln eines Flüssigkeitsstrahls auf dem Glasdach vernahmen.

„Es regnet!" rief der Dozent und strahlte übers ganze Gesicht.

„O nein!" rief Waltraud und sprang auf.

„Herr Fichtinger, das dürfen Sie nicht machen! Ich hab ja Gäste, da müssen Sie ein bissl aufpassen. Stellen Sie sich vor – der Herr Groll ist gekommen, Sie wissen ja, der beste Freund von unserem armen Karli", rief sie und hüpfte vor einem mannshohen Busch auf und ab, von dessen pinkfarbenen Blüten es tropfte.

„Hab ich wieder auf Ihre Loggia gepischt?" fragte eine tiefe und müde Stimme von oben.

„Ja, Herr Fichtinger, Sie haben sich wieder einmal auf meine Bugilea erleichtert", antwortete Waltraud sanft. Es war ihr sichtlich peinlich, daß ihr Nachbar, der einst stolze Herr Fichtinger, ein wenig von der Etikette abgewichen war.

„Was für eine Schande", jammerte es von oben. „Ich weiß nicht, was mit mir los ist. Ich war fest davon überzeugt, im Pissoir der Sendeanlage zu stehen."

„Machen Sie sich keinen Kopf deswegen", rief Waltraud hinauf. „Der nächste Regen wird das abwaschen."

„Wenn es denn je wieder regnen sollte", brummte der alte Mann und zog sich zurück.

Der Dozent schaute mich mit großen Augen an.
Ich klärte ihn darüber auf, daß der alte Mann ein für Nachkriegs-Kommunisten typisches Leben geführt hatte. Seine Frau sei leitende Lohnverrechnerin gewesen, und er habe bis 1955 als Politkommissar im Werk nach den Rechten gesehen, so seine Worte. Die Losung „Freundschaft und Solidarität mit der Sowjetunion", deren immer noch imposante Reste auf der großen Halle wir vor einer Stunde gesehen hätten, gehe auf ihn zurück.
„Nach dem Abzug der Befreier wurde er von den nun regierenden Sozialdemokraten in die Verzinkerei, zur gefährlichsten und dreckigsten Arbeit, versetzt. Er schuftete vorbildlich. Als Bolschewik müsse man immer und überall ein Vorbild sein, davon hänge die politische Glaubwürdigkeit ab, hatte er jahrelang gepredigt. Bald war der unerfahrene Verzinkereiarbeiter mit Brandwunden von den Zinkspritzern übersät. Sich vom Werksdoktor, dem alten Nazi, verarzten zu lassen, kam nicht in Frage.
Als nach den Ungarnereignissen des Jahres 1956 der Druck auf jene Kommunisten stieg, die in der Partei verblieben, und es zu täglichen Schreiduellen mit Sozialdemokraten und abgefallenen Genossen kam, zog er sich für einige Jahre politisch zurück und engagierte sich in der Schachsektion des Werkssportvereins. Als dann die Warschauer-Pakt-Staaten in die Tschechoslowakei einmarschierten, überwarf er sich endgültig mit den Genossen seiner Betriebszelle. Die

Genossen hatten Zweifel an der Sinnhaftigkeit des Einmarsches geäußert, er hingegen hatte den Einmarsch schon seit Jahren gefordert, und wenn die Rote Armee erst in Krems halt gemacht hätte, ihm wäre es recht gewesen. Er zog die Konsequenzen aus der verfahrenen Situation und heuerte beim Fernsehsender Jauerling als technischer Betriebsleiter an. Nicht zuletzt dank seines vorbildlichen Einsatzes verrichtete der Sender jahrzehntelang zuverlässig seinen Dienst und sandte eine nie versiegende Flut antikommunistischer Nachrichten ins Land."

Das nenne man wohl „Dialektik der Geschichte", meinte der Dozent und schrieb in sein Notizbuch.

Inzwischen hatte Waltraud dem alten Mann Kaffee und Mehlspeise gebracht und war zu uns zurückgekehrt.

„Der arme Herr Fichtinger", sagte sie. „Er hat vom Leben ordentlich eine aufs Haupt bekommen."

Das war meine alte Waltraud. Ihre Mutter, die vor dem Ersten Weltkrieg als Arbeitssklavin vom obersteirischen Passail in den Ruhrpott verschleppt worden war und nur eine Klasse Volksschule besuchen durfte, konnte nicht nur beide Teile des *Faust* auswendig, sie war historisch und ökonomisch beschlagen und befleißigte sich einer gewählten Ausdrucksweise. Müßig zu erwähnen, daß sie eine großartige Frau war.

Indes fuhr Waltraud fort:

„Nach dem Selbstmord seiner gemütskranken Frau und der Emigration seines Sohnes nach Ontario verlor sein liebevoll gepflegter Moskwitsch auf dem Rückweg vom Jauerling den Motor. Stellen Sie sich das vor! Ein dreißig Jahre altes Auto, jeden Werktag bei Schnee und Regen fahrtüchtig, und dann fällt der Motor einfach aus dem Wagen."

„Die sowjetische Automobilindustrie zählte damals nicht zur Avantgarde", meldete sich der Dozent.

Sie sei sich da nicht so sicher, antwortete Waltraud, immerhin sei der Motor, der knapp dreihunderttausend Kilometer auf dem Buckel gehabt habe, durchaus fahrtauglich gewesen. Sie erinnere sich an Berichte in der Monatsschrift *Sowjetunion Heute*, denen zufolge Moskwitsch-Autos in Sibirien die Einmillionenkilometergrenze überschritten hätten.

Die Miene des Dozenten drückte Ratlosigkeit aus. Das war ein anderes Geläuf als die Salons im Café Dommayer in Hietzing.

„Und wie, sehr geehrte Frau Waltenstorfer, schaffen Sie es, den Garten bei dieser Hitze zu bewässern?" wechselte der Dozent in seiner Hilflosigkeit das Thema.

„Ich spare beim Wasser in der Küche und im Badezimmer", antwortete Waltraud. „Meine Blumen kriegen den letzten Tropfen. Aber das Wasser wird knapp."

„Eine Bougainvillea braucht wenig Sonne und noch weniger Wasser", sagte der Dozent mitfühlend.

Seit wann er in der Floristik bewandert sei, fragte ich.

Der Dozent ignorierte meinen Ordnungsruf und fuhr fort:

„Herr Bougainville führte im Auftrag der Französischen Revolution die erste französische Weltumsegelung durch.“

„Und auf der Insel Bougainville tobt ein Bürgerkrieg; die einen wollen selbständig werden, die andern korrupt bleiben, und in Wahrheit geht’s um Kakaoplantagen und Kupferminen“, ergänzte ich.

Der Dozent schüttelte den Kopf.

Waltraud, deren Blick mit Wohlgefallen auf mir ruhte, sagte:

„Wenn der Herr Groll das sagt, stimmt es. Das war schon immer so.“

„Und wenn es nicht stimmt, dann zumindest in einem höheren Sinn“, ergänzte der Dozent.

„Der höhere Sinn ist das Höchste, was ein Mensch erreichen kann“, sagte Waltraud und holte einen selbst angesetzten Nußschnaps aus dem Wandverbau. Der Dozent hielt tapfer mit, aber nach jedem Schluck schüttelte er sich wie ein nasser Hund.

„Der Wassili hat den Nußschnaps geliebt“, sagte Waltraud und setzte einen verklärten Blick auf.

„Der Wassili war eine russische Einquartierung“, sagte ich. „Ein begnadeter Harmonikaspieler.“

„Ein zweiter Schostakowitsch“, sagte Waltraud. „Es waren wundervolle Jahre mit den Russen. Was wir gefeiert und aufgekocht haben! Die halbe Siedlung hat bei uns getanzt.“

„Die Waltensdorfers waren eine äußerst musikalische Familie“, fügte ich hinzu. „Auch Karl hat zuerst klassische Gitarre studiert und ist erst später zur ‚Suszeptibilität Seltener Erden' gewechselt".

„Das war die Doktorarbeit an der Technischen Universität", erklärte Waltraud unter Tränen. „Wichtig für die Halbleiterforschung. Soll ich Ihnen einen kleinen Abriß der Hauptthese …"

„Danke, lieber nicht", sagte der Dozent, als handle es sich um einen Apfelstrudel.

Daß der arme Karli bei einem Heimaturlaub, von Berkeley kommend, nach einem Schnitzerl in einem Heurigen in Spitz an der Donau aufgestanden und tot umgefallen war, und das mit nicht einmal vierzig Jahren, würde ich dem Dozenten schon noch erzählen. Aber das konnte vierzig Jahre dauern. Es ging mir zu nahe.

Plötzlich erzitterten die Wände, der Dozent glaubte an ein Erdbeben oder einen Granateneinschlag. Ich kannte die Ursache des Lärms.

„Noch immer der verrückte Nachbar?"

Waltraud nickte und seufzte.

„Der Sudetendeutsche. Er drischt wieder auf seinen Sandsack ein. Der Mann ist vollkommen unzugänglich, kein Schnitzerl, kein Kernöl, kein Sterz. Was für ein Mensch! Ich weiß nicht, wie der unter uns Steirer gekommen ist. Ich hab ja nichts gegen Sudetendeutsche, Wolgadeutsche, Balten- und Spaltendeutsche – bei mir ist jeder nur ein Mensch. Du weißt ja, lieber Groll, über den Humanismus geht in unserer Familie nix. Die Großmutter war da streng. Sie hatte ihren Leitspruch und der galt auch für alle anderen: Humanismus oder Rübe ab!"

„Ich habe ihn nicht nur nicht vergessen, liebste Waltraud, ich lebe ihn seit vielen Jahrzehnten", sagte ich bescheiden.

„Das ist brav." Waltraud nickte mir anerkennend zu. „Schade, daß Großmutter das nicht hört."

„Sie war eine großartige Frau."

„Die erste Betriebsrätin in der Papierindustrie, 1921 in Pöls ob Judenburg", sagte der Dozent und delektierte sich an der Wirkung dieses Satzes. Unvermutet behende sprang Waltraud auf.

„Woher wissen Sie …?" Sie schaute mich flehentlich an. „Du hast ihm von uns erzählt?"

„Ich hab nie mit ihm über deine Mutter gesprochen. Du mußt wissen, der Herr Dozent und ich sind nicht so eng."

Ich konnte ihre Hoffnung auf eine überregionale Bedeutung der Großmutter nicht enttäuschen. Der Dozent zog eine Augenbraue hoch und schien verstanden zu haben.

„Manche Dinge sprechen sich eben herum", fuhr ich fort. „Mein Freund ist Dozent für Zeitgeschichte, er kennt sich aus."

„Für Zeitgeschichte!" hauchte Waltraud hingerissen.

„Wir beide pflegen eine reine Arbeitsbekanntschaft", spann der Dozent den Faden weiter.

Waltraud hatte sich wieder gefangen:

„Schon klar, eine Arbeitsbekanntschaft. Ich hab früher auch Arbeitsbekanntschaften gehabt."
„Davon müssen Sie mir erzählen!"
Der Dozent war neugierig geworden. Waltrauds Erlebnisse konnten für seine Studie über das Jahr achtundsechzig in der Provinz eine Fundgrube sein.
Nachdem wir das Angebot für ein kleines Schnitzerl ausgeschlagen hatten – bei Waltenstorfers gab es zu jeder Tages- und Nachtzeit ein „kleines Schnitzerl", auch dafür waren die drei Frauen und der Student der Experimentalphysik in der Siedlung berühmt. Was dem Italiener der piccolo espresso, ist den Steirern das kleine Schnitzerl – nachdem wir also den Imbiß ausgeschlagen hatten, was Waltraud nicht grämte, sondern in ihrer Meinung bestärkte, daß die beiden Herren in wichtiger Mission unterwegs seien, machte sie uns ein Angebot, das wir nicht ausschlagen konnten: einen Besuch des nahen Friedhofs. Auch ihre verstorbenen Liebsten sollten sich an uns erfreuen, sie hätten dann wieder etwas zu bereden. Früher sei bei ihnen auch immer alles beredet worden. Arbeiter würden reden, die klugen Leute aber machten aus allem eine Besprechung, sagte Waltraud mit einem Augenzwinkern. Also auf zur Besprechung am Gottesacker!

16. Kapitel

Ein proletarisches Spiel.
Furcht und Elend des Schweizers.
Hin und wieder ein Schuß in den Rücken
oder das schwere Los der Exekutive

Wir nahmen den gartenseitigen Ausgang, da läutete das Telephon des Dozenten. „Mamá!“ rief er uns zu und absentierte sich. Auf der Wäschewiese mit ihrer Vielzahl an wirr durcheinander gesetzten Stangen hörte man immer wieder „Ja, Mamá“, „Selbstverständlich, Mamá!“ „Wo denkst du hin, Mamá! Natürlich kümmere ich mich um ihn!“ Ich schnappte Waltraud und rollte mit ihrer Hilfe die holprige Wiese zum asphaltierten Fliederweg vor.

Das Spiel hieß *hunting ball* und es war von großer Art. Gespielt wurde auf der großen, langgestreckten Wäschewiese. Ein Spieler schoß den Federball weit von sich weg in die Höhe, ein anderer lief los, um den Ball noch zu bekommen und seinerseits hoch in die Wiese zurückzubefördern, worauf der erste wieder losrannte, den Ball noch vor dem Aufkommen hochschleudern mußte, worauf der andere wieder an der Reihe war. Über die Erreichbarkeit der Bälle urteilte ein Umpire. Wurde ein Ball, der als erreichbar eingestuft war, nicht erwischt, gab es einen Gutpunkt für den Abschläger. Gezählt wurde wie beim Tischtennis. Das Spiel war wild und blutig, es kam häufig vor, daß ein Spieler während des Sprints zum niedergehenden Federball mit einer Wäschestange kollidierte, die in Kopfhöhe mit Fortsätzen zum Aufhängen der Schnüre bewehrt war. Blaugeschlagene und blutende Nasen und Augenhöhlen waren an der Tagesordnung. Aufgabe der Zuseher war es, die beim Slalom durch die Stangen wundgeschlagenen Köpfe und Knie mit Toilettepapier und Franzbranntwein notdürftig zu versorgen. Einmal wurde ein Ohr eines Spielers halb abgetrennt, was einen Krankenhausaufenthalt nach sich zog. Danach wurde einige Zeit mit Helmen und Schibrillen gespielt, aber bald kehrten wir zur ursprünglichen Variante zurück. Es war ein harter, ein männlicher Sport. Angesiedelt zwischen Eishockey und Baseball, eine Art proletarisches Badminton. Es gab auch Mannschaftsspiele, deren Reiz war noch größer, denn dabei kollidierten auch die Spieler. Auch beim *hunting ball* war Helga kaum zu schlagen. Nicht selten waren wir beiden die besten unserer Ausscheidungsgruppen – Turniere zogen sich über Tage hin – und spielten das Finale. Im Gegensatz zum Fußball war ich beim *hunting ball* gleichwertig.

Ich gestattete Waltraud, mich zu schieben. Tatsächlich stützte sie sich mehr auf Joseph, als sie ihn schob. Der Dozent hatte sich wieder zu uns gesellt. Um ihn nicht zu reizen, verzichtete ich darauf, ihn nach dem Befinden seiner Frau Mamá zu fragen. Ich konnte mir ja ausmalen, daß sie Druck ausübte. Das „Nebengeräusch“ mußte aus der Schußlinie genommen und möglichst rasch wieder ins eheliche Schlafzimmer zur verhassten Tochter Alice expediert werden.

Während wir die Schulwiese entlangspazierten, erzählte Waltraud vom Schweizer und seinem roten Sportwagen. Er sei vor Jahren wieder aufgetaucht, immer noch auf der Suche nach seinem Kind – und Helga. Er habe eine Reihe von Hütteleuten auf Helga angesprochen, aber alle hätten dasselbe gesagt: Helga sei verschwunden.

„Er ist mit einem dicken Wagen aufgekreuzt, einem Bentler, glaube ich. Kennzeichen LU.“

„Luzern“, sagte ich.

„Lugano“, sagte der Dozent. „Ich war einmal mit meinen Eltern …“

„Das interessiert hier nicht“, schnitt ich ihm das Wort ab.

Waltraud warf dem Dozenten einen Blick zu, den der als warmherzig empfinden würde, ich aber wußte, was sie dachte: So ein schöner Herr mit einer gebildeten Sprache. Wo der Groll den wohl aufgetrieben hat? Vielleicht ist es aber auch nur ein Hochstapler, auch das sind einnehmende Menschen. Und dann räumen sie dich ab wie einen Christbaum zum Dreikönigstag. Ich tät mich aber gern einmal abräumen lassen in meiner Einsamkeit.

Ich fragte Waltraud nach Helga. Sie wußte, daß ihr Karli und ich gern mit ihr Fußball und *hunting ball* gespielt hatten. Sie habe die Sache mit Helga auch erst nach und nach verstanden, sagte Waltraud. Aber so viel stehe fest: Die Fünfzehnjährige sei schwanger gewesen. Und sie habe das Kind unbedingt gewollt.

„Der Schweizer hat es aber dann doch geschafft, sie zu einer Abtreibung in Holland zu überreden, damals ging das nur dort", erzählte Waltraud. „Er war ein paar Tage mit ihr verschwunden, und als sie zurückkamen, war Helga verstört und unansprechbar. Schließlich stellte sich heraus, daß bei dem Eingriff etwas schiefgelaufen war. Helga würde nie mehr ein Kind bekommen können, und man hat ihr das auch gesagt. Diese Holländer müssen sehr direkte Leute sein."

Nun fügten die einzelnen Wissensbrocken sich zu einem Mosaik zusammen. Der Grund für Helgas und des Schweizers tagelange Abwesenheit war kein Vögel-Urlaub in einem Nobelhotel, sondern die Abtreibung in Holland. Und ihr Haß auf den Schweizer mußte so groß gewesen sein, daß sie sich bei der erstbesten Gelegenheit an ihm rächte und die einjährige Tochter des Schweizers und seiner Frau, welche von der Affäre ihres Direktorsgatten mit einer Minderjährigen keine Ahnung hatte, vor einer Boutique in der Kremser Landstraße entführte. Die Frau war zu bequem, den Kinderwagen über fünf Stufen ins Geschäft hineinzuschleppen, sie wollte ja nur eine gekürzte Hose abholen. Stufen! Fünf Stufen zerstörten das Leben einer Familie.

Was aber war danach geschehen?

„Vor vielen Jahren behauptete ein Kranfahrer aus dem Werk, Helga in einem Bordell bei Spital am Semmering gesehen zu haben", fuhr Waltraud fort. „Zur selben Zeit erzählte aber ein anderer, Helga arbeite in einer Bar hinter dem Westbahnhof in Wien. Und ein Fußballer der ersten Mannschaft gab an, bei einer Sexmesse auf sie getroffen zu sein, sie habe dort getanzt."

Bei den dreien war wohl der Wunsch Vater des Gedankens, und die Erzählungen sagten mehr über die Sehnsuchtsorte der Männer aus, wenn sie die Werkssiedlung verlassen, als über Helga.

„Man kann nur hoffen, daß sie irgendwo in fernen Landen halbwegs glücklich leben, Helga und das Kind", sagte Waltraud. „Helgas Eltern sind schon vor langem gestorben, die Mutter am Schnaps, und der Vater hat sich im Versuchsgelände des Mastbaus aufgehängt. Angeblich Spielschulden. Aber ich glaub das nicht. Er hat die Sache mit Helga nie verwunden."

Wir näherten uns dem Friedhof, Waltraud wurde immer langsamer. Der Dozent und ich tauschten besorgte Blicke.

„Wie steht's denn jetzt in der Bude?" fragte ich ein wenig abrupt. Ich wollte sie ablenken.

„Ach, lieber Groll, das ist eine traurige Geschichte. Willst du das wirklich wissen?"

„Deshalb sind wir da", mischte der Dozent sich ein.

Waltraud blieb stehen, auch ich hielt Joseph an. Sie hakte sich beim Dozenten unter, was dieser gern zuließ. Sie machte keine Anstalten weiterzugehen. Sie berichtete: „Da sind jetzt mehrere Gesellschaften, die auf dem Firmengelände arbeiten, und alle haben sie eigene Direktoren und irgendwie hängen sie auch zusammen, aber weil jetzt alles privat ist, arbeitet jede Firma auf eigene Rechnung, die Leute werden eingestellt und rausgeworfen, es gibt Leiharbeiter, die haben überhaupt keine Rechte, und die Putzfrauen heißen jetzt *faziliti* und haben ihr eigenes Management, aber verdienen tun sie einen Dreck und nach sechs Monaten kommen neue, so daß keine Sozialansprüche entstehen. Das ist nicht mehr meine Bude, das ist etwas anderes. Unsere Bude gibt es nicht mehr, und unser Leben auch nicht. Das haben sie uns weggenommen, die Herren in den schwarzen Autos und die Betriebsratskaiser im Parlament und im Nobelpuff. Die haben mit der Bude auch unser Leben privatisiert. Und jetzt sitzen wir in der blöden Au an der Donau und träumen vom Schloß Gabelhofen, von Hetzendorf und Judenburg und Spielberg und Knittelfeld."

Langsam setzten wir den Weg fort. An einem Reihenhaus hielt ich an und erzählte dem Dozenten folgende Geschichte:
„Hier wohnten die Kaspingers und die Kisslings, beides eigenartige Familien, aber für einen Wiener aus ärarisch-mondänen Verhältnissen interessant."

Das könne man wohl sagen, meinte Waltraud.

„Der Kaspinger Erwin war ein passionierter Fußballfan. Er arbeitete als ‚Abkragler', das war eine schwere und gefährliche Arbeit an Fernsehmasten, welche das Werk für den Iran und Nigeria produzierte. Überstehende Metallreste mußten nach dem Verzinken ‚abgekragelt' werden", fuhr ich fort. „Mein Freund Karl hatte diese Arbeit einen Sommer lang gemacht, während ich am Vorplatz der Verzinkerei werkte. Karli konnte sich danach ein weißes Peugeot-Rennrad leisten."

„Was für ein schönes Rad", seufzte Waltraud. „Ganz in Weiß! Und während des Wachauer Volksfestes, zwei Wochen später, ist es ihm gestohlen worden."

„Die Masten wurden provisorisch aufgebaut, auf den Boden gelegt und dann gingen die Abkragler von Schuß zu Schuß und schliffen das überständige Zeug ab", fuhr ich fort. „Ein Schuß war ein Stockwerk der fünf oder sechs Schuß hohen Masten. Die scharfkantigen Metallteile flogen weit durch die Luft. Niemand kam auf die Idee, Schutzkleidung oder Helm zu tragen, Verletzungen waren die Regel."

„Ja, der Karli ist oft blutig nach Hause gekommen", bestätigte Waltraud.

„Bevor man die Masten im Detail behandelte, wurden sie provisorisch aufgestellt. Manchmal wurden größere, über den Rand stehende Teile gleich in diesem Arbeitsgang entfernt. Erwin Kaspingers Pech war, daß er einmal auf dem abzuschneidenden Teil saß. Er machte seine Arbeit gut, der Mast wurde von dem Vorsprung befreit. Nach dem Sturz aus fünfzehn Metern Höhe folgten für Erwin ein dreimonatiger Rehabilitationsaufenthalt und eine schlechte Nachrede in der Siedlung. Aber der Fußballiebhaber spielte schon wieder auf der Schulwiese, als er noch auf Krücken ging. Bei den Nationalratswahlen des Jahres 1970, die Bruno Kreiskys SPÖ in relativer Mehrheit sahen, fand sich im Wahllokal, das in der Volksschule untergebracht war, in der Urne seines Wahllokals eine ‚Verzugsstimme für ÖFB' am Ende des Zettels. Der ÖVP-Beisitzer reklamierte die Stimme für sich, der Wille des Wählers sei klar erkennbar. Der Beisitzer der SPÖ protestierte. Der Streit wogte hin und her, da stand der kommunistische Beisitzer auf – er hatte zwanzig Jahre geschwiegen – und hielt eine Brandrede. Er forderte nicht nur die Annullierung der Wahlen, sondern die Einführung der Räteherrschaft wegen erwiesener Unfähigkeit der bürgerlichen Demokratie. Dann setzte er sich und sagte kein Wort mehr. Die Stimme wurde für ungültig erklärt, als Erwin Kaspinger öffentlich angab, den Fußballbund gewählt zu haben. Der sei nämlich die einzige Partei, der er vertraue."

„Ja, den Kaspinger hab ich gut gekannt", sagte Waltraud. „Ein einfacher Mensch, aber immerhin ein Mensch. Was man von so manchen Leuten hier nicht behaupten kann. Der Kaspinger hat sich um den Tommy gekümmert, der vor ein paar Jahren von der Polizei hinterrücks erschossen worden ist. In unserem

Supermarkt. Der Tommy hat ja keinen Vater mehr gehabt und der Kaspinger hat sich um ihn gekümmert, weil die Verhältnisse in der Familie waren zerrüttet, wie man so sagt. Und im Rahmen dieser Zerrüttung ist der dumme Bub mit seinen vierzehn Jahren mit einem älteren Buben in den Supermarkt einbrechen gegangen und der tolle Polizist hat ihn erschossen."
„Ich habe darüber gelesen", sagte der Dozent. „Angeblich war der Jugendliche bewaffnet."
„Ein fürchterlicher, ein lebensbedrohlicher Schraubenschlüssel gegen eine armselige Pistole. Außerdem is' der Thomas davongelaufen, was noch einmal gefährlicher war. Da konnte der Polizist nicht anders als ihn in den Rücken schießen."
„Um Gottes willen", rief der Dozent. „Mit welcher Begründung?"
„Er fühlte sich bedroht", sagte ich.
„Von einem davonlaufenden Vierzehnjährigen, der ausgesehen hat wie ein Zehnjähriger und so viel gewogen hat wie ein Sechsjähriger", bekräftigte Waltraud.
Der Dozent schüttelte zornig den Kopf. Ob der Polizist denn verurteilt worden sei?
„Zur Höchststrafe", sagte ich.
Der Dozent atmete erleichtert auf.
„Zur österreichischen Höchststrafe für derartige Fälle. Unter besonderer Berücksichtigung des Tätermilieus", fügte ich hinzu.
„Sechs Monate", sagte Waltraud sachlich. „Sechs Monate bedingt."

„Das ist in den Augen der Korneuburger Justiz fast so arg wie lebenslänglich“, fügte ich hinzu.
„Aber der Bub ist nicht bedingt tot“, sagte Waltraud. „Der Kaspinger war so fuchsteufelswild, daß man ihn hat zurückhalten müssen beim Ortstermin. Aber wie er sich in Rohrendorf in der Weingartenhütte, in der er oft mit dem Thomas übernachtet hatte, mit einem Schlachtschußapparat in den Mund geschossen hat, war niemand da, der ihn zurückgehalten hat.“
Und dann sagte Waltraud einen Satz, in dem Jahrzehnte Klassenherrschaft festgefroren waren wie in einem Gletscher, und die Klarheit, in der sie diesen Satz sagte, hätte in einer anderen Welt für eine Uni-Professur in Kriminalsoziologie gereicht. Zum Dozenten gewandt, sagte sie:
„Wissen Sie, wir haben eine tolle Polizei. Alle paar Jahre erschießen sie Unschuldige oder Unbeteiligte oder sonstwie Unglückliche. Zuletzt in Gars am Kamp, da erlegten sie einen Motorradfahrer. Eine Verwechslung. Auch von hinten.“
„Das ist nicht wahr“, sagte der Dozent.
„Der Polizist wurde auch verurteilt.“
„Nein“, rief der Dozent. „Nein!“
„Doch“, sagte Waltraud. „Sechs Monate.“
„Bedingt“, ergänzte ich.
Der Dozent schluckte und raffte sich dann zu einer Attacke gegen mich auf:
„Sie scheinen solche Justizskandale zu genießen!“

„Wenn es gegen die Polizei geht, glaube ich jede Greueltat“, stimmte ich ihm bei. „Muß wohl ein Rest von Klasseninstinkt sein.“
„Sie können das nachschlagen“, meinte Waltraud. „Todesschüsse der Polizei seit 1970. Eine vielseitige Aufstellung. Auch Putzfrauen können mit Computern umgehen. Im übrigen muß es Klassenstandpunkt heißen, lieber Groll. Menschen haben keine Instinkte, das hatten wir schon einmal gewußt. Wenn das der Karli selig gehört hätte!“
Waltraud hatte recht. Der Dozent war aufgewühlt. Ich schämte mich.

In der Siedlung gab es einen einzigen christlichsozialen Arbeiter. Herr Kissling war ein braver Mann, der mit seiner Frau zwei blonde und blauäugige Buben hatte, Gunther und Gernot. Wir Kinder spielten mit den beiden Nibelungen Fußball, hielten uns sonst aber bedeckt. Die beiden waren Ministranten in der pompösen Kirche, die auf einer Geländestufe thronte und die Siedlung der Ungläubigen überwachte. Der Pfarrer hatte seine große Zeit 1954 beim verheerenden Hochwasser gehabt. Er war mit einer Zille von Haus zu Haus gefahren und hatte den Leuten im ersten Stock, so hoch stand das Wasser, Essen gereicht – wenn sie vorher bei ihm gebeichtet hatten, er in der Zille, die Eingeschlossenen in den Häusern. Nicht wenige entschieden sich fürs Hungern, wieder anderen, vor allem jenen mit Kindern, stand diese Option nicht offen. So konnte Pfarrer Knabl stolz von sich behaupten, er habe Dutzende Gottlose mit der Beichte zu späten Christen gemacht. Was er aber damals nicht ahnte, war die Rache der Zwangsbekehrten. Betrat der Freund guten Essens und Trinkens in der Folge eines der beiden Wirtshäuser in der Siedlung, wurde es zur Regel, daß die Gäste Geld auf den Tisch legten und grußlos verschwanden.

Christlichsozial, das war für uns eine fremde, bedrohliche Welt, zumindest sprachen die Erwachsenen das Wort so aus, daß wir uns davor fürchteten. Ein dritter Sohn, den die Kisslings gern Giselher genannt hätten, wollte sich nicht einstellen, also adoptierten sie einen aufgeweckten Waisenknaben namens Walter. Rasch setzten Versuche ein, ihn umzutaufen. Sie schlugen aber sämtlich fehl, denn bald schon hatte Walter den Spitznamen „Johnson" für sich gepachtet. Er hatte einmal im Fernsehen gesehen, wie der damalige amerikanische Präsident Lyndon B. Johnson die Gangway seines Flugzeugs herunterpurzelte, unverletzt wieder aufstand, und, als wäre nichts geschehen, den Herren des verdutzten Empfangskomitees die Hände schüttelte. Walter war von diesem Kunststück so beeindruckt, daß er es selber einstudierte. Nach ein paar Monaten beherrschte er es in Vollendung. Wenn er eine Treppe herunterkam und auf jemanden zuging, stürzte er, sich mehrfach überschlagend, die Stufen hinunter, stand auf und tat, als ob nichts geschehen sei. Da es in Lerchenfeld vor der Volksschule und der Kirche Stufen

gab, wurde Walter mit dem Kunststück berühmt. Es war ein denkwürdiges Bild, wenn die Kisslings sonntags aus der Kirche kamen. Die drei Dutzend Kirchgeher sahen sich von einem Spalier von mindestens ebenso vielen Kindern und Jugendlichen umfaßt, und alle warteten auf Johnsons großen Auftritt. Später ging Johnson, angespornt vom Erfolg, dazu über, auch im Stehen, während eines Gesprächs mit dem Herrn Lehrer oder dem Schuldirektor umzufallen, gleich wieder aufzustehen und weiterzusprechen. Vor dem Fußballtrainer Lipitz Eduard fiel Johnson während einer Besprechung sogar dreimal um. Einige von uns fingen an, Johnson zu kopieren und ebenso umzufallen. Als mehrere Väter, die sich offensichtlich abgesprochen hatten, ihren hinfälligen Buben beim Aufstehen eine Ohrfeige versetzten, kam die Hinfallerei bei uns aus der Mode. Johnson praktizierte seine Kunst aber noch jahrelang. Er war der einzige, der daheim nie Ohrfeigen bekam. So sind sie, die Christlichsozialen, sagten die Älteren, kopfschüttelnd. Zum Hinhauen zu feig, aber zuschauen, wie sich der Bub mit der ewigen Fallerei das Hirn aus dem Schädel beutelt.
Walter Kissling arbeitet heute am Teilchenbeschleuniger CERN in Genf. Die Kinder der Werkssiedlung sind eindeutig technikaffin. Es gibt unter uns noch eine Molekularbiologin, die in leitender Stellung bei einem Schweizer Pharmaunternehmen tätig ist, und eine Motorenbauerin, eine weltweit gesuchte Spezialistin für Zylinderköpfe bei Pankl Racing, dem größten

Motorenzulieferer für die Formel I mit Sitz in Spielberg, Obersteiermark. Und ich kenne mich mit Binnenschiffen aus.
Walter ist zum vierten Mal verheiratet und hat sechs Kinder. Die Urlaube verbringt er am liebsten paddelnd auf der Donau; im rumänischen Delta bewegt er sich wie die Einheimischen. Darum beneide ich ihn, und seiner Fischsuppen wegen verehre ich ihn.
Zwei Dinge habe ich aus Walters Geschichte gelernt. Erstens: Einzelgänger dürfen nicht an sich selbst zweifeln. Meines Erachtens hat Walter nicht das Hinfallen, sondern das Aufstehen geübt. Die Umwelt hat das nur falsch interpretiert. Zweitens: Eltern, die sich weigern, Kinder zu schlagen, verdienen Respekt. Egal, ob sie christlich-sozial, buddhistisch-trivial oder mormonisch-basal sind. Daß die Donau gut für den Geist ist, habe ich vorher auch schon gewußt.

Auf dem Friedhof verweilten wir nur kurz, Waltrauds Monolog mit ihren Lieben ließ mir die Gänsehaut über den Rücken laufen. Der Abschied von der einsamen Frau war innig und hätte eine Rossini-Oper bereichert. Waltraud drückte mich an ihren unendlichen Busen und heulte Rotz und Wasser, wobei das billige Parfüm von den teuren Tränen zu einer betörenden Melange veredelt wurde.
Wiederum war der Dozent von der kleinen Frau tief beeindruckt. Am Schluß bekam auch er einen Kuß. Daß eine Putzfrau aus dem Stahlwerk einen Millio-

närserben aus Hietzing küßt, ist ungewöhnlich. Daß der das als Ordensverleihung empfindet, läßt mich für die Menschheit hoffen.
„Ich komme bald wieder“, rief ich aus dem Wagen.
„Das hast du vor fünfunddreißig Jahren auch gesagt“, rief sie zurück.
Im Rückspiegel sah ich die kleine Frau in der Mitte der Gasse, sie hüpfte auf und ab und winkte mit beiden Händen.

17. Kapitel

Der Heilige Severin und die Donauzivilisation

Im Krankenhaus erfuhr der Dozent, daß ein Transfer seines Schwagers in eine Wiener Privatklinik nicht in Frage komme. Die Schwester des Dozenten würde sich wohl nach Krems bequemen müssen. An dieser Stelle trennten wir uns für ein paar Stunden. Der Dozent wollte im Archiv der Stadt Krems nachforschen, die Listen der Wachauer NSDAP- und SS-Mitglieder seien vor kurzem zugänglich geworden. Ich solle mich telephonisch bei ihm melden, er wolle ja bei meinen Ermittlungen nichts verpassen. Das stimmte nur bedingt. Sein Ziel waren die Ermittlungen in Sachen Aksinja. Ich kenne meine Hietzinger.

Ein paar Stunden allein zu sein kam mir sehr zupaß. Da das Thermometer sechsunddreißig Grad zeigte, querte ich die Donau bei Mautern und versuchte, im Schatten des römischen Kastells und der Erinnerungstafeln an den Heiligen Severin Station zu machen – eine Stunde Kontemplation in der kühlen Kirche erschien mir verlockend. Aber zur Kirche führten drei Stufen, und weit und breit war keine hilfreiche Hand zu sehen. Der herrlich gewachsene Kirschbaum, von dem ich früher oft genascht hatte, war zerzaust wie ein Reisigbesen. Auf einer Tafel, die das Leben des

Heiligen beschrieb, hieß es, Severin habe sich zwischen seinen diplomatischen Aktivitäten immer wieder in eine Weingartenhütte zurückgezogen. Plötzlich wußte ich, wo ich hinwollte. Ich krabbelte wieder in den Wagen und nahm die Straße nach Hundsheim.

Im Radio hieß es, zwei Selbstmorde hätten sich in der Wachau ereignet. Des weiteren sei es zu nächtlichen Übergriffen einer geheimnisvollen Bürgerwehr gekommen. Die Sicherheitsbehörden seien in Alarmbereitschaft. Kaum wird es heiß, spielen die Leute verrückt. Daß die Insassen des Maybach nicht nur Bewunderung und touristische Unterwürfigkeit erregten, wunderte mich nicht.
Ich wollte mir über einige Dinge Klarheit verschaffen, über das seltsame Trio mit der großen Limousine und über Helgas Verschwinden. Und ich wollte auf das ehemalige Schlachtfeld schauen, weil ich eine dumpfe Angst verspürte, daß etwas Schlimmes sich auf diesem mit Weingärten bewachsenen Donauschwemmkegel zusammenbraute. Ich wollte zur Ferdinandswarte.
Als ich noch in Krems zur Schule ging, war ich oft mit dem Rad über die paar Serpentinen von Hundsheim nach Oberbergern in den Dunkelsteinerwald gefahren, von dort nahm ich einen Feldweg und dann einen Steig zur Ferdinandswarte, die auf einer Felsnase hoch über dem Prallhang der Donau sitzt. Das ehemalige Schlachtfeld am anderen Ufer lag hingestreckt wie eine Naturlandkarte. Da waren die Dörfer und Vorwerke,

die Weingärten und die Weinberge und die oberhalb anschließenden bewaldeten Höhen östlich der Ruine, die wie eine Spielzeugburg aussah. Die Donau war schmal, mit weißen Schotterrändern, und sie bog sich wie eine Schlange vorm Zubeißen. Dieser Ausguck war mein Ziel. Wo die Burschenschafter ihre Julfeste und Sonnwendfeiern abhielten, Nazi-Lieder grölten und deutsche Mädels vögelten. Ich habe die Herrschaften einmal nächtens belauscht, das Fest war widerlich und skurril, aber es war auch auf eine seltsame Weise anziehend. Als wäre man in die Vergangenheit gekippt.

Ich nahm die Abzweigung in das Waldstück und durch die Felder. Ein Hinweisschild war morsch und kaum lesbar, aber ich fand den Weg zur Ferdinandswarte. Neben einem abgeernteten und verdorrten weißgelben Feld war unter dem Schatten von Eichen und Föhren Platz für den Wagen. Ich blieb noch eine Weile im Auto sitzen und blätterte in den Unterlagen des Mannes vom Heeresnachrichtenamt. Mein Blick blieb an ein paar Seiten hängen.

Nun muß ich Dir, lieber Freund, von einem grundstürzenden Ereignis berichten, besser gesagt, von einem Ereignisraum. In unserem Fall ist das kein mathematischer oder physikalischer Begriff, sondern ein historischer. In aufrüttelnden Publikationen des deutsch-finnischen Sprachenforschers Haarmann wird der Nachweis geführt, daß es bereits Mitte des siebenten vorchristlichen Jahrtausends im mittleren und östlichen Donauraum eine städtische zusammenhängende Kultur, welche „Donaukultur" oder „Donauzivilisation" genannt wird, gab. Zwischen Donau und Dnepr konnten Regionalkulturen der „Donauzivilisation" nachgewiesen werden, und zwar in Serbien und Bosnien, Bulgarien, Rumänien, Moldavien, der südlichen Ukraine, der Theiß-Region in Ungarn sowie der Lengyel-Region in Südpolen, der Slowakei, Westungarn und – bitte Obacht! – dem östlichen Österreich.

Vor allem auf vier Gebieten waren diese Regionen führend: der Keramikproduktion, dem Schriftgebrauch, dem Städtebau und dem Metallguß! Diese Technologie wurde ebenso zum ersten Mal in Alteuropa angewandt wie das Töpferrad, der regulierbare Brennofen oder die ersten nachgewiesenen zweigeschoßigen Einfamilienhäuser. Siedlungen wie die von Tallyanky in der heutigen Ukraine mit einer geschätzten Einwohnerzahl von zehntausend Individuen bilden zwar die Ausnahme, sind jedoch nicht nur wesentlich größer als die zur gleichen Zeit entstandenen Städte Mesopotamiens sondern auch Ausdruck einer hochentwickelten urbanen Kultur. Metallverarbeitung und zahlreiche meisterhaft gestaltete Figurinen und Keramiken deuten ebenso auf einen kulturellen Hochstand wie der wohl bemerkenswerteste Fund: Schriftzeichen.

Die Entdeckung einer donauländischen Schriftkultur, deren Anfänge der Sprachwissenschaftler Haarmann in die Zeit um 5800 vor Christus einordnet, ist somit das älteste bekannte Schriftsystem der Menschheit. Zur besseren Orientierung: die Anfänge der sumerischen Keilschrift lassen sich bis 3150 vor unserer Zeitrechnung, die der ägyptischen Hieroglyphen bis 3500 zurückverfolgen. Die Bedeutung der Funde für die Entstehung

Alteuropas, besonders aber der frühen griechischen Geschichte, ist fundamental.

„Was sagen Sie dazu?“ wandte ich mich vor meinem geistigen Auge an den Dozenten. „Das heißt, die Wachau ist nicht nur der älteste Teil Österreichs, sondern der ganzen Welt. Ich habe Derartiges befürchtet.“
„Warum so kleinmütig, geschätzter Groll?“ hörte ich ihn antworten. „Man könnte auch stolz auf das historische Erbe sein!“
„Sie vielleicht, in Hietzing“, würde ich antworten. „Weil das Erben in Ihren Genen steckt. Aber bei der Masse der Leute, die ohne einen geerbten Cent auf die Welt kommen – wenn sie nicht die Schulden der Eltern abzuarbeiten haben –, ist das Ahnenerbe vergänglich wie ein Furz im Wind.“
„Nun, dann können Sie das Ahnenerbe erst recht gelassen betrachten.“
„Eben nicht, Verehrtester! Eben nicht! Ein Jahrhundert umfaßt vier Generationen. Wir haben also achtzig Generationen bis zu Christi Geburt. Rechnen Sie noch siebentausendfünfhundert Jahre und dreihundert Generationen hinzu, so halten wir an der Donau in der dreihundertachtzigsten Generation der zivilisierten Menschheit und sind damit doppelt so alt wie die Ägypter, Perser oder Babylonier, die uns immer als Wiege der Menschheit verkauft wurden. Wenn ich nun diesen Ahnenbaum vor meinem geistigen Auge Revue passieren lasse und an all die Gemetzel und Massaker

denke, die unsere Vorfahren an der Donau in Szene setzten – die letzte Barbarei liegt erst eine Generation zurück –, dann wird mir schlecht und ich könnte vor Scham im Boden versinken."

„Mit oder ohne Joseph?"

An dieser Stelle brach ich das Zwiegespräch mit dem Dozenten ab. Daß selbst eingebildete Gespräche mit ihm in einem Streit endeten, stimmte mich nachdenklich.

18. Kapitel

Land der Trauben, menschenleer.
Vom Verlust des Schwerpunkts beim Vögeln
und was man dagegen tun kann

Ein böiger Wind trieb Kugeln von Disteln und Gestrüpp über vertrocknete Felder. Die Föhren am Rand waren so trocken, daß sie wie Zunder brennen würden. Eine von der Sonne beschienene Aluminiumdose und ein wenig Gras würden reichen, den Wald in Flammen aufgehen zu lassen.

Ich nahm den Weg zur Ferdinandswarte in Angriff. Anfangs war eine Steilstufe mit ein paar Wurzeln und Felsen zu überwinden, dann konnte man über den ausgedörrten Waldboden ausweichen. Ich kam gut voran. Kurz vor dem ersten Aussichtspunkt war noch einmal eine Art Stromschnelle zu überwinden, und dort hing ich fest. Ich probierte alle erdenklichen Varianten, mit dem Rollstuhl zwischen den ausgewaschenen Felsen durchzukommen, aber es war vergeblich. Irgendein Rad saß immer fest. Dann kam ich auf die Idee, einen Zweig zu mir zu biegen und Joseph und mich an diesem hochzuziehen. Das klappte erstaunlich gut, ich hatte das Schlimmste auch bald überstanden, da brach der oberschenkeldicke Ast. Joseph und ich kollerten den Weg zurück, schließlich stießen wir beide in Griffweite voneinander an einen Baum, der das Schild

„Traubeneiche" trug. Und da war es mit meiner Beherrschung vorbei. Nicht einmal die Bäume kamen hier ohne Trauben aus! In Stahlwerken wurden Weinbergstöcke erzeugt, und spezielle Kleintraktoren kurvten in den Rieden umher. Mir wurde schwarz vor Augen, aber ich setzte meine Klagerede fort. Mein Verleger in New York sollte die Wahrheit hören.

Sehr geehrter Mister Giordano! Lieber Freund!

Ich hoffe Sie den Umständen entsprechend guter Dinge und setze meine Berichterstattung über die Wachau fort:
Behinderte Menschen haben in diesem Tal nichts verloren. Genauer: Menschen haben hier nichts verloren. Menschen sind hier nur zugelassen, sofern sie von Trauben in Bewegung gesetzt werden, als Rebstockroboter und Sklaven oder als Besucher von Traubenlehrpfaden. In der Wachau haben die Trauben die Macht übernommen. Wenn Sie die Websites der Wachauwinzer betrachten, werden sie neben den üblichen Daten immer auch eine Rubrik „Philosophie" finden. Dort machen die Winzer aus ihren ausgequetschten Herzen und vergorenen Hirnen keine Trestergrube, dort schwadronieren sie über die Schönheit der Traube, die Reinheit, das Farbenspiel im Morgennebel, den weißlichen Film bei Erwärmung, die tropfenden Poren, die klebrige Süße, das Pelzchen am Gaumen – Anrufungen einer längst vergangenen Sexualität unter den Menschen, denn hier werden Trauben geliebt, gepreßt und zerquetscht, die Trauben bestehen darauf, hart rangenommen zu werden, und am Höhepunkt der Lust platzen sie auf, ergießen sich in die Stahlwannen, sie wechseln den

Aggregatzustand und werden flüssig, stürmend, gärend, goldorange und mehlfarben und ihr Duft, ihre hunderterlei Aromen und Geschmackspartikel zwingen die Menschen endgültig in rettungslose Hörigkeit. Sind sie erst einmal in den flüssigen Zustand mutiert, verewigen sie ihre Herrschaft über die Menschen, und sie beginnen mit dem flüchtigsten und schwächsten und oft nur rudimentär vorhandenen Teil, dem menschlichen Geist, der wird zuerst vermaischt, bis schließlich der gesamte menschliche Fruchtkörper in Amphoren oder in Edelstahltanks vergoren wird, die nicht ohne Grund den unteren Stufen von todbringenden Langstreckenraketen ähneln, und plötzlich verstehen Sie, warum diese menschenleeren Museumslandschaften mit ihren menschenleeren Weinbergwegen und den menschenleeren Schützengräben zwischen den menschenleeren Museumsdörfern, in denen Gasthöfe schon seit langem nicht mehr aufsperren, warum diese bei einem in die Wachau verschlagenen Wanderer kellerkalte Schauer hervorrufen und ihn schluckweise mit pilzbesetztem Grauen überziehen: weil es in diesem Urgesteins-Archipel des ethanolischen Meeres keine vulkanischen Inseln, nicht einmal speiende Menschen gibt! Weil jede zivilisatorische Äußerung in fauligen Düften und wabernden Giftschwaden untergegangen ist, weil die Gärgase der weltberühmten Trauben Parker sechsundneunzig, siebenundneunzig und achtundneunzig die Wirkung von Neutronenbomben entfalten und jedes Jahr Dutzende Winzer in den Kellern niederstrecken und aus den Bebauungsplänen wegradieren. Übrig bleiben resistente Gräser wie die Steinfeder, das Gewölle von Flugsauriern namens Federspiel und urzeitliche Echsen, deren nächste Verwandte auf einer indonesischen Insel morden und Komodowaran genannt werden, während man sie in der lieblichen

Wachau mit dem heuchlerischen Namen Smaragdeidechse bedachte.

In der Wachau wird alles behübscht. An der Wachau, dieser verklärten Heimat von Sisi, Mariandl und deren Mißbrauchsvater, Hofrat Geiger, zerschellt altes Kulturgut. Aus Fafner, dem Drachen der Nibelungensage, wurde ein Schaufelbagger der Bundeswasserstraßen- und Schiffahrtsbehörde. Und die weithin ins Tal leuchtenden Nazi-Swastikas bei den Sonnwendfeuern auf den Bergen mutierten zu Fruchtbarkeitszeichen, die dem jungen Wein Kraft durch Freude schenken sollen.

Die önologische Wachau ist nicht tot, sie blüht und gedeiht unter anderen Lebensformen. Doch die Menschen, die das Tal einst bewohnten, sind ausgestorben wie die Maikäfer. Nicht nur für behinderte Menschen ist die Wachau ein Tal des Unerreichbaren, ein Postkartental ohne Postamt, Gendarmerieposten und Fleischhauer, mit denen die Weinhauer gründlich aufgeräumt haben. Für dreißig Kilometer wechselt die moderne Donau in die antike Ister, und die wiederum verwandelt sich flugs in den Styx, der einst das Ufer der Lebenden von jenem der Toten schied. Er hat sich beide Ufer untertan gemacht, hier finden die Menschen endlich zu ihrer Identität, hier erfahren sie den Tod.

Am Unterlauf des Kampf (das „Fluß-f" fiel der Metternich'schen Zensur zum Opfer, man wollte den Zwist der Nationalitäten in dieser sensiblen Region nicht aufkommen lassen) lebt dieser Zusammenhang im Namen des schmucken Massakerstädtchens Hadersdorf – einundsechzig Erschossene am 6. April 1945 – weiter. Das germanisch rollende „r" wurde erst im Deutschnationalismus zur Festigung des Nationalcharakters eingefügt. Der Ort am Fuß des KZ-Nebenlagers heißt also in

Wahrheit Hadesdorf am Kampf. Diesen Schreckensnamen hörend, weiß auch der letzte Weinradler aus Antwerpen, wem hier die Stunde schlägt.

Die Etrusker, so heißt es, brachten den Menschen den Wein. Die Etrusker lebten auch in der Wachau, als Eingangstore in die etruskischen Totenstädte, die Nekropolen, dienten Weinkeller. Aus den Totenstädten erwuchs das Land, ein Schlachtfeld, auf dem die Rebstöcke in den Kadavern der erschlagenen Römer, Sueben, Slawen, Awaren, Hunnen, Franzosen, Russen und Protestanten, sowjetischen Zwangsarbeitern, jüdischen U-Booten und polnischen Erntehelfern Wurzeln schlugen und bizarre Traubenschönheiten hervorbrachten, deren Anblick jedem Zufälligen das Blut in den Adern verklumpen läßt, so daß es aufgetaut zum weihnachtlichen Eiswein geträufelt werden kann. Jenem Teufelstropfen, der die letzten Spuren menschlichen Geists aus den humanen Membranen und löchrigen Synapsen hinwegfegt. Draußen drapieren sich die Rieden mit flammendem Herbstlaub und dämmern den nassen Decken des Schnees entgegen, dessen geschichtsschwere Mostgewichte jegliches Leben ersticken, nur nicht die anaerobe Gärung, denn die braucht keine Luft, die kommt ohne Luxus aus, dieser önologische Auswurf lebt forever. Sie sind die Fürsten der klammen Kellergewölbe und des wuchernden Weinpfennigs, sie krallen sich im humanen Gekröse fest, in schwärenden Wunden und nekrotischen Ganglien, sie sind die Schrecken des Durchbruchstals, sie sind die Trauben der Wachau!

Ich vermeinte, eine Stimme zu hören, aber sie war weit weg, niemand durfte mich stören, ich mußte ja Mister

Giordano berichten. Das Buch würde sonst nie fertig werden, der Gönner aus Miami würde mit mir brechen oder, schlimmer noch, mich in der Wachau an einen Rebstock nageln, auf daß die Geier ihre Arbeit verrichten könnten.

Lieber Freund, ich setze fort:
Nur in sauerstofffreien Milieus reifen Sätze wie: Unser Wein legt Zeugnis ab, woher er kommt. Oder: In unseren Kellern reifen Weine, die ihre Persönlichkeit voll Würde zeigen.
Die Weine müssen nicht trinkbar, fruchtig oder samtig oder weltmeisterlich sein, nein, das höchste Ziel ist der authentische Wein, der mit sich, dem Land, den Winzern und den brüllenden Rennmotorbooten identische Wein, in dem Smaragdeidechsen, Botrytispilze und Röstaromen zu einer einzigen holistischen Gottheit, dem Rebstock, verwachsen. Bei der Wachauer Weinproduktion handelt sich um eine zivilisationsresistente Abart animistischer Kulte.
Auf den Gralsburgen der SS lebte die Elite der Herrenmenschen ihre Neigungen, infantile mythische Nebel zogen durch die Hirne der Totenkopfträger. Der Reichsführer SS mit dem paradigmatischen Namen Himmler war davon besessen, die Urahnen der Arier im Himmel des ewigen Eises zwischen Niefelheim und Nuspelheim aufzufinden und finanzierte für diesen Mumpitz blitzkriegähnliche Gipfelstürme im Himalaya mit ostmärkischen Gipfelstürmern als maulfaulen Übermenschen. Während die einen der „Welteislehre" des alten Hörbiger in den Schründen und Lawinen der Himmel Asiens entgegenkletterten, stiegen die Wachauer Nazi in ihre Totenstädte hinab. Während die einen

davon träumten, im ewigen Eis mit ihren Vorfahren zu vergletschern, verwandelten die andern sich durch die Instillation von Rebensaft und die Inhalation der Gärgase zu wandelnden Kellerzombies. Der Effekt war und ist derselbe: Dem Tod des Geistes folgt die Versteinerung der Leber und schließlich die Hinschlachtung der Leiber.
Werfen Sie mit mir von der Ferdinandswarte einen Blick auf das Tal. Sehen Sie selbst!
Die vor tausend Jahren angelegten Weingärten, die in meiner Kindheit nur mehr das untere Drittel der steilen Weinberge umfaßten, während der Rest von Disteln überwucherte Terrassen bildete, die das Antlitz der Weinberge umrahmten wie struppige Altmännerbärte, werden wieder mit Rebstöcken aufgeforstet. Die Kulturbrache wird wieder unter den Pflug genommen. Miniaturtraktoren rücken aus, gefolgt von Miniaturbaggern und Miniaturasphaltmaschinen, die nach der Wiederbelebung der Weingärten gleich auch für schwindelerregende Zufahrten sorgen. In den höchsten Regionen, zwischen Wachauer Urgesteinen, Gneis und Granit, trotzigen Felsnasen und Nadeln werden die uralten Weinbergterrassen wieder in den Kreislauf der Bebauung rückgeführt, über alpine Steige und Kamine, Grate und Kämme mit Schwierigkeitsgrad neun klettern die Polen und Ungarn und Moldawier der großen Ebenen, zitternde Gebirgsjäger unter zentnerschweren Butten, und das teuerste an ihnen ist ihr Name: Saisonniers. Tatsächlich sind sie rechtlose Landproletarier, die den Magnaten noch die Hände küssen, wenn sie ausgewählt werden, ihre Rücken krumm zu machen und dann brav wieder nach Hause fahren, wenn die Sehnen gerissen, die Knochen kaputt und die Trauben im schützenden Keller sind.

Geschätzter Freund!
Wie sehr hasse ich die mittelalterlichen Häuser! Eine belebte Industriebrache würde ich dem besten Weinberg vorziehen. Hier lebt nur der Wein. Das einzig Humane an diesen Weingärten, die aussehen wie gigantische Kriegsgräber, sind die vorbeiziehenden Fracht- und Kabinenschiffe. Und so glotzen die Touristen aus ihren klimatisierten Kabinen auf eine menschenleere Postkartenidylle. Das sind keine potemkinschen Dörfer, die zumindest Handwerker brauchten, das sind Wachauer Dörfer und Märkte und Städte, in denen die Traube angebetet wird. Einziger Lebenszweck der wenigen verbliebenen Ortschaften ist es, noch musealer, noch originalgetreuer als das tausendjährige Nachbardorf zu sein. Man hat die Ortschaften durch einen milliardenteuren Hochwasserschutzdamm gegen die Donau gesichert, mit tatkräftiger Finanzhilfe Europas, doch das wird verschwiegen, weil die EU ja am nächsten Hochwasser schuld sein muß. Weiter hinten sehen Sie, lieber Freund, Stacheldrahtzäune, Wehrtürme und Laufgräben zwischen Minengürteln. So werden hier die Weinberge und Weingärten und Weinschlösser geschützt, so daß jede, auch die kleinste Traube, vor dem frevlerischen Zugriff verruchter Wanderer gefeit ist. Wer sich hier an einem Träublein vergreift, erfährt eine tödliche Lungenpressung infolge explodierender Weingartenminen.

Eine Stimme weckte mich.
„Herr Groll?" fragte Aksinja in ihrer harten Aussprache. Ihre Stimme war dunkel und verlockend, und ich wunderte mich, wie Helga wohl hierher gekommen war.

„Es geht mir gut“, flüsterte ich benommen und erkannte erst jetzt, daß die Ukrainerin über mir kniete.
„Wo ist Ihr Bruder? Ihr Vater?“
Sie deutete ins Tal. Und als sie sah, daß ich nicht verstand, sagte sie ein wenig ungeduldig:
„Ich habe die Donau überquert und bin über die Felsen hochgeklettert. Die Wachau ist nicht der Kaukasus.“
Jetzt erst sah ich, daß sie am ganzen Körper naß war.
„Ich hätte nicht gedacht, Sie hier anzutreffen. Allein.“
Das Gespräch nahm eine unangenehme Wendung.
„Ich bin die meiste Zeit allein unterwegs“, sagte ich schroff. „So etwas wie vorhin ist mir schon lange nicht passiert. Vor dreißig Jahren war der Weg zur Warte besser.“
„Vor dreißig Jahren saßen Sie aber auch noch nicht im Rollstuhl.“
Der Dozent war eine Tratschtante.
„Warum sind Sie hier?“
„Ich wollte einen Überblick gewinnen.“
„Eines Weinbergs wegen?“
Sie schüttelte den Kopf.
„Der gehört uns schon seit drei Jahren. Über einen Strohmann, anfangs. Jetzt bald offiziell.“
„Steinfassl?“ sagte ich intuitiv.
„Mein Vater hat sich nicht in Ihnen getäuscht.“
Das klang nicht wie ein Vorwurf. Ich hatte aber nur geraten.
„Könnten Sie den Rollstuhl festhalten“, sagte ich. „Ich möchte mich hochziehen.“

Es folgte ein jämmerliches Gezerre, für das ich mich heute noch schäme. Um von der mißglückten Kür abzulenken, ersuchte ich sie, mir in die Warte zu helfen. Diesen Teil absolvierten wir schulmäßig. Sie antizipierte vorbildlich, setzte Kraft und Technik perfekt ein.

„Die wichtigsten geschäftlichen Dinge sind geregelt", sagte sie in der Kanzel. „Mit ein paar Weinrittern gibt es aber noch Probleme. Sie wollen uns umbringen."

Ich nickte.

„Diese Herrschaften sind dafür bekannt, Probleme zu machen."

„Spätestens morgen reisen wir ab", sagte Aksinja. „Es ist zu heiß. Für meinen Vater."

„Für Sie nicht?"

Sie schaute mir geradewegs in die Augen. „Ich habe die Frunse-Militärakademie absolviert. Wir halten einiges aus."

Sie verwendete ein militärisches Wir. Das verriet, daß sie nicht daran dachte, mir ein Märchen aufzutischen.

„Und Sie arbeiten in einer Spezialeinheit", versuchte ich es nochmals.

„Nicht jeder Rateversuch ist ein Treffer", sagte sie ruhig. „Deutsch habe ich im übrigen in der Schule gelernt, falls das die nächste Frage wäre. In Dnepropetrowsk."

„Es wäre die nächste Frage gewesen."

Sie warf das Haar in den Nacken. Dann fragte sie mich:

„Es gibt dort drüben einen Ort namens ‚Dürnsteiner Waldhütten'."
„Die Fessl-Hütte, eine Waldschenke. Gute Küche. Zwei Stufen ins Lokal, zwei im Lokal, Toilette unbenutzbar. Für mich", sagte ich.
„Wie kommt man dorthin?"
„Mit dem Wagen über Egelsee und Scheibenhof..."
„Und zu Fuß?"
„Hinter der Siegessäule, der zweite Graben führt direkt zur Hütte. Der Weg ist steil, aber machbar. Rechterhand liegt die Starhembergwarte."
„Die Ferdinandswarte, drüben die Hütte und weiter oben ein Ort namens ‚Kanzel'. Das sind hier die strategischen Punkte. Wer die kontrolliert, dem gehört das Tal."
Ich war verblüfft. Sie sichert das Gelände – für alle Fälle, schoß es mir durch den Kopf.
„Sie müssen über gutes Kartenwerk verfügen."
Sie nickte.
„Von der Sowjetarmee. Wenn wir damals weitermarschiert wären, hätten wir sie gebraucht."
„Sie reden vom ..."
„21. August 1968", sagte sie knapp.

Sie stand vor mir, Hose und T-Shirt waren naß und schmutzig vom Waldboden, ihr Mund war geöffnet und sie atmete schwer – aber nicht der Anstrengung wegen. Sie war limbisch bis zum Äußersten gefordert, mit einem Wort: sie war sexuell erregt, als illegaler

Lebensberater kenne ich mich da aus. Der Nahkampf vorhin auf dem Boden, dachte ich, Leute mit Nahkampfausbildung gewinnen der Sache mehrere Dimensionen ab. Vielleicht ist das der wahre Grund, warum viele sich darum reißen, eine Nahkampfausbildung zu machen.

Sie stand vor mir und keuchte und schwieg. Mit einem raschen Griff nach ihrem Gürtel zog ich sie auf mich. Nicht, daß sie es nur geschehen ließ, sie half behende mit, als hätte sie auf nichts anderes gewartet.

Sie roch nach Donau und Wald und verbranntem Stroh und ich vermochte definitiv kein Parfüm auszumachen. Ich wollte ihr die Hose ausziehen. Sie öffnete aber nur zwei Knöpfe, gerade so viel, daß ich zwei Finger zwischen ihren Hügel und die schwarze Jean klemmen konnte. Sie trug keinen Büstenhalter und die kleinen Brüste waren nicht fest, sondern ganz weich, und sie hatten erstaunlich große und steife Brustwarzen. Mit einer Hand in ihrer Hose und der anderen an einer Brust war die Ausgangslage nicht schlecht. Dennoch war da ein Stellungsproblem der besonderen Art. Um nicht wegzurollen, hatte ich Josephs Bremsen angezogen, was aber wiederum zur Folge hatte, daß Joseph mit ihren heftigen Stößen gegen meine Hand nach hinten zu kippen drohte. Zum Ausgleich richtete ich mich gegen ihren Widerstand so weit es ging auf, der Reißverschluß ihrer Hose bohrte sich in meine Finger und die Brustwarze rutschte zwischen die Finger meiner anderen Hand. Die glaubt wohl, ich mache das aus Geilheit, fuhr es mir durch den Kopf. Soweit kommt's aber gar nicht, weil ich verhindern muß, daß wir beide, kurz nachdem sie mich zwischen Wurzeln und Steinen aufgeklaubt hat, in den Dreck zurückfallen. Aber dieses Mal wird sie auf mir zu liegen kommen und ich werde mir, da ich die Hände nicht aus ihren Kleidern bringe, den Schädel auf dem betonierten Platz in der winzigen Warte auseinanderschlagen. Was für ein skurriler Tod, dachte ich noch und sah die Schlagzeile „Rollstuhlfahrer von russischer Extremistin zu Tode gefoltert" vor mir, da fiel mir auf, daß sie die ganze Zeit über die Augen geöffnet hatte und einen Punkt im Tal fixierte. Sie zischte und stöhnte und wuchtete ihren Unterleib gegen meine Hand und meinen armen Joseph, und ich kämpfte verzweifelt um den Schwerpunkt, und als sie sich aufbäumte und ihr Kopf auf meine Schulter fiel und ich spürte, wie der Rollstuhl vorne hochging und alles verloren schien, gelang es mir in einer unmenschlichen Anstrengung, meine Hand aus ihrer Hose zu reißen und eine Bremse zu lösen, worauf wir in einer scharfen Kurve rückwärts gegen die Brüstung der Warte krachten. Das schien sie nicht weiter zu stören. Sie tätschelte das Seitenblech und stieg von mir ab, als wäre ich eine Dnepr-Beiwagenmaschine. Sie hatte ihren Orgasmus gehabt, und ich war nicht umgefallen. Man muß nehmen, was man kriegen kann. Ein Schuft, der da kneift.

Sie wies mit dem ausgestreckten Arm ins Tal. Ich versuchte, in der Ebene etwas auszumachen, aber ich sah nur den Fluß, die beiden kleinen Dörfer, die Ruine Dürnstein und die Weingärten. Sie stehen in Reih und Glied in perfekter Schlachtformation, dachte ich. Wahrscheinlich kommt Napoleon gleich um die Ecke und Marschall Kutusov schnauft von Krems heran.

„Ich sehe nichts Ungewöhnliches", sagte ich.

„Da unten stehen mein Bruder und mein Vater mit dem Wagen."

„Wo?"

„Vor der Siegessäule."

Mit Mühe konnte ich das steinerne Monument im Sonnenglast ausnehmen. Davor erkannte ich ein weißblaues, langgestrecktes Ding. Möglich, daß tatsächlich der Maybach dort stand. Sie winkte und machte dann drei Armbewegungen, als würde sie ein Flugzeug auf einem Rollfeld einweisen.

Ich nahm keine Veränderung wahr. Vielleicht bekommen die bei der Spezialausbildung auch Speziallinsen eingesetzt, dachte ich.

„Mein Bruder", sagte sie. „Ich weiß, daß er mich durch den Feldstecher beobachtet. Ich muß dringend zum Wagen."

„Er ist erwachsen, der kann schon auf sich aufpassen", warf ich ein.

Jetzt sah ich zwei Feuer, eines auf Höhe der Hundsheimer Insel und eines in der Nähe der Siegessäule. Und ich sah eine wurmartige Masse, die sich von

Dürnstein Richtung Siegessäule bewegte. Manchmal blitzte es aus dem Wurm auf, wenn die Sonne auf Metall traf. War das eine Prozession? In der schwülen Hitze des späten Nachmittags?

Aksinja half mir noch über das Steilstück. Den Rest würde ich allein schaffen, wehrte ich weitere Hilfe ab. Sie nickte mir ernst zu und rannte los. Im Tal waren wieder Folgetonhörner zu hören. Jetzt erst fiel mir eine blutende Wunde an meinem Handrücken auf. Kaum hatte ich den Riß mit einem krautigen Blatt, einer sogenannten „Pletschen“, umwickelt, klingelte mein Mobiltelephon.

Der Dozent wollte wissen, wo ich mich aufhielt. Doch sicherlich an der Donau.

„Ja und nein“, sagte ich. „Ich betrachte die Dinge von einer höheren Warte, aber ich kann den Fluß sehen.“

„Noch immer Hitzekoller, ich verstehe. Geschätzter Groll, hören Sie mir gut zu.“ Er habe eben in der Intensivstation eine heftige Auseinandersetzung zwischen seiner Schwester Alice und Hertha Steinfassl geschlichtet, berichtete der Dozent. Und als er die Steinfassl zu ihrem Porsche-Panzer zurückbrachte, habe er eingeschlagene Scheiben und die vergifteten Windhunde vorgefunden. Die Steinfassl brauche dringend Hilfe. Und das nicht von der Polizei.

„Ich bin in einer Viertelstunde da.“

Beim Einsteigen mit dem Rollstuhl achtete ich darauf, nicht schnell sein zu wollen. Wenn man in Eile ist, begeht man Fehler, worauf alles doppelt so lange dauert.

19. Kapitel

Zurichtungen für ein Pogrom oder Das Ende der Wachau

Auf dem Gelände des Klinikums Krems war vom Dozenten und Hertha Steinfassl keine Spur. Der Porsche-Geländewagen mit den eingeschlagenen Scheiben habe das Spital vor wenigen Minuten verlassen, sagte der Portier.

Zwanzig Minuten später parkte ich in einem Feldweg in der Nähe der Steinfassl-Villa und holte Joseph hervor. Die Tür zum Hof des Weinguts stand offen. Niemand war zu sehen. Aber ich hörte metallische Geräusche. Vorsichtig umrundete ich das Anwesen und sah eine bizarre Szene. Der Dozent schaufelte ein Grab, neben ihm lagen die Kadaver eines braunen und eines schwarz-weiß gefleckten Windhundes. Hinter den Hunden kniete eine Frau, sie bewegte die Lippen. Es sah aus, als würde sie beten. Die Frau war klein und dunkelhaarig und erinnerte an eine italienische Diva.

Ich rollte zu meinem Wagen zurück und stieg ein. Durch das Opernglas konnte ich den Eingang zur Villa beobachten. Dann schickte ich dem Dozenten eine Botschaft und schaltete die regionalen Achtzehnuhrnachrichten ein.

In den von Brandschatzungen, Übergriffen gegen unbescholtene Bürger und anderen Formen von überschießender Gewalt betroffenen Wachauer Gemeinden hat sich eine „Heimwehr" formiert, die für Ordnung sorgen will. Die Männer tragen bei ihren Streifgängen Weingartenjacken und spitze schwarze Kapuzen. Angeblich trugen auch die Mitglieder der Hohen Katholischen Inquisition, wie sie in Krems und in der Wachau im Mittelalter gegen Waldenser und Protestanten tätig war, derartige Hüte. Wir meinen: Der Volkszorn hat eine urtümliche, rauhe Seite. Aber in seiner Wesenhaftigkeit ist er eine demokratische Äußerung. Es wäre gut, wenn diejenigen, die unser Tal ins Chaos stürzen wollen, in ihre glitzernden Limousinen stiegen und auf Nimmerwiedersehn verschwänden. Sonst können wir für nichts garantieren.

Wenig später trat der Dozent auf die Straße und sah sich um. Ich kam ihm entgegen, er stieg ein.
„Eine bedrohliche Situation", sagte er. „Ich komme kurz mit zum Fluß, die Steinfassl packt einstweilen ein paar Sachen zusammen, dann hole ich sie zu uns. Wir müssen sie verstecken."
Am vereinbarten Treffpunkt am Donauufer stand ein Löschzug der Feuerwehr. Schläuche waren ausgelegt. Verständlich, daß die Ukrainer sich nicht blicken ließen.
Ich wartete hinter dem Nibelungen-Bad, der Dozent lief zurück zur Villa. Nach wenigen Minuten schickte er eine SMS-Botschaft. Die Steinfassl ist verschwunden!

Ich fuhr zur Villa. Der Porsche der Steinfassl stand auf seinem Platz. Auf dem Marmorboden war eine Vielzahl von Reifenspuren zu sehen.
„Waren Sie in der Villa?"
Der Dozent nickte.
„Man hat gewartet, bis wir zur Donau gefahren sind. Wir werden beobachtet. Seien Sie froh, daß Sie nicht bei der Steinfassl waren."
Die Freude des Dozenten hielt sich in Grenzen.
„Und jetzt? Wir können ja nicht tatenlos zusehen, wie die Frau entführt wird!"
Wenn man sich in einer verfahrenen Lage befindet, ist es wichtig, den Standort zu wechseln. Ortsveränderungen schaffen neue Einsichten. Ich war mir sicher, daß das Verschwinden der Steinfassl mit ihrem Mann und den Weinrittern zu tun hatte. Sicher steckten die Weinritter auch hinter dem Mummenschanz mit den Spitzhüten. Es war davon auszugehen, daß die Weinritter an der Steinfassl ein Exempel statuieren wollten, so daß all jene, die sich dem Verkauf widersetzen, wüßten was auf sie zukomme. Wußten die Weinritter nicht, daß die Steinfassl längst an die Ukrainer verkauft hatte? Oder hatte Aksinja einen Scherz gemacht?
„Wir müssen die Szene beobachten und wir brauchen einen Fluchtweg. Sonst sitzen wir in der Falle wie einst die Franzosen", instruierte ich den Dozenten.
Die Ukrainer hatten sich wahrscheinlich schon abgesetzt, und das war ihnen nicht zu verdenken. Schade, ich hätte die drei gern noch einmal gesehen.

Wir fuhren ein Stück die Donau stromaufwärts. Der Grüne hatte uns erspäht, flugs kletterte er von einer Pappel. Wir sollten den Wagen hier lassen und mitkommen, die Prozession sei schon in den Weingärten unterwegs. Wir hasteten auf steinharten Pfaden durch die Weingärten zur Siegessäule. Joseph hielt sich tapfer, auch mein sensibles Kreuz spielte mit. Die Verblüffung des Dozenten war groß, als er sah, wie der Grüne den Schlüssel holte und uns drei im Untergeschoß der Siegessäule einschloß. Draußen war es ruhig.
Er sei mit der Zille von der „Siebnerin" gekommen, sagte der Grüne, und er sei Zeuge geworden, wie zwei Vermummte einen schweren Sack zur Schiffsanlegestelle schleppten.
„Sie haben versucht, das Ding hinter der Schiffschraube eines Kabinenschiffs, das von der ‚Geographical Society' gechartert war, zu befestigen. Dabei wurden sie aber gestört, verloren die Nerven und rannten davon. Den Sack ließen sie auf dem Treppelweg zurück, unter der Erinnerungstafel des ‚Vaters der Wachau', Augustin Weigl. Ich bin an Land und hab mir den aufgerissenen Sack näher angeschaut."
Er machte eine Pause.
„So sprechen Sie doch!" zischte der Dozent.
„Es war der Mann von der Steinfassl. Der Zocker und Weinritter. Die rechte Schädeldecke war eingedrückt, er blutete aus Nase und Ohren."
„Ein Toter kann eine Frau nicht entführen. Auch dann nicht, wenn es die eigene ist", sagte der Dozent kühl.

„Ich weiß, wer die Männer waren, die versucht haben, aus dem Weinritter Geschnetzeltes zu machen. Der eine war auffallend klein, und der andere groß und massig, er hinkte stark."
Der Dozent schrie auf. Er habe in ein Kondom gegriffen, rief er entsetzt.
„Ein Markenprodukt?" fragte ich nach. „Auf einer Maschine Ihrer Mamá produziert?"
Der Dozent wollte mir übers Maul fahren, da legte der Grüne einen Finger auf seine Lippen. Nacheinander schauten wir durch die Luke. Ein langer Zug von Frauen und Männern kam näher, einige hatten Fackeln, die rußigen Flammen züngelten im Rhythmus der Schritte. Manche trugen Kappen oder Mützen und Schals vor dem Mund, einige trugen spitze dunkle Hüte; die meisten aber waren nicht vermummt. An der Spitze des Zuges ging ein Pfarrer, immer wieder küßte er ein Kreuz. Der ganze Ort schien auf den Beinen zu sein. Der Pfarrer intonierte ein Lied und hub mit einem blechernen Tenor an, aber niemand fiel ein. Unbeirrt sang der großgewachsene Mann weiter. Von unserem Standort aus sahen wir im flackernden Licht Oberkörper und Köpfe. Der Rest wurde von Weinstöcken verdeckt.
„Ich wußte nicht, daß der Ku Klux Klan hier eine Filiale hat", flüsterte der Dozent.
Historisch gesehen sei der Klan eine Filiale der Weinritterschaft, erwiderte ich. Der Dozent brummte etwas vor sich hin, ich deutete es als Zustimmung. Vor

der Siegessäule hieß der Pfarrer alle niederknien. Ich dachte schon, eine Feldmesse zu erleben, aber der rührige Mann betete nicht für Regen, er hielt eine Brandrede!

Er verurteilte den Verfall der Sitten, der durch die Gewinne aus dem Weinbau, dem „Weingeld“, befördert worden sei. Aus einem Lebensmittel, einem Geschenk Gottes, sei eine Art flüssiges Kapital geworden, das die Gier nach immer mehr Luxus und Macht ständig aufs neue anfache. Besonders die Jugend, die vom einfachen Leben der Weinbauern nichts mehr wissen wolle, sei dem Mammon und den Verlockungen eines ausschweifenden Lebenswandels erlegen. Es gebe aber auch unter den Älteren immer mehr gefährdete Seelen. Die einen hätten sich einem ungehemmten und zur teuflischen Sucht gesteigerten Triebleben verschrieben, die anderen seien der Börsen- und Finanzwelt und ihren Verheißungen auf den Leim gegangen und hätten den Besitz der Väter mit einem Netz aus Schulden überzogen. Als Zeichen der moralischen Fäulnis nannte er die steigende Zahl von Scheidungen und Kirchenaustritten bei einer gleichzeitigen Verminderung der Zahl der Meßbesucher und das nahezu gänzliche Ausbleiben an Spenden für die Kirche und ihre gottgefälligen Werke. Er küßte das Kreuz, die Menge murmelte etwas von Ehre in der Höhe.

Daß eine Zeitenwende unmittelbar bevorstehe, sei durch das Auftreten des modernen Antichristen belegt, setzte der Pfarrer fort. Er betöre die Gefährdeten durch allerlei Blendwerk und verlocke die Menschen zu Geschäften, die mit dem Verlust des angestammten Eigentums, der bürgerlichen Ehre und der katholischen Unbescholtenheit endeten. Luzifer tarne sich hinter freundlichem Auftreten und Großzügigkeit.

„Ich aber sage Euch, dieser Mann in der blitzenden Teufelslimousine ist kein katholischer Ukrainer, das ist ein Russe, und er ist gottlos bis in die Knochen", rief der Pfarrer und streckte die Rechte gen Himmel. „Er ist auch kein Immobilienmakler, er ist ein Höllenbote! Und alle, die sich mit ihm zusammentun und ihn in ihre Herzen und Geschäfte aufnehmen, sind verloren! Reinigt eure Seelen! Reinigt eure Herzen! Reinigt eure Gemeinde!" rief er und küßte das Kreuz. Die Menge murmelte etwas von einer jungfräulichen Maria.

„Die apokalyptischen Reiter treiben in den Fluren und Weingärten ihr Unwesen. Wenn wir nicht einschreiten, werden wir von der Jauche des gottlosen Protestantismus überschwemmt! Gotteslob und Feindestod! Sonst naht das Ende der Wachau!" rief er mit sich überschlagender Stimme.

Nun ertönten aus der Menge Protestrufe:

„Aufhören! Frechheit! Der Pfaffe ist das Ende der Wachau!"

Daraufhin ließ der Prediger ein paar antisemitische Passagen los, sie beruhigten die Aufgebrachten aber nur kurz. Da seien auch Leute vom Südufer dabei, flüsterte der Dozent.

Mit einem Mal erschütterten heftige Schläge das Denkmal. Unser Versteck dröhnte, als würde eine Abrißbirne eine Wand einreißen.
„Sie schlagen auf den Marschall Kutusow ein, außen auf der Säule", flüsterte der verängstigte Dozent.
Wenn das der alte Feldmarschall wüßte, dachte ich. Du hast zwar Napoleon besiegt, aber die Wachauer machen dir den Garaus.
Der Pfarrer hetzte unbeirrt weiter. Während das Denkmal immer heftiger attackiert wurde, entwickelte sich zu unseren Füßen eine Massenschlägerei, bei der der Pfarrer unter „Hosianna"-Rufen tapfer mithielt und das Kreuz schwungvoll auf vermeintliche Protestantenschädel sausen ließ.
Für uns war das die Gelegenheit zur Flucht.
Der Dozent und der Grüne halfen mir über die Stufen, dann setzten wir uns Richtung Wald ab. In einiger Entfernung war das rotierende Blaulicht einer Polizeistreife zu erkennen. Der Wagen kam aber nicht näher, es stieg auch niemand aus. Und wir sahen, wie das mannshohe Distelfeld von Kapuzenmännern angezündet wurde. Der Grüne deutete auf einen Platz hinter dem Denkmal. Ich zog mein Opernglas hervor und entdeckte Hertha Steinfassl. Sie unterhielt sich angeregt mit mehreren Kapuzenmännern, deutete nach vorn und hinten, und es hatte den Anschein, als folgten die Männer ihr. Ich reichte das Glas dem Dozenten. Am Fuß des Denkmals dauerten die Gewalttätigkeiten an.

Jetzt verstehe er seinen Schwager besser, sagte der Dozent kopfschüttelnd und gab das Glas zurück. Diesen Herrschaften könne man nicht trauen.
„Entweder hat sie mich von Anfang an belogen, oder sie ist den Verlockungen unbekannter Kaufwilliger erlegen und hat die Seiten erst später gewechselt. Der Tod der Hunde könnte auf letzteres hindeuten."
„Der Tod ihres Mannes auf ersteres", widersprach ich.
„Jede Wette, daß der kleine Hundeführer, der ehemalige Jockey, den toten Steinfassl an die Schiffsschraube hängen wollte", ergänzte der Grüne.

Ein Stück mußten wir noch auf einer steilen Straße durch die Weingärten zurücklegen. Der Widerschein der brennenden Distelstauden warf ein schauriges Licht auf die ramponierte Franzosensäule, die unter den fortgesetzten Schlägen einzustürzen drohte. Aus einem Geräteschuppen entwendete der Grüne einen Minitraktor. Er schloß die Kabel kurz, dann wurden Joseph und ich auf die winzige Ladefläche gezogen. Der Dozent mußte stehen und hielt sich mit beiden Händen an der Kabine fest.
Der Grüne führte uns auf einen steilen Weg, der sich zwischen zwei Bergrücken in die Höhe schraubte. Der Dozent und ich kämpften darum, nicht von dem Gefährt zu purzeln. Unbeirrt tuckerte der Grüne weiter. Irgendwann waren wir im Rücken der Donauschlinge, weit oben in den Bergen zog sich eine schmale Straße dahin. Endlich kamen wir zu einem Rundbau

aus Stein, der Starhemberg-Warte, die längst von Bäumen zugewachsen war. Von dort war es nicht mehr weit zu einer Waldschenke, der Fessl-Hütte.
Als wir ausstiegen, sahen wir hinter dem Haus den Maybach. Mir wurde warm ums Herz.

„Oh! Ein Bekannter“, sagte der Dozent. „Jetzt wird er mir unheimlich. Wo immer wir hinkommen – der blaue Wal ist schon da.“
Wir stiegen aus und fragten den Hüttenwirt, einen kräftigen und freundlichen Mann, nach den Ukrainern. Die „Russen“ hätten den Weg zur „Kanzel“ genommen, um trotz der hereinbrechenden Dunkelheit den Vogelbergsteig zu besichtigen.
„Sie wollten sehen, wo die russischen Truppen 1805 die Vorhut der Franzosen abgeschnitten und aufgerieben haben. Jetzt kommen schon die Russen und besichtigen das Schlachtfeld. Weit haben wir's gebracht.“
Ob eine Frau bei den Russen gewesen sei? Er habe nur zwei Männer gesehen, einen alten Weißhaarigen und einen jüngeren, sagte der Wirt, der stark hinkte. Wann die beiden weggegangen seien?
Gelangweilt sagte der Wirt:
„Vor einer Stunde. Vielleicht sind sie schon abgestürzt. Ich hol sie nicht. Wer in der Nacht hier herumklettert, muß verrückt sein.“
Ohne ein Wort zu sagen, sprintete der Grüne davon.
Der Wirt und der Dozent halfen mir über die Stufen in die Stube. Der Wirt stöhnte auf.

„Haben Sie Schmerzen?“ fragte ich. „Ich kenne ein paar nützliche Handgriffe.“
Der Wirt schaute mich traurig an:
„Ich hab da eine schwere Sache, einen Morbus. Der quält mich schon jahrelang. Manchmal denk ich mir, der Morbus bringt mich um.“
Der Mann verzog das Gesicht. Offensichtlich hatte der Morbus ihn wieder angetreten.
„Geben Sie mir fünf Minuten“, sagte ich leise zum Dozenten. „Wenn ich das Leid des Mannes lindere, wird er unserer Sache gewogen sein.“
„Ich ahne Schlimmes“, versetzte der Dozent.
Ich stellte den Rollstuhl ans Ende einer Heurigenbank. Der Wirt mußte sich auf den Rücken legen. Der Dozent hatte die Aufgabe, den schweren Mann zu sichern. Widerwillig schlug der Dozent die Beine des Wirts übereinander und stellte sich so knapp an die Bank, daß der Wirt zwischen Wand und Knien des Dozenten eingezwängt war. Ich legte den Kopf des Mannes in meine geöffneten Hände. Das Haar war struppig wie das eines Straßenköters, roch aber wunderbar nach Wald. Sachte bewegte ich meine Finger an Hinterhaupt und Nacken.
„Es ist aber das Kreuz“, flüsterte der Wirt, der brav die Augen geschlossen hielt.
„Über die sephardischen Radianten bin ich direkt mit Ihrem Kreuz verbunden“, sagte ich ärztlich knapp. „Es ist stocksteif, kalt und abweisend. Ich werde jetzt Ihre Durchblutung anregen.“

„Tut das weh?“
„Nur wenn Sie sich innerlich dagegen wehren.“
„Ich habe aber Angst. Angst vor dem Schmerz.“
„Das brauchen Sie nicht. Ihr Schmerz ist jetzt bei mir in guten Händen. Es geht ihm gut bei mir. Bei Ihnen hatte er es nicht leicht. Ich werde zuerst ihn beruhigen, dann Sie. Lassen Sie sich fallen.“
Der Ärmste streckte sich und wäre um ein Haar von der Bank gefallen, wenn nicht der Dozent und ich gleichzeitig zugepackt hätten. Der Mann schrie auf, sein Kopf sank in meine Hände zurück. Nach einigen Minuten gab er nach, sein Nacken entspannte sich. Bald wurde das Antlitz des Wirts von einem zarten Lächeln belebt. Der Mann wurde in meinen Händen weich wie Wachs. Es gibt so viele Menschen, die seit Jahrzehnten keine Zärtlichkeit verspüren. Simples Handauflegen bewirkt oft Wunder.
Nach einigen Minuten bewegte sich der Wirt ein wenig. Er erwachte. Um seine Lippen spielte ein seliges Lächeln.
„Was ist passiert?“ flüsterte er.
„Eine spontane Remission, eine sogenannte Sponsionsheilung. Sie haben meinen Rat befolgt. Sie haben sich fallen lassen.“
Der Mann schien wieder einzuschlafen.
„Sie haben sein Vertrauen mißbraucht. Sie Kurpfuscher!“ zischte der Dozent.
„Ich nehme das als Lob, verehrter Freund. Kurfürsten waren besonders einflußreiche Fürsten, sie kürten den

Kaiser. Sie sehen in mir also einen hohen Adeligen. Das ist keine Beleidigung. Nicht einmal in Floridsdorf. Und der Pfusch ist angewandte Nachbarschaftshilfe. Ein Kurpfuscher ist also ein nobler, hilfsbereiter Mensch."

Und schon verwickelte ich den Geheilten in eine Plauderei und erfuhr, daß am Vorabend eine Runde verschworener Weinritter im Ritterstübchen getagt hatte. Die Männer seien außer sich gewesen. Wie lange die Schmerzfreiheit wohl anhalte?

„Neun Wochen", sagte ich. „Wenn Sie mir erzählen, was Sie gehört haben, garantiere ich Ihnen neun Monate."

„Neun Monate", rief der Mann. „Eine schmerzfreie Geburt, was sage ich: die Geburt der Schmerzfreiheit!"

Er strahlte übers ganze Gesicht; bereitwillig erzählte er. Die Männer hätten Mittel und Wege erörtert, Störenfriede aus dem Verkehr zu ziehen. Mehrere Winzer waren auf Anregung von Raiffeisen International ins Immobiliengeschäft eingestiegen. Es ging um gewerbliche Flächen in der Ostukraine – Freizeitanlagen, Einkaufszentren, Spielsalons. Sie mußten einen Totalverlust des eingesetzten Kapitals hinnehmen. Wiederum andere versuchen in Wien ihr Glück, sie wollen auf dem Gelände einer baufälligen Maschinenfabrik in der Nähe von Schönbrunn ein önologisches Ressort, ein Rehabilitationszentrum nicht für Menschen, sondern für Weine einrichten. Die Menschen würden von allein kommen.

Ich fragte, welche Art von Maschinen in der alten Fabrik hergestellt würden.

„Maschinen zur Produktion von Gummiwaren, Operations-Handschuhe, Kondome und ähnliches Zeug."

„Im Zeitalter von Aids sind Kondome ein Segen", sagte der Dozent.

„Nicht in der Wachau", antwortete der Wirt. „Wenn Sie einer Wachauerin mit Kondomen kommen, sind Sie die Frau auch schon los."

„Wieso das?" Der Dozent trat näher.

„Weil hier alle nur für Geld und das Erben vögeln. Weil sich hier alles nur um Trauben dreht. Um das Anlegen, die Vermarktung und das Vererben von Weingärten und Weingütern. Das ist schon seit vielen Jahren so, aber seit ein paar Wochen ist hier der Teufel los. Unsummen werden für Weingärten und Weingüter gezahlt, so viel, daß selbst die reichen Winzer – und Sie können mir glauben: In der Wachau gibt es steinreiche Weinhauer! – schwach werden und verkaufen. Als wär ein Goldrausch unter die Leut' gekommen. Und das alles im Geheimen. Wenn die Winzerfrauen auswärts vögeln und sich verplappern oder wenn die Weinhauer in pompöse Motorjachten investieren und die Fratzen auf Nobelinternate auslagern."

Ich lächelte dem Dozenten fröhlich zu, der schüttelte zornig den Kopf.

Bei diesen Informationen läßt sich gut mitschneiden, warf der Dozent ein.

„Blöd werd' ich sein und weghören", brummte der Mann. „Meine Weingärten hat mir ein Platzhirsch um einen Bettel abgekauft, und so wie mir erging es vielen. Zuerst billig verkauft, weil das Geld gebraucht wurde – man wollte ja perfekte Museumshütten. Sie ahnen nicht, wie viele Architekten und Baumeister sich an den Wachauer Winzern eine goldene Nase verdienen …"

Wir ahnten es. Nur hatte das „Nebengeräusch" sich statt einer goldene Nase einen blutigen Schädel geholt.

„Zuerst billig verkauft, dann Haus renoviert, schließlich pleitegegangen. Und schon arbeitest du als Sklave in deinem ehemaligen Weinberg und mußt froh sein, wenn der Patron dich zur Weihnachtsfeier in seinen Nobelbunker einlädt", fuhr der Mann fort.

Die Mutter des Dozenten hatte nicht phantasiert. Die Glücksritter aus dem Traubengau waren keine Erfindung. Gottseidank hatte sie die despektierliche Bemerkung über ihre geliebte Fabrik nicht mitanhören müssen.

„Und das Nazi-Getue zur Sonnenwende?" fragte ich weiter.

Er winkte ab.

„Folklore … ein paar Jungtrottel. Geld sticht Weltanschauung, verstehen Sie? Erst vorige Woche ist ein Jungritter mit seinem Mercedes-Jeep in den Weingarten seines Bruders gestürzt."

„Das nenne ich Glück im Unglück!" meinte der Dozent.

„Wie man's nimmt", meinte der Wirt nachdenklich. „Er war mit dem Bruder seit Jahrzehnten verfeindet, weil der ihn um einen Großteil des Weinbergerbes geprellt hatte."

Nun wollte der Dozent, den nichts so sehr bewegt wie fremdes Elend, wissen, was mit dem Verletzten geschehen sei.

„Der Bruder hat ihn gefesselt und an die Schienen der Franz-Josephs-Bahn gebunden."

„Aber die ist doch schon seit Jahren eingestellt!" rief der Dozent.

„So haben die Einsparungen der Bundesbahnen auch etwas Gutes", ergänzte ich.

Der Wirt schüttelte den Kopf.

„Das hatte der Bruder vergessen. Hier fährt schon lang keiner mehr Bahn. Kein Wunder, jede Familie besitzt fünf Luxuskarossen."

Der Dozent erkundigte sich nach dem weiteren Schicksal des Verunglückten. Polnische Erntehelfer hätten ihn gefunden, erwiderte der Wirt.

„Er wurde mit Schürfwunden im Gesicht und einem gebrochenen Bein ins Krankenhaus eingeliefert."

„Und der Geländewagen?"

Der Dozent interessierte sich sonst nicht für Kraftfahrzeuge. Sollte er mit dem beschädigten Wagen Pläne haben? Sollte mein alter R 5 dabei eine Rolle spielen? Ich war alarmiert.

„Wurde geborgen und steht im Weinlager des Bruders. Er plant, den Wagen notdürftig zu reparieren, mit ihm

nach Linz zu fahren und ihn im Hochofen zu verschrotten. Schrott bringt fast so viel Profit wie Wein", sagte er. „Stimmt das?"
„Siebzig Prozent des österreichischen Exports ist Schrott."
„Ist das wahr?" Der Wirt war verunsichert.
Der Dozent wandte sich ab.
Mit beiden Händen streckte ich meine Beine unter dem schweren Eichentisch aus.
„Ich fasse zusammen: Sie haben die Schurkereien nicht mehr ertragen und sind hier herauf gezogen, um zwischen Kletterfelsen und Latschenkiefern ein Leben in Anstand und Würde auf einem historisch bedeutsamen Platz zu führen."
Der Dozent schaute mich fragend an.
Der Wirt setzte sich auf.
„Sie meinen den Jäger Beyer …?"
„Der 1805 die Russen und Österreicher hier in den Bergen in den Rücken der Franzosen geführt und beim Pfaffental und dem Vogelbergsteig von den Hauptkräften abgeschnitten hat …"
„… worauf die Vorhut aufgerieben wurde und die Donau sich vom Blut der Fünfzehntausend rot färbte", ergänzte der Dozent, der das Dossier seines Freundes offensichtlich genau gelesen hatte.
Den Wirt schien das nicht zu beeindrucken. Er trat einen Schritt näher.
„Ich sag Ihnen was: Die Hütte ist alles, was mir geblieben ist. Die Frau ist mit einem windigen Weinjour-

nalisten von einem noch windigeren Weinmagazin auf und davon. Ein Bub ist in Schweden Fernfahrer, der zweite ist Fußballer in der zweiten türkischen Liga und sitzt seit zwei Monaten dort im Gefängnis.

„Weshalb“?

„Er hat Geld genommen.“

„Matchfixing“, sagte der Dozent mit Kennermiene.

Der Wirt nickte.

„Die Buben haben seit Jahren keinen Kontakt mit mir.“

„Sie haben getrunken.“

Er nickte wieder.

„Da rutscht einem manchmal die Hand aus.“

Er nickte wie eine Maschine.

„Obwohl man's nachher bereut.“

Er schaute mich mit wäßrigen Augen an.

„Wenn Sie eh alles wissen …“

Daraufhin stand er auf, holte einen klaren Schnaps aus dem Schrank und setzte die Flasche an. Aber bevor er einen Schluck machte, verschloß er sie wieder und stellte sie in den Schrank zurück. Dann schaute er mich entsetzt an und brüllte:

„Die Karolin ist ertrunken! Das erste Kind. Sechs Jahre alt. Von einem Schlepper in die Strömung gezogen. Und dann unter die Schiffsschraube. 1968, am 21. August.“

Er schloß die Augen und sagte tonlos:

„Ich bin auch nicht der Wirt. Der Eigentümer läßt mich hier wohnen. Das ist der einzige Mensch in der weiten Umgebung. Weil ich bin delogiert. Mehr gibt's nicht zu sagen."

Er lief aus der Stube und warf die Tür ins Schloß.

Ich erklärte dem Dozenten, daß die Donau seit alters von den Anrainern ein Kind fordert. Ein Kind pro Familie.

„Ist das ein Scherz?"

„Ein Naturgesetz."

Er solle nach unseren Freunden Ausschau halten, bat ich den Dozenten, der mir zuerst ins Freie half. Als er weg war, fuhr ich fünfzig Schritte zur „Kanzel" vor. Wenn im Tal alle verrückt spielen, ist ein Ausguck viel wert. Dann braucht es einen Wahrschauplatz, wie wir Schiffsleute sagen.

Hinter dem Jauerling ging die Sonne unter und spendete noch ein wenig Licht. Eine angenehme Brise zog aus dem Tal herauf. Auf der Donau tief unten plagten sich zwei Bergfahrer. Nach einer Weile sah ich den Dozenten mit den beiden Ukrainern näherkommen. Semjon stützte seinen Vater. Im Nachtrab folgte der Grüne. Er drehte sich immer wieder um.

„Vogelbergsteig?" fragte ich.

Der Grüne schüttelte den Kopf.

„Pfaffenberg", sagte er. „Von dort hab ich die beiden gesehen. Sie waren viel zu weit auf dem Steig vorgedrungen. Für den alten Herrn ist das nichts."

„Die Gattung geht an dir nicht zugrunde. Du denkst mit", lobte ich ihn.

„Ich denke immer mit“, sagte der Grüne lachend. „Das ist nämlich die Aufgabe der Gattung: Mitdenken.“
Und er zitierte Hölderlin:
„Denn nicht vermögen / Die Himmlischen alles. / Nämlich es reichen / Die Sterblichen eh an den Abgrund.“
„Also wendet es sich / Mit diesen. / Lang ist die Zeit / es ereignet sich aber das Wahre“, fiel Grigori zu unserem großen Erstaunen ein. „*Mnemosyne*, Erste Fassung“, sagte er und atmete schwer. „In der zweiten gibt’s das Echo, ich mag das Echo nicht. Und Sie?“ fragte er den Grünen.
„Ich auch nicht“, gab der zurück.
„Er kann auch ein Hölderlin-Gedicht über den Ister, die antike Donau“, sagte ich. „Und er spielt Liszts Vertonung auf dem Klavier!“
Da sprach der alte Herr:
„Hier aber wollen wir bauen / Denn Ströme machen urbar das Land. / Wenn nämlich Kräuter wachsen / Und an denselben gehn im Sommer zu trinken die Tiere / So gehn auch Menschen daran.“
Der Grüne antwortete.
„Ich mein, er müsse kommen / Von Osten. / Vieles wäre zu sagen davon.“

20. Kapitel

Über den Vogelbergsteig und in die Zille.
Ein gewagtes Manöver.
Die Wahrheit über Helga

Nach einer klugen Pause sagte Grigori, zu mir gewandt:
„Auch ich hatte das Glück, bei einem großartigen Literaturarbeiter das Lesen zu lernen. Er hieß Vitali Ragulin und war kriegsversehrt. Lungenschaden infolge Verschüttung, und das rechte Bein war amputiert. Er eilte auf Krücken durch die Bibliothek des Werks 23 b, in dem die Antriebe für die Atomraketen hergestellt wurden. Ich habe in diesem Werk begonnen“, sagte Grigori. „Aber nach dem, was Sie von Ihrer Werksbibliothek sagen, war unsere zwanzigmal so groß. Es gab zehn Mitarbeiterinnen. Aber in der Produktion arbeiteten auch vierzigtausend Menschen.“
„Die Belegschaft der Hütte Krems erreichte nie mehr als zweitausend“, erwiderte ich.
„So gleichen die Dimensionen sich aus“, sagte Grigori befriedigt.
Wir schwiegen. Im Tal waren Folgetonhörner zu hören. Semjon und der Dozent nahmen einen Schnaps. Ich wehrte ab. Schnaps und Rollstuhl, das kann tödlich sein. Der Wirt setzte die Flasche an und nahm einen Zug, welcher der Bedeutung des Moments

angemessen war. Ich nickte ihm anerkennend zu. Dann fragte ich, wo die junge Frau denn sei.
Sie werde bald zu uns stoßen, sagte Semjon.
Seltsamerweise wirkten weder er noch sein Vater sonderlich beunruhigt.
Der Wirt griff nach seinem lärmenden Mobiltelephon. Mit zunehmender Erregung stammelte er nur ein paar Worte:
„In Ordnung … Ja! … Um Gottes willen! … Wann? … Ich werd's probieren."
Er beendete das Gespräch.
„Sie sind im Anmarsch", sagte er dumpf. „Sie sind besoffen, und sie sind auf der Suche nach den beiden russischen Männern und dem Maybach. Und sie haben Waffen."
„Von der Frau war nicht die Rede?"
„Doch. Sie hatten schon ihren Spaß mit ihr – in der Kammer der Siegessäule. Das heißt, sie wollten ihren Spaß mit ihr haben. Aber irgendwie hat sie es geschafft, sich zu befreien. Angeblich hat sie zwei Rädelsführern den Rest gegeben. Eine Hexe! Die Rotte ist wild nach ihr."
Grigori atmete tief durch. Semjon schlug mit der Faust auf die Motorhaube des Maybach.
„Sie wissen, daß Sie hier sind, man hat den Wagen in Scheibenhof gesehen. Die Russen müssen weg, und wer ihnen hilft, auch. Verstehen Sie doch! Die wollen uns alle umbringen!"
„Beruhigen Sie sich", sagte Grigori. „Die Zeiten, da

Russen in Österreich erschlagen werden, sind vorbei."
Er öffnete den Kofferraum des Maybach, entnahm ihm zwei Pistolen und ein größeres Metallstück mit zwei längeren Klemmen. Semjon nahm eine Fischertasche und stopfte Dokumente und Munition hinein. Dann machte er sich noch kurz im Kofferraum zu schaffen.
Was denn dieses Werkstück darstelle, fragte der Dozent.
„Eine Reisemaschinenpistole", sagte ich.
Da spreche wohl der Waffenexperte, meinte der Dozent feixend. Es war tatsächlich eine zusammenklappbare MP, ein Bekannter aus Floridsdorf hat eine Zeitlang damit gehandelt. Er war UNO-Soldat in Zypern und hatte eine Quelle bei den bulgarischen Kollegen.
Semjon kam uns mit einem Arztkoffer entgegen. Ob der Grüne uns über den Vogelbergsteig ins Tal bringen könne?
Mein Freund nickte. Von unseren Bootsfahrten und Naturexkursionen wußte ich, daß der Grüne immer dann, wenn es kritisch wurde, das Richtige tat. In diesen Situationen sprach er, der sonst unablässig Gedichte rezitierte und Schnurren von sich gab, kein Wort und handelte klug und bedacht. Ich hatte den Vogelbergsteig in einem früheren Leben als nichtbehinderter Mensch mit Müh und Not bezwungen, und jetzt sollte ich das mit dem Rollstuhl wiederholen? Und das bei schlechtem Licht? Andererseits, wer auf dem Steig abstürzte, auf den wartete während des Falls

noch ein schöner Blick auf die im Mondlicht glitzernde Donau. Es gibt schlimmere Arten des Abtretens. Wenn der Grüne meint, wir schaffen es, dann mag es so sein.

„Sollen wir nicht auf Ihre Tochter warten?“ fragte der Dozent.

Grigori schüttelte den Kopf.

„Sie wird uns finden.“

„Der Mann hat eine hohe Meinung von seiner Tochter“, flüsterte der Dozent zu mir.

„Mit Recht“, erwiderte ich.

Semjon schloß den Maybach ab. Das wäre ein perfektes Werbebild, dachte ich. Die Waldhütte, die Föhren und die große Limousine im fahlen Licht.

Wir passierten die „Kanzel“, verließen den Weg aber und nahmen den Vogelbergsteig inmitten des Klettergartens. Semjon und Grigori gingen vorsichtig hinter dem Dozenten her. Dann folgten der Grüne und ich. Manchmal hielt die Avantgarde inne, um zu schauen, wie der Grüne und ich mit dem Rollstuhl zurechtkamen, aber in den ersten zwanzig Minuten gab es keine Probleme. Der Steig war hinreichend breit. Da es in dem felsigen Gelände keine Wurzeln gab, mußten wir nur die eine oder andere Felsplatte mittels einer Kippung überwinden. Dann aber verengte der Steig sich zu einem Pfad. Im Tal glänzte die Donau nun wie kochendes Silber. Wir wechselten die Marschordnung. Der Grüne übernahm die Führung. Er kannte hier

jeden Stein, der Dozent und ich waren ein eingespieltes Team. Wir nahmen Grigori und Semjon in die Mitte. Das ging lange Zeit gut. Der Pfad fiel sanft ab, dann wurde auch er schmäler. Dafür war rechterhand nun eine Wand, wir mußten uns nur gegen den Abgrund auf der Dürnsteiner Seite sichern. Zweimal klappten wir Joseph zusammen, der vom Grünen übernommen wurde, und ich kroch vorsichtig, den sichernden Dozenten über mir, auf allen vieren durch die engen Stellen. Als wir die zweite Stelle überwunden hatten und ich mich wieder in den Rollstuhl hochziehen wollte, gab ein Teil des Pfads nach, der Grüne riß mich aus dem Rollstuhl, Joseph neigte sich in Richtung Tal und schmierte weg. Da stürzte Grigori sich auf den Pfad und bekam den Rollstuhl an einem Vorderrad zu fassen. Einige Sekunden baumelte Joseph über der Schlucht, der Pfad gab weiter nach. In wenigen Sekunden würde auch Grigori den Halt verlieren. Ich packte ihn an seiner Hose, aber er rutschte durch. Die beiden stürzten in die Tiefe.
Zumindest sah ich es so. Im letzten Moment waren da Hände, die Grigori, der den Rollstuhl nicht losgelassen hatte, und mich hochzogen und auf den Pfad zurückschoben. Die Hände gehörten Semjon – und einer Frau, die nach Donau und verbrannter Erde roch.
Äußerlich war Grigori nichts anzumerken. Aksinja küßte ihren Vater in einer überraschend mädchenhaften Geste auf die Wange. Der Mann hat ein gutes Herz, dachte ich. An der Donau braucht er Infusionen,

aber hier am Berg rettet er einen Rollstuhl und zeigt keine Spur von Schwäche. Ich kroch ein paar Schritte und zog mich mit Hilfe des Grünen auf den Rollstuhl hoch.

Und da war er wieder: Willi aus Rehberg, Kranfahrer am Freiplatz der Verzinkerei. Ich stand in einem Waggon, zwischen einer zehn Tonnen schweren Ladung rostigen Eisens und der Waggonwand, und mußte die Schlaufe des Seils so anbringen, daß er den Stoß anheben konnte, aber so, daß der nicht zu schwingen anfing und mich an der Bordwand zerquetschte. Ich machte mich dünn und Willi hob den Stoß einen Zentimeter an, ließ ihn aber sofort wieder zu Boden, weil er ins Schwingen zu geraten drohte, er war schlecht eingeladen worden. Willi beugte sich weit aus seiner Kanzel, ich fürchtete, daß er auf mich stürzen würde, doch Willi hielt den Steuerknüppel fest und brüllte mit hochrotem Kopf in die Tiefe, aber ich verstand sein Brüllen nicht, denn Willi hatte nach einer Krebsoperation am Kehlkopf keine Stimme mehr. Fünfunddreißig Jahre lang hatte ich nicht an ihn gedacht, aber hier in der Nacht am Vogelbergsteig sah ich seinen Kopf, der zu platzen drohte, und ich hörte sein verzweifeltes Krächzen, das mir das Leben gerettet hat.

Der Dozent räusperte sich und sagte einen Satz, den ich nicht vergessen werde:

„Wenn's jetzt wär', daß die Herrschaften mir folgen möchten!"
Der glaubt wohl, wir sind auf einem Ausflug der Pfadfinder, dachte ich. Unglaublich, wie die Hietzinger Schnösel das Leben mißverstehen.
Jetzt erst bekam ich mit, daß bei der Hütte Besuch eingetroffen war. Man hörte Motorlärm und Schüsse.
„Wahrscheinlich ballern die nur in die Luft, um die Angst vorm dunklen Wald zu vertreiben", sagte der Grüne. „Sie werden jetzt den Wirt in die Mangel nehmen und ihn ausquetschen und der wird sagen, daß die Russen den Weg zur Starhembergwarte genommen haben."
Daß die Russen ohne Führer in die andere Richtung, in die Donauschlucht, geflüchtet waren, und das in der Dunkelheit, darauf würde die Elite der Wachauer Jungmänner nie kommen, diese wahren Enkel ihrer Großväter, welche seinerzeit die Kriegsgefangenen und die KZler abknallten wie die Hasen, immer viele Bewaffnete gegen einen oder zwei Wehrlose – den Krieg gegen die Sowjets haben sie verloren, den Krieg gegen die Wehrlosen aber haben sie gewonnen. Weit haben sie's nicht gebracht, die mutigen Enkel, dachte ich, da spielen Ökonomie und Wetter verrückt, ein paar Spekulanten stoßen ein paar Nobelwinzer in den Bankrott, und schon beginnt das ewig junge Spiel, die Suche nach Sündenböcken, und die Todesschwadronen rücken auf ihren schwarzen Geländefahrzeugen aus, trari trara, das Pogrom ist da! Und wenn alles vor-

bei ist und die Leichen den Staatsbegräbnissen hinterher geworfen werden, tanzen Psychologen an und Historiker und dunkle Rauner aller Preisklassen und führen ihre Theorien äußerln, wie es denn möglich sei, daß in dieser gefestigten, dieser reifen, dieser gesicherten Republik, nach siebentausend Fernsehimpfungen in Demokratie und dreimal so vielen Gedenkveranstaltungen, würdevoll und ernst und im Beisein der Täter und der Kinder der Täter, daß nach all der schönen, versöhnten, partnerschaftlichen Zeit in Österreich wieder Jagd auf Fremde und eigene Blutsfremde gemacht wird, und das in dieser Postkartenlandschaft mit den gefürsteten Rittern in ihren Hochburgen der Weinkultur, die keiner Traube ein Leids tun können.
Bei der Fessl-Hütte schoß eine Stichflamme in die Höhe. Ich hoffte für den Wirt, daß er, wie vereinbart, im Haus geblieben war. Semjon hatte eine Bombe scharf gemacht, sie ging hoch, wenn am Maybach hantiert wurde. Eine zweite Stichflamme folgte. Der zweite Tank, dachte ich, ein Maybach hat nicht nur einen Tank. Ein dumpfes Grollen zog durch das Tal, der Feuerschein erhellte den Wald hinter der Kanzel. Die Detonation hatte einen doppelten Effekt. Die Heimwehrler wußten nun, was es heißt, sich mit „Russen" anzulegen. Und ich hatte eine Vorstellung vom Reichtum der Melechow-Familie, die den Verlust eines Maybachs ohne Kommentar hinnahm.
Wir gingen schweigend, bis der Pfad sich erweiterte. Vor uns ragte der Rest des Palas der Ruine Dürnstein

in die Nacht. Langgestreckte Wolken, vom Mond beschienen, zogen über uns, der Himmel drapierte sich in grau-schwarzer Sträflingskleidung. Am Fuß der Mauern hielten wir Rast. Das Feuer in den Bergen hatte sich ausgebreitet, ein gelbroter Kranz leuchtete über den dunklen Höhen.

Aksinja saß bei ihrem Vater, aber eine Hand hatte sie auf meinem Knie. Ich spürte es nicht, aber der Mond zeigte es mir. Vielleicht war ich auch nur eingenickt und sank in einen Traum. Die Russen und die Österreicher haben es wieder geschafft, dachte ich. Wie im Jahr 1805, aber im Gegensatz zu damals waren oben auf dem Berg österreichische Weinritter in Begleitung eines Maybach in die Luft geflogen. Es gibt also doch einen Fortschritt in der Geschichte. Und weil der Traum so schön war, begann es in ihm auch zu regnen, die Tropfen klatschten ins Gesicht. Vor dem Palas spritzten Staubspritzer auf, und es sah aus, als hätte der Platz Masern. Möge dieser wunderbare Traum nie aufhören, dachte ich.

Eine halbe Stunde später hatten wir uns an die Donau vorgekämpft, wo der Grüne seine Zille unter Weiden versteckt hatte. Polizei- und Feuerwehrautos rasten über uns auf der Bundesstraße vorbei, sie kamen von Weißenkirchen und Spitz, und sie rückten aus, die Weinberge und die Trauben von Dürnstein zu schützen.

Ich dachte, der Grüne würde uns mit der Zille übersetzen und in den Rührsdorfer Arm auf die „Siebnerin“

bringen. Auf der „Siebnerin“ hätten wir gute Chancen, wasserseitig zu entkommen. Der Grüne stakte ein wenig bergwärts, dann steuerte er uns mit dem Paddel in die Mitte des Stroms. Ich wollte ihm mit dem zweiten Paddel helfen und machte ein paar Schläge, mein Freund aber sagte:

„Die ‚Siebnerin‘ sitzt fest, ich glaube nicht, daß wir sie über die Schotterbank bringen.“

Der Wasserstand war gegenüber gestern abend noch einmal um einen halben Meter gefallen. Der Grüne hatte mich in der Zille über den Schotter in den Donauarm gezerrt, aber das war heute nicht möglich. Uns blieb also nur die Zille. Wenigstens lenken wir keinen Verdacht auf die „Siebnerin“, dachte ich, das großartige Holzschiff würde einem Feuer nicht lange standhalten. Der leichte Regen hatte aufgehört, selbst auf dem Fluß war es stickig. Joseph lag zusammengeklappt vor meinen Füßen, der Grüne hatte ihn mit zwei Kabelbindern an den Ruderdollen gesichert.

Aksinja saß vor mir, sie hatte einen Arm um ihren Vater gelegt. Semjon und der Dozent waren am Bug. Alle beobachteten wir das Schauspiel des Waldbrandes oberhalb der Ruine und die hektisch blinkenden Lichter der Einsatzfahrzeuge am Fuß des Bergrückens. Die Lichter wurden immer mehr, offensichtlich war jetzt auch Unterstützung aus Krems eingetroffen. Der Lärm der Folgetonhörner schlug sich an den Felsen des Prallhangs. Jetzt erst sahen wir zwei Feuer am südlichen Ufer, eines in Rossatz, das andere im Windstallgraben, auf der Höhe der römischen Straßenreste. Von der schnellen Strömung getragen, fuhren wir unterhalb der Ferdinandswarte vorbei und näherten uns der Hundsheimer Insel. Die Zille schwankte, aber niemand ließ sich zu einer abrupten Gewichtsverlagerung hinreißen. Grigori und seine Kinder mußten über einige Erfahrung auf Flüssen verfügen. Der Grüne blieb im Hauptstrom und versuchte erst gar nicht, den Seitenarm zu nehmen. Sicher waren dort massive Schotterbänke entstanden. Die Einsatzkräfte hatten genug zu tun, eine vollbesetzte Zille war zwar ungewöhnlich, und sie verstieß gegen die Schiffahrtsordnung, wir hatten ja keine Positionslichter. Unter normalen Verhältnissen wäre das Grund genug für ein Einschreiten der Schiffahrtspolizei gewesen, aber es herrschten keine normalen Verhältnisse – der Dozent deutete auf zwei Panzerspähwagen, die sich am Rossatzer Ufer beim Römerturm postiert hatten. Auch die Römer mußten sich seinerzeit mit Bränden herumschlagen, dachte ich. Die Germanen spielen bekanntlich gern mit dem Feuer. Noch dazu war der Limes eine verlockende Bühne. Aber ob die Römer auch schweres Gerät aus der Mauterner Kaserne gegen durchgedrehte Winzersöhne eingesetzt hätten?

Nachdem wir die Steiner Brücke unterquert hatten, ließ die Strömung nach. Auf Höhe der Kremser Schiffsstation erreichten wir die Stauwurzel des Flußkraftwerks Grafenwörth. Von nun an hieß es paddeln. Die Silhouette der Doppelstadt spiegelte sich im Strom. Der feine Regen hatte wieder eingesetzt, brachte aber keine Abkühlung.

Semjon telephonierte. Ich konnte nicht verstehen, was er sagte. Vielleicht organisiert er ein Leihauto, flüsterte der Dozent mir zu. Das Gespräch war kurz und intensiv, Semjon nickte mehrmals. Dann drehte er sich um und bat den Grünen, bei der Einmündung eines Flüßchens namens Fladnitz ein paar Meter in dasselbe hineinzufahren. Semjon sagte das sehr bestimmt.

Der Grüne befolgte die Anweisungen. Nach einem kleinen Feuerwehrhafen passierten wir ein bergwärts fahrendes modernes Frachtschiff mit dem Heimathafen Bruxelles. Der Grüne stellte die Zille in einen spitzen Winkel und wartete die Wellen ab. Dennoch wurden wir ordentlich durchgebeutelt. Kurz danach mündete am Fuße des Stifts Göttweig ein Gewässer in die Donau. Der Grüne paddelte ein Stück in den Mündungstrichter hinein. War es auf der Donau durch die geringe Strömungsbrise noch erträglich gewesen, so umfing uns nun modrige, unbewegte Luft. Hinter einigen vertäuten Motorbooten befand sich ein Steg. Die mondhelle Nacht und das hell erleuchtete Stift verstärkten die Unwirklichkeit der folgenden Erscheinung. Eine kleine, hell gekleidete Frauensperson mit einem aufgespannten Schirmchen stand wie eine amerikanische Touristin im Hafen von Piräus und verfolgte das Anlegemanöver. Semjon und Aksinja hielten die Zille am Steg fest. Grigori küsste Madames

Hand, sie nickte huldvoll, dann hob er sie in die Zille. Madame drehte sich um und winkte uns zu. Ich traute meinen Augen nicht, und der Dozent krallte sich an mir fest. Der Grüne grinste. Jetzt erst sah ich auf dem Damm den alten Firmenjaguar von Madame – und Chauffeur Kálmán, der, wie vor zwei Tagen auf der Donauinsel, unruhig auf und ab ging. Der Mann kann nicht stillhalten, dachte ich. Er hätte Boxer werden sollen, ein Laci Papp mit Chauffeursmütze.

Auf das Kommando des Grünen wurde die Zille abgestoßen, und schon ging es zurück in die Donau. Die geringe Strömung erforderte einiges an Paddelarbeit, aber da kein Schiff sich näherte, blieben wir nahe am Ufer und passierten das Strombauamt und den dahinterliegenden Militärhafen. In der NS-Zeit sei dahinter ein Manövergelände gewesen, die sogenannte Wasserwiese. Als Adolf Hitler 1938 auf dem Weg nach Linz hier durchkam, inspizierte er die angetretenen Soldaten der Kremser Flußmarine, raunte ich dem Dozenten zu. In die Gauhauptstadt begab der Führer sich zur grenzenlosen Enttäuschung der Nazibevölkerung nicht.

„Diese Schmach ließ viele schon vor Kriegsbeginn am Endsieg zweifeln."

Der Dozent war wie vor den Kopf gestoßen. Aber nicht wegen der Unhöflichkeit des Führers. Daß seine Mamá hier auftauchte, interpretierte er als persönliche Niederlage. Es war ihm nicht gelungen, das „Nebengeräusch" unversehrt aus der Kampfzone zu bringen, geschweige denn dafür zu sorgen, daß er das ausstehende Honorar bekam.

Ich tröstete ihn mit dem Hinweis auf das vertrauliche Plaudern der beiden alten Herrschaften im Bug.

„Die sehen sich nicht zum ersten Mal“, sagte ich. „Schauen Sie nur, wie Ihre Mamá vertraut lacht. Die beiden kennen und mögen einander schon länger. Folglich hat ihr Erscheinen nichts mit Ihnen, aber viel mit unseren ukrainischen Freunden zu tun.“

„Meinen Sie wirklich? Das wäre ja …“

Ich legte einen Finger auf seinen Mund.

„Ein Sohn freut sich gefälligst, wenn er seine alte Mamá sieht, egal ob das vor der Stephanskirche, dem Café Dommayer oder der Mündung der Fladnitz in die Donau geschieht.“

„Dann freu ich mich eben“, sagte der Dozent.

„Bald werden wir wissen, was es mit den beiden auf sich hat. Ihre Aufgabe ist es, höflich und ruhig zu sein.“

„Und mich zu freuen.“

Ich klopfte ihm auf die Schulter. Eine Geste, die der Dozent verabscheute, aber dieses Mal zuckte er nicht zusammen und erhob keinen Protest.

Langsam ordneten sich die Dinge in meinem Kopf. Madame hatte Pech mit einer Produktionsstätte in der Ukraine gehabt, das wußte ich. Hätte ich damals schon gewußt, daß die beiden einander mehrmals auf der Krim getroffen und einige Urlaubstage miteinander verbracht hatten, daß Grigori Madame mehrmals ins Hotel Imperial zum Dinner eingeladen und daß

Aksinja Vorträge an der Landesverteidigungsakademie gehalten hatte – die Orientierung wäre mir leichter gefallen. In welchem Ausmaß Grigori auch in die Wachau-Geschäfte von Madame involviert war, darüber konnte ich nur spekulieren. Ich meine da weniger die Rettung des „Nebengeräuschs" als die Ausschaltung jener Weinritter, die versuchten, Madame – eventuell unter Mithilfe ihrer famosen Tochter – die Fabrik und das Fabriksgelände abzuluchsen, um darauf in allerbester Wiener Lage eine „Weinakademie" zu errichten. Wer weiß, vielleicht hatten die Wachauer Jungspekulanten ja ihrerseits Kontakte in die Ukraine geknüpft, um Madames Zweigwerk in den Weiten der Steppe austrocknen zu lassen und damit das gesamte Unternehmen übernahmereif zu schießen – eine ukrainisch-österreichische Parallelaktion der besonderen Art.
Es war aber auch gut möglich, daß der mit Flüssen und Weingärten vertraute Grigori an mehreren Fronten kämpfte und die Hilfe für Madame mit dem günstigen Erwerb von Weingütern verband, um auf seine Art späte Rache an der braunen Winzerfraktion zu üben, diesen Biedermännern, die allesamt gut durch die NS-Zeit gekommen waren, Massaker hin, Arisierung her. Nur eines schien sicher: Der Dozent war nicht eingeweiht.
„Die Bibel sagt, im Weingarten des Herrn gedeihen auch viele faule Trauben", stellte ich fest.
„Seit wann kümmern Sie sich um die Bibel?" gab der Dozent schroff zurück. „Mir scheint, Sie sind flußkrank."

Während wir langsam am Ufer weitertrieben, versuchte ich, den Stand unserer Ermittlungen zu rekapitulieren. Offen blieben nur zwei Fragen, und die fielen in mein Ressort. Was war mit dem Schweizer geschehen, der, Waltraud zufolge, sich vor nicht langer Zeit in der Werkssiedlung auf den Spuren von Helga herumgetrieben hatte? Und, das war meine Kardinalfrage: Was war aus Helga und dem Kind geworden?

Zum Grünen gewandt, sagte ich leise:

„Ich brauche noch eine Stunde in der Hollenburger Au, und ich brauche dabei deine Hilfe."

Der Grüne nickte. Er schien zu ahnen, was ich vorhatte.

Die Zille legte auf Höhe der ehemaligen Hollenburger Furt an. Der Eingang zum Stollen mußte ganz in der Nähe sein. Madame und Grigori waren so sehr ins Gespräch vertieft, daß sie kaum bemerkten, wie der Grüne und ich Joseph aus der Zille bugsierten. Als ich mich zurechtgesetzt hatte, wollte der Dozent mitkommen. Er müsse bei seiner Mamá bleiben, so wie Semjon bei seinem Vater, sagte ich.

„Ich bin doch keine Gouvernante", zischte der Dozent. Semjon lachte. Und da saßen die beiden Söhne, Gouvernante der eine, Gouverneur der andere, und beobachteten die beiden alten Herrschaften, die einander viel zu erzählen hatten.

Als der Grüne und ich vom Damm in die Au rollten, war plötzlich Aksinja bei uns. Fast hatte ich damit gerechnet, nein, ich hatte es vage gehofft. Es war nicht

leicht, den Stollen zu finden. Was vor vierzig Jahren eine Ansammlung aufgelassener Schuppen und Maschinenräume war, entpuppte sich jetzt als Wildnis. Der Eingang zu jenem Stollen, der hundertvierzig Meter tief unter der Donau gegraben worden war, dann aber aufgegeben wurde, war nicht Teil des Freilicht-Museums. Der Stollen lag auf dem Gebiet einer ehemaligen Donauinsel mit dem schönen Namen „Marktschreiberhaufen" und stammte aus der Zeit des Wiener Ziegelbarons Drasche, der von mehreren Kohleflözen einen besonders tiefen abteufen ließ. Bis zu zweihundertfünfzig Kumpel hatten im Stollen gearbeitet, bis Wassereinbrüche die Arbeit stoppten.
Nach einigen Fehlversuchen fand ich den Eingang doch. Er war am Rande eines Wegs von herabgestürztem Erdreich und allerlei Gerümpel verschüttet, und über all dem erhob sich ein Wald von Haselnußstauden. Joseph und ich mußten kapitulieren, für uns war hier kein Durchkommen. Der Grüne machte sich daran, mit seinem Langmesser, das er vom Boot mitgenommen hatte, eine Schneise in die Stauden zu schlagen und das Gerümpel beiseite zu schaffen.
Er habe den Eingang gekannt, sagte er, aber nicht gewußt, daß der in den sagenumwobenen Stollen unter der Donau führte, um den sich viele Gerüchte rankten.
Der Stollen verlaufe längere Zeit gerade, biege aber dann scharf rechts ab und bewege sich auf einer steilen Rampe in den Abgrund, erklärte ich. Es müßten

noch Reste von Gleisanlagen übrig sein. Die Kohle sei direkt an die Donau geliefert und von dort per Schiff bis Rumänien verfrachtet worden. Sollte der Wassereintritt zu stark sein, müßten sie auf der Stelle umkehren. Und alle fünfzig Schritte sollten sie ein Streichholz anzünden, um zu sehen, ob der Sauerstoff ausreichte. Ich fischte eine Schachtel Streichhölzer aus dem Rollstuhlnetz und reichte sie Aksinja. Jedermann in der Wachau trage Streichhölzer mit sich, mit der Möglichkeit eines Kellerbesuches in der Zeit der Gärgase rechne hier jeder, beantwortete ich ihren fragenden Blick.

Unser Lagerplatz sei am Ende einer langen Geraden auf der linken Seite gewesen, dort sei der Stollen breiter ausgeführt, weil ein Wendeplatz für die Grubenhunte eingerichtet worden war.

Die beiden verschwanden im Stollen, Aksinja schenkte mir vorher noch ein aufmunterndes Lächeln. Sie schien zu spüren, wie schwer das Zurückbleiben mir fiel. Ich zog mich ein paar Dutzend Meter zu einer Biegung zurück, so daß ich niemandes Aufmerksamkeit auf den Stollen lenkte. Die Gegend lag zwar verlassen, aber ich wußte: Immer wenn man seinen Hals verwettet, einen absolut sicheren Platz für das Schäferstündchen gefunden zu haben, wird man eines Besseren belehrt. Irgendein illegaler Fischer oder eine Kräuterhexe finden sich immer. Dieser Gestalten wegen mußten wir uns seinerzeit ja in den Stollen zurückziehen. Welcher Jüngling kriecht sonst mit seiner Angebeteten in einen nassen, rattenverseuchten Stollen, der am Vortag mit trockenen Matten, Kerzen, Kassettenrekorder, Batterien und Taschentüchern ausgestattet wurde? Und welches Mädchen kommt da mit?

Helga war mitgekommen. Sie war ein tapferes Mädchen, und sie mochte mich. Wenn auch nicht mit Haut und Haar, wie ich mir das erträumt hatte. Mir blieb von der Minne der Gesang, die Früchte pflückte ein anderer. Der brauchte keinen Stollen, um Helga zu entblättern, dem reichte ein Sportwagen namens Monteverdi. Hätte ich damals nur eine einzige Handgranate gehabt, wäre der Kampf zumindest ausgeglichen gewesen. Aber die Donauauen waren leergesucht, das bißchen Kriegsgerät und Waffen, das noch zu finden war, reichte nicht einmal für ein Feuerwerk im Werkskindergarten.

Aksinja und der Grüne blieben lange weg. Ich verbot mir, über den Grund nachzudenken, und lenkte mich mit der Klassifizierung einiger Gräser auf der Böschung ab. Der Grüne hatte mich das Scharfe Berufkraut meiden gelehrt, tatsächlich fand ich gleich mehrere Exemplare. Die Hitze schien dem Kraut nichts auszumachen, zwei Nachtfalter pendelten zwischen den Pflanzen hin und her. Nach einer weiteren Viertelstunde wurde ich unruhig und sah keinen Grund mehr, die Camouflage fortzusetzen. Unruhe war angesichts der Lage noch das Mindeste, was ich mir zugestehen durfte. Was, wenn die beiden nicht wiederkämen? Was, wenn die beiden auf meinen Matratzen vögelten? Der Grüne war ein Naturbursch, und für Aksinja fehlten mir sowieso die Worte. Der Grüne hatte eine Freundin in der Fußgängerzone in Stein, das wußte ich. Und Aksinja? Sicher hatte sie einen Mann in Dnepropetrowsk. Oder einen Liebhaber. Die erotischsten Männer der Welt kommen ja aus Dnepropetrowsk. Immerhin, der Dnepr verbindet die ukrainischen Lager, daran werden beide noch zu grübeln haben. Aksinjas Mann war sicher ein Luftwaffenmarschall mit Geheimdienstzulage oder ein Lyriker mit Spezialgebiet Oberflächenveredelung. Oder ein ehemaliger Boxchampion, in der Ukraine ist ja jeder zweite Boxer. Kein Wunder, daß die Leute zu Boxeraufständen neigen. Und wenn es schiefging? Wenn die beiden nicht mehr kämen? Grigori und Semjon – wie würden sie auf Aksinjas Verschwinden reagieren? Ich wäre in ihrer Schuld, der Rollstuhlfahrer hätte die Gehenden in den Tod geschickt – ein beliebtes Klischee in schlechten Filmen. Nach weiteren zehn Minuten begann ich fieberhaft, den Eingang mit meinen Händen freizuschaufeln. Ich verfluchte die Hitze, die daran schuld war, daß keine Fischer oder Kräuterhexen unterwegs waren, welche ich um Hilfe hätte angehen können. Aber bei großer Hitze beißen die Fische nicht, und die Kräuterhexen sitzen vor dem Ventilator.

Da hörte ich im Stollen Geräusche. Eine Ratte schoß, zu Josephs Entsetzen, an uns vorbei. Und dann standen Aksinja und der Grüne vor mir. Sie stützten einander und schwankten wie Schilf im Wind. Im selben Moment überschwemmte mich ein Schwall Eifersucht. Jetzt erst sah ich Aksinjas Blick, aus ihm sprach Trauer, gleichzeitig aber auch heller Zorn. Die beiden ließen sich auf dem Weg nieder und rangen nach Luft.

Später, wir hatten uns unter eine Holunderstaude verzogen, berichtete der Grüne. Sie seien gut vorangekommen, hätten auch den Lagerplatz gefunden. Und auf der modernden Matratze sei eine teils skelettierte und von Ratten halb aufgefressene männliche Leiche gelegen.
Hatte der Schweizer also doch den Stollen gefunden! Er konnte den Ort nur von Helga kennen, niemand sonst hatte eine Ahnung davon, auch nicht der „Schaf-Hans“, der hatte seinen Zirkuswagen, den er mit einem alten Traktor durch die Lande zog. Und wenn er im Freien vögeln wollte, tat er dies inmitten seiner Herde, bewacht von zwei Hirtenhunden und beäugt von sechshundert Schafaugen. Warum nur hatte Helga dem Schweizer den Stollen gezeigt? Wollte sie sich damit brüsten? Wollte sie als Hausherrin auftreten? Was immer zutraf – wäre die Sache nicht so tragisch verlaufen, ich hätte einen Wutanfall bekommen.
Ob ich sicher sein konnte, daß es sich um den Schweizer handelte, wollte der Grüne wissen. Die Möglichkeit, daß ein anderer Mann sich in den Stollen gewagt habe, könne nicht ausgeschlossen werden.

Der Grüne hatte recht. Dennoch war ich mir sicher, daß der Schweizer mein Liebesnest gefunden hatte.

Ohne Scham zu zeigen, gestand der Grüne, daß er nicht mehr weitergekonnt habe. Er sei benommen neben dem Skelett sitzen geblieben. Aksinja aber sei weiter in den Stollen vorgedrungen. Er habe sie noch zurückhalten wollen, aber der Sauerstoffmangel habe ihm zu sehr zugesetzt.

Aksinja reagierte nicht. Sie fingerte an ihrem Mobiltelephon, schien gefunden zu haben, was sie suchte, und reichte dem Grünen das Gerät. Der schaute zuerst ungläubig, dann aber weiteten seine Augen sich vor Entsetzen.

„Um Gottes willen", stammelte er. „So weit sind Sie gekommen?"

Aksinja zuckte die Achseln. Der Grüne wollte das Gerät an mich weiterreichen.

Ich hob beide Hände zur Abwehr. Er nahm das Handy, ließ es wie eine heiße Kartoffel von einer Hand in die andere fallen und sagte:

„Freund Groll! Du solltest Dir das Bild anschauen."

Ich schüttelte den Kopf.

„Sag mir, was Du gesehen hast."

Er legte das Gerät mit dem Display nach unten auf sein Knie.

„Zwei Skelette, ineinander verschlungen. Eine Frau und ein sehr kleines Kind."

Der Stollen war hundertfünfzig Jahre alt. Wer weiß, um wen es sich da handelte? So sicher ich mir war, daß der Schweizer in der Mitte des Stollens umgekommen war, so sehr verdrängte ich den Gedanken an das Naheliegende. Ich wollte nicht glauben, daß Helga mit dem entführten Kind in unser Liebesnest geflüchtet war. Daß sie dort, wo wir die Hitparadensongs hörten – *Lady Madonna, Azzurro, Sugar, sugar* und all die andern, die einen heute noch packen wie ein Schneesturm im Weinviertel. Wenn es sonst keine Beweise gebe, daß es sich um Helga und die Tochter des Schweizers handelte, dann könne ich weiterhin davon ausgehen, daß Helgas Verschwinden ungeklärt bliebe, hoffte ich. Die Skelette konnten von weiß Gott wem stammen – von Menschen, die von Granaten oder Bomben überrascht wurden, im April '45, als die Gegend Hauptkampflinie war. Eine verzweifelte Ehefrau aus den sechziger oder siebziger Jahren. Oder Geschwister auf der Flucht vor einem gewalttätigen Onkel. Ich war damals bis ans Ende des Stollens gelaufen, war aufgewühlt und verzweifelt, Sauerstoffmangel habe ich nicht bemerkt. Damals war niemand am Ende des Stollens, es gab dort keine Matratzen, keine Skelette, nicht einmal Ratten. Aber ein paar Wochen später … Was war im Stollen geschehen?

Aksinja nestelte in ihrer Hosentasche und ließ etwas in ihre Hand gleiten, die sie sofort zur Faust schloß. Sie streckte mir die Faust entgegen und öffnete sie. Ein fünfzackiger dunkelblauer Stern auf einem oxidierten Ring, nicht größer als ein Daumennagel. Ein Juwel aus einem Kaugummiautomaten am Bahnhofsplatz in

Krems. Jetzt sind wir verlobt, hatte Helga gesagt, als ich ihr den Ring über den Finger streifte.

Aksinja reichte mir das Handy. Ich wehrte entsetzte ab. Nur kein Foto von der Skelettierten! Meine Helga war in meinem Kopf, und dort lebte sie. Die tote Helga gehörte dem Schweizer. Er war schuld an ihrem Tod, er hatte Helga und seine kleine Tochter tiefer in den Stollen getrieben, bis ans Ende des Stollens, wie Aksinja festgestellt hatte. Das war ja auch der Grund, warum der Stollen seinerzeit nicht fertiggestellt wurde, die Versorgung mit Sauerstoff klappte nicht zuverlässig. Und Belüftungskamine konnte man mit den damaligen Mitteln nicht an die Oberfläche treiben. Nicht auf einer Insel inmitten der Donau.

Wir kehrten zur Zille zurück. Madames Kopf ruhte an Grigoris Schulter. Nach einem Kriegsrat im Flüstern entschieden wir uns dafür, mit der Zille die Nacht hindurch weiterzufahren. Vor den Kraftwerken von Grafenwörth und Greifenstein gebe es bequeme Übertragstrecken, keine länger als fünfzig Meter. Wir brauchten uns somit den Gefahren einer Schleusung nicht auszusetzen.
„Und in Tulln holt uns Herr Kálmán mit dem Wagen ab“, sagte Madame plötzlich. „Wir fahren dann zum Frühstück ins Sacher.“
„Das, liebe Mamá, wird sich von der Zeit her nicht ausgehen. Bis wir in Tulln sind, ist es Mittag“, sagte der Dozent.

„So? Dann werden wir eben einen Brunch nehmen. Und nenn mich nicht ‚Liebe Mamá', ich bin keine tattrige Greisin."
„Dann sollten wir einen Tisch bestellen, Mamá", sagte der arme Dozent.
„Mein Sohn, das mag für dich zutreffen", erwiderte sie hoheitsvoll. „Für mich und meine Freunde ist im Sacher immer ein Tisch frei."

Der Grüne steuerte die Zille in die Flußmitte. Madame und Grigori waren unter Madames Sonnenschirm im Bug zusammengerückt, wobei Grigori einen Arm um Madames Schulter gelegt hatte. Der Dozent und Semjon saßen dahinter. Sie duckten ihre Köpfe unter Ölzeug und unterhielten sich angeregt über Puschkin und Lermontow und das Projekt des Dozenten über den August 1968 in der Provinz. Aksinja und ich nahmen die letzte Reihe ein. Der Rollstuhlpolster schützte unsere Köpfe nur, wenn wir eng zusammenrückten. Im Heck saß der Grüne und paddelte in den Nieselregen hinein. Nebelschwaden schlichen über den Fluß. Wolken verdeckten den Mond.

Epilog

Das „Nebengeräusch“ erholte sich in einer Wiener Privatklinik und ging dann auf Rehabilitation nach Hermagor in Kärnten. Kaum zu Hause, verprügelte er seine Frau Alice, die Schwester des Dozenten. Er wurde polizeilich weggewiesen und lebt seither bei einem Freund, der in Novi Vinodolski unweit von Rijeka ein Lokal am Meer betreibt und durch Kredite der Hypo Alpe Adria reich geworden ist. Der Name der Stadt geht auf den Weinbau zurück, Vinodol bedeutet Weintal. Irgendwie gelang es Hertha Steinfassl, die neue Adresse des „Nebengeräuschs“ auszuforschen. Sie hilft bei der Buchhaltung und im Service und sie liebt ihren „Richard Burton“ über alles, obwohl er auch sie verprügelt. Mittlerweile besitzt sie in Vinodol drei Weingüter.

Madames Maschinenbaufabrik wurde durch einen Kredit einer russischen Großbank gerettet. Mittlerweile schreibt die Fabrik wieder Gewinne. Daß keiner der drei expansionslustigen Weinritter, die auf Madames Grund und Boden ein Weinseminarhotel errichten wollten, die Explosion des Maybach überlebten, betrachtet Madame als Fügung des Schicksals.

Die „Siebnerin“ ist wieder flott. Sie verkehrt in Linz und oberhalb von Passau.

Waltraud macht jetzt Besuchsdienst bei pflegebedürftigen Menschen im Severin-Heim in Mautern bei Krems. Ich war einmal mit ihr im Restaurant „Wellen.Spiel“ an der Kremser

Schiffsstation. Das Wienerschnitzel kostete dreißig Euro. Es war so groß wie eine Semmel und die Panier warf verspielte Wellen. Waltraud überreichte mir einen Stoß Fotografien, sie zeigten Karli und mich als Jugendliche.

Der Grüne trainiert Tischtennisjugendliche in Langenlois und paßt auf die Donau auf. Bei Zillenwettbewerben der Feuerwehren belegt er regelmäßig Spitzenplätze. Er vervollkommnet sich in Liszt und übt derzeit das Stück „Au Lac de Wallenstadt". Daneben beschäftigt er sich mit Hegel, Humboldt und Hölderlin. Nach wie vor meidet er das Scharfe Berufkraut (erigeron acris).

Die „voestalpine krems" ist ein hochprofitabler Betrieb. Das erste verstaatlichte Werk, dessen Belegschaft um 1965 den Eintritt in die Finalindustrie erkämpfte, ist Weltmarktführer bei Hochregallagern, speziellen Profilrohren und komplexen automotiven Teilen. Der Betrieb beschäftigt sechshundert Mitarbeiter. Neulich wurde ein Werk in den USA zugekauft. In russischen Großstädten finden sich in den von „voestalpine krems" erzeugten Regalen der Vinotheken regelmäßig Wachauer Weine. Eine Flasche kostet drei Monatsgehälter einer Rentnerin.
In der Werkssiedlung stirbt das steirische Element aus. Die Fußballsektion existiert nicht mehr.

Beim nachrichtendienstlichen Freund des Dozenten wurde „burnout" diagnostiziert, worauf der Fürstensohn in Frühpension ging. Er hat mit der Militärgeschichte gebrochen und arbeitet an einer Safranproduktion in der unteren Wachau.

Eine Delegation südchinesischer Geschäftsleute weilte zwei Wochen in der Wachau. Sie planen, das gesamte Tal in Kopie am Perlfluß nachzubauen.

Madame besuchte Grigori auf der Krim. Im Garten des Livadija-Palasts, wo im Jänner 1945 Roosevelt, Churchill und Stalin über die Neuaufteilung Europas verhandelten, machte Grigori, der seit dem Unfalltod seiner Frau, einer Pianistin, allein lebte, Madame einen Heiratsantrag.

Meine Freundin Anita blieb in der Ukraine, wechselte aber den Mann. Sie lebt jetzt in Krivoj Rog bei einem Notfallmediziner und ehemaligem Olympiaboxer. Ein wohlhabender Mann. Sie wünschte mir Glück für den weiteren Lebensweg. Ich packte das Glück beim Schopf und warf Anitas Kundenkartei beim Donaurestaurant Tuttendörfl in den Strom.

Mein Bericht an den „Ständigen Ausschuß zur Lösung sämtlicher Welträtsel" wurde zur Kenntnis genommen und, wie üblich, nicht archiviert.

Grigori ersetzte den Maybach durch eine ausschließlich durch Strom betriebene Tesla-Sportlimousine aus Kalifornien. Der Wagen leistet 420 PS und kostet mit 120 000 Euro wesentlich weniger als ein Maybach. Semjon fährt einen schwedischen Supersportwagen namens Königsegg Agera, der 1115 PS auf die Straße bringt und zehnmal so teuer ist. Die Automanufaktur in Südschweden wollte General Motors die insolvente Autoproduktion von Saab abkaufen. Die Amerikaner hintertrieben das

Projekt, es scheiterte, schrieb er in einem Brief, dem eine Postkarte von Krivoj Rog beigelegt war. Man müsse in der Ukraine ausgefallene Autos fahren, die würden nicht gestohlen, fügte er hinzu. Für den Alltagsgebrauch nutze er einen Fiat Abarth 500 mit 180 PS. Weil er um meine Vorliebe für den Maschinenbau wisse, teile er mit, daß Carlo Abarth einst Karl hieß und ein Automechaniker aus Wien-Simmering war, bevor er Mussolinis Einladung folgte und nach Italien auswanderte. Im selben Wiener Arbeiterbezirk hätte ein gewisser Wolfgang Denzel, ein Mann mit NS-Motorsport-Vergangenheit, in den fünfziger Jahren Denzel-Sportwagen mit VW-Motoren gebaut. In seiner Zeit bei den Wiener Lohner-Werken habe auch Ferdinand Porsche, ebenfalls ein NS-Jünger, oft in Wien-Simmering Probefahrten unternommen.
Nicht vergessen wolle er, daß die Österreichischen Saurer Werke, deren Nachfolger heute für einen deutschen Rüstungskonzern Panzer fertigen, während des Krieges im Schloß Neugebäude in Wien-Simmering Saurer-LKWs zu „Gasautos" umbauten, in denen in Hartheim sowie in Polen und Jugoslawien zweihunderttausend Menschen vergast wurden. Im Schloß Neugebäude, das im sechzehnten Jahrhundert unter Maximilian II. erbaut wurde, gebe es, wie in Krems-Gneixendorf, keine Gedenktafeln.

Gestern trudelten eine Postkarte und eine Mail ein. Die Karte zeigt einen breiten Fluß und die moderne Waterfront von Dnepropetrowsk. Auf der Rückseite fanden sich die Anfangszeilen eines Gedichts von Lermontow über die Wolgatreidler. Sie arbeite jetzt für eine russische Firma im Nahen Osten, in einer Hafenstadt namens Tartus, schrieb Aksinja. Auch sie wünschte mir Glück und ermahnte mich, auf Joseph achtzugeben. Ich schlug in meinem Schulatlas nach: Tartus liegt, sechzig Seemeilen vom zypriotischen Larnaca entfernt, in Syrien. Die russische Kriegsmarine unterhält in Tartus ihren einzigen Marinestützpunkt im Mittelmeer.

Schließlich erhielt ich eine Botschaft von Mister Giordano. In knappen Worten teilte er mir mit, daß sein Freund, der wohlhabende Gönner, am Vortag vom FBI verhaftet und Stunden später in seiner Zelle tot aufgefunden worden sei. Das könne nicht mit rechten Dingen zugegangen sein, sein Freund habe sich bester Gesundheit erfreut, schreibt Giordano. Er bedaure, daß das Buchprojekt somit gestorben sei.

Nach wie vor liegt jeden Tag am Ort der Ermordung von Grigoris Vater an der Zufahrtsstraße zum Kremser Flughafen eine rote Rose.

Inhaltsverzeichnis

DANKSAGUNG UND LITERATURVERWEISE

Die Geschichte der Gauhauptstadt Krems mit spezieller Berücksichtigung der Shoa ist vom aus Krems stammenden Historiker Robert Streibel in mehreren Büchern vorbildlich aufgearbeitet worden. Nicht zuletzt seiner Initiative ist es zu verdanken, daß Krems im deutschen Sprachraum, was die NS-Zeit anlangt, zu den am besten dokumentierten Städten zählt.

Die Angaben über die NS-Genforschungen im Tuttenhof bei Korneuburg fußen auf den informativen Beiträgen von Ortrun Veichtlbauer: „Braune Donau – Transportweg nationalsozialistischer Biopolitik“ und „Über die Herrschaft der Ingenieure“. In: Christian Reder/ Erich Klein (Hg.) Graue Donau, Schwarzes Meer, Wien, 2008

Die Ausführungen über die „Donauzivilisation“ stützen sich auf die Forschungen des finnischen Sprachwissenschaftlers und Urgeschichtlers Harald Haarmann. „Das Rätsel der Donauzivilisation. Die Entdeckung der ältesten Hochkultur Europas“, München, 2011

Wertvolle Informationen über die Geschichte des Automobilbaus in Österreich fand ich in dem von Wilhelm M. Buchta herausgebenen Fachmagazin „Austro Classic“ und dem Standardwerk von Hans

Seper/Wolfgang Pfundner/Hans P. Lenz: „Österreichische Automobilgeschichte", Wien 1984

Der Spielfilm von Billy Wilder über das Kremser Kriegsgefangenlager heißt „Stalag XVII". Er stammt aus dem Jahr 1953, die Hauptrollen spielten William Holden und Otto Preminger. Wilders Streifen wurde von der „Deutschen Filmselbstkontrolle" noch im selben Jahr abgelehnt. Der Film basiert auf einem 1951 am Broadway mit großem Erfolg gespielten Theaterstück zweier im Krieg in Krems-Gneixendorf inhaftierter US-Flieger, Donald Bevan und Edmund Trzcinski. 2010 wurde das Stück in Washington erfolgreich wiederaufgeführt.

Besonders danke ich Dr. Wolfgang Berthold aus Mühldorf bei Spitz, der mir den informativen und umfangreichen Band „500 Jahre. Chronik und Geschichte eines Unternehmens. Die heutige Voest-Alpine Krems" seines Vaters Ing. Heinz Berthold zum Studium überließ. Die Studie ist mit Unterstützung der Voest-Alpine Krems 1984 im Eigenverlag erschienen.

WEITERE FÜR DAS BUCH
WICHTIGE LITERATUR:

* Winfried R. Garscha / Franz Scharf, „Justiz in Oberdonau“, Hg. vom oberösterreichischen Landesarchiv, 2007. Darin findet sich die tragische Geschichte des 16jährigen Linzers Alois Hütter, der Jugend-KZ, Gefangenenhaus Linz und Landesgericht Wien überlebte und beim SS-Massaker im Gefangenenhaus Stein am 6. April 1945 ums Leben kam.
* Erinnerungen von Dmitrij Cirov an das Kriegsgefangenenlager Krems-Gneixendorf 1941 bis 1945, Waldviertler Heimatbund, Waidhofen/Thaya 2003
* Christoph Auffahrt: Katharer, Waldenser und andere religiöse Bewegungen, München 2005
* Timo Stickler: Die Hunnen, München 2007
* Widerstand und Verfolgung in Niederösterreich. Hg. vom Dokumentationsarchiv des Österreichischen Widerstands
* Meißinger: Die historische Donauschiffahrt, Spitz 1990
* Die Angaben über Prinz Eugen fußen großteils auf der Biographie von Eugens Lieblingskaiser Joseph I. Charles Ingrao. Josef I. Styria Verlag 1984

Ich danke Freunden und Bekannten aus der Werkssiedlung, der Stadt Krems und den Dörfern der Wachau für deren Informationen anläßlich vieler

Gespräche und Recherchefahrten. Informationen über die Donau verdanke ich Kapitän Otto Steindl/Linz und besonders Kapitän Peter Visvader, Eigentümer und Betreiber der „Siebnerin“ und einer der besten Donaukenner Österreichs. Näheres: siehe www.donauschiffer.at. Ihm verdanke ich auch den Hinweis auf das Tagebuch des Schiffsmeisters Michael Fink aus dem Braunau der napoleonischen Zeit sowie die Einsicht in das monumentale Donau-Werk des ehemaligen Linzer Strombauleiters Ernst Neweklowsky.

Dem ehemaligen technischen Direktor der Schiffswerft Korneuburg, Adolf Benold, sowie ehemaligen Werftarbeitern, die sich regelmäßig bei „Widos Schmankerltreff“ (ex-Donaupirat) zum fachlichen Austausch an der Rollfähre Korneuburg treffen, danke ich für Insiderinformationen. Wertvolle Hinweise entnahm ich der Bibliothek des Donaufachmanns Leopold Strobach.

Dem vorbildlich gestalteten Bergwerk-Trail (Mag. Thomas Müller, www.bergwerkgedenkweg.at) verdanke ich Informationen über den Bergbau südlich von Krems.

Historische Donaufotos von Dietmar Kurzmann brachten mich auf verborgene Spuren. Schiffsausfahrten mit der „Mariandl“ (Prof. Peter Platzer) in die Loibner und Dürnsteiner Stromenge sowie viele

Strombefahrungen mit Zille und Paddelboot, geführt von Hans-Peter Grohmann, schärften mein Bild von den Widersprüchen am Strom.

Dank gebührt Wolfgang Potutschnig (Velden) und der Familie Strobach (Wien-Floridsdorf) für die Vermittlung diverser Kontakte im Bereich der Verstaatlichten Industrie und der Exportwirtschaft in Osteuropa. Hannah Lindner und Eduard Riha danke ich für ihre Hilfe bei mannigfachen Recherchen. Besonders danke ich Andreas „Shorty" Kurz für sachkundiges Navigieren im Meer der Sprache. Christine Niedermaier danke ich für ihre umsichtige Arbeit am Text.

Daten zum Stalag XVII B. Aus: Barbara Stelzl/Marx, 4.12.2009, *Die Presse*

„Die Zahlen sprechen für sich: Von 5,7 Millionen sowjetischen Kriegsgefangenen kamen 3,3 Millionen im „Dritten Reich" ums Leben. Eine Sterberate von rund 60 Prozent. Jene der US-amerikanischen und britischen Kriegsgefangenen lag bei etwa einem Prozent. Die Gründe dafür: eine gezielte Vernichtung der „slawischen Untermenschen", menschenunwürdige Transporte, chronische Unterernährung, katastrophale medizinische Versorgung, Seuchen. Die Sowjets standen am untersten Ende der rassisch-ideologisch motivierten Gefangenenhierarchie. Zu essen bekamen sie nur die Reste von den Resten oder ein eigens präpariertes „Russenbrot", hergestellt aus Sägemehl. Die

Versorgung und Unterbringung in den Kriegsgefangenenlagern der „Ostmark“ bildete keine Ausnahme. Das größte von ihnen war das Stalag XVII B Krems-Gneixendorf. … Zur Unterbringung der Kriegsgefangenen errichtete die Wehrmacht ab 1939 ein engmaschiges Netz an Kriegsgefangenenlagern in den besetzten Gebieten und im Reichsgebiet. Im September 1941 existierten 127 dieser Lager im „Dritten Reich“ – beinahe jedes einzelne wurde zu einem Ort des Leidens und Sterbens sowjetischer Gefangener. Dazu zählt auch die Mehrheit der Lager in der damaligen „Ostmark“. Insgesamt elf dieser Kriegsgefangenen-Mannschaftsstammlager (Stalag) und Offizierslager (Oflag) lagen auf österreichischem Gebiet, in den beiden Wehrkreisen XVII und XVIII: in Kaisersteinbruch, Krems-Gneixendorf, Pupping, Edelbach, Wolfsberg, Spittal an der Drau, Markt Pongau, Lienz, Wagna und in Marburg. … Das größte war das Stalag XVII B Krems-Gneixendorf. Ein multinationales Lager mit einer klaren Hierarchie. Zeitweise gehörten 66.000 Kriegsgefangene dazu: Franzosen, Belgier, Serben, Polen, Briten, Sowjets und italienische Militärinternierte. Sie waren mehrheitlich auf einem der vielen Arbeitskommandos untergebracht. …“

Im übrigen gilt wie schon bei den Groll-Romanen zuvor: die unwahrscheinlichsten historischen Zusammenhänge sind wahr und können belegt werden.

Erwin Riess
im Otto Müller Verlag

Herr Groll im Schatten der Karawanken
(der vierte Groll-Roman, 2012)

312 S., geb.,
ISBN 978-3-7013-1192-7

Herr Groll und die ungarische Tragödie
(der erste Groll-Roman, Neuauflage 2013)

336 S., geb.,
ISBN 978-3-7013-1211-5